Alle Rechte, einschließlich das des vollständigen oder
auszugsweisen Nachdrucks in jeglicher Form, sind vorbehalten.

Der Preis dieses Bandes versteht sich einschließlich
der gesetzlichen Mehrwertsteuer.

Umwelthinweis:
Dieses Buch wurde auf chlor- und säurefreiem Papier gedruckt.

Freibeuter meines Herzens
Wer ist der geheimnisvolle Pirat, der die schöne Bliss in seinem Versteck auf Pine Island in der Karibik gefangen hält? Vage erinnert er sie an Guy deYoung, den sie als blutjunges Mädchen leidenschaftlich geliebt und auf der Plantage ihres Vaters heimlich geheiratet hat. Aber Guy ist tot, Opfer einer infamen Intrige. Und doch weckt der Freibeuter in Bliss ein Verlangen, wie sie es seit Guy für keinen anderen empfunden hat. In sternenklaren Nächten gibt sie der Verlockung schließlich nach und wird seine sinnliche Geliebte ...

Connie Mason

Freibeuter meines Herzens
Roman

Aus dem Amerikanischen von
Vera Möbius

MIRA® TASCHENBUCH
Band 25121
1. Auflage: Juli 2004

MIRA® TASCHENBÜCHER
erscheinen in der Cora Verlag GmbH & Co. KG,
Axel-Springer-Platz 1, 20350 Hamburg
Deutsche Taschenbucherstausgabe

Titel der nordamerikanischen Originalausgabe:
Pirate
Copyright © 1998 by Connie Mason
erschienen bei: Leisure Books, New York
Published by arrangement with
Dorchester Publisher Co., Inc.

Konzeption/Reihengestaltung: fredeboldpartner.network, Köln
Umschlaggestaltung: pecher und soiron, Köln
Titelabbildung: by Sharon Spiak via Thomas Schlück GmbH,
Garbsen
Autorenfoto: © by Leisure Books, New York
Satz: Berger Grafikpartner, Köln
Druck und Bindearbeiten: Ebner & Spiegel, Ulm
Printed in Germany
ISBN 3-89941-159-5

www.mira-taschenbuch.de

PROLOG

New Orleans, 1804

Guy DeYoung fürchtete den Tod nicht. Nur der Gedanke, Bliss einem Mann wie Gerald Faulk zu überlassen, erfüllte sein Herz mit Entsetzen.

In dichtem, wirbelndem Nebel standen einige Männer unter dem Baldachin der immergrünen Eichen, die man Duell-Eichen nannte. Geisterhafte graue Bartflechten hingen im trüben Morgenlicht von den Ästen und verbargen die beiden Widersacher, die sich gegenüberstanden.

Guy DeYoung nahm eine der Pistolen aus dem polierten Kästchen, das ihm sein Sekundant hinhielt. Dass sein Gegner ihn töten wollte, wusste er. Es war sein erstes Duell – und es ging um eine *affaire de coeur*. Unklugerweise hatte er sich in Bliss Grenville verliebt, die Tochter des Mannes, der ihn als Stallmeister eingestellt hatte. Als er erfuhr, seine Gefühle würden erwidert, erfasste ihn ein heißes Glücksgefühl. In aller Heimlichkeit hatte er Bliss geheiratet, ohne die Zustimmung ihres Vaters, ohne Wissen ihres früheren Verlobten.

Als Guy ihrem Vater mitteilte, er sei mit Bliss vermählt und die Ehe vollzogen worden, geriet Claude Grenville in helle Wut und nannte ihn einen mittellosen Emporkömmling ohne Zukunft. Er hatte große Erwartungen in die Heirat seiner siebzehnjährigen Tochter und des reichen Schiffseigners und Exporteurs Gerald Faulk gesetzt. In dessen Unternehmen hatte Grenville investiert und eine lange, erfolgreiche Zusammenarbeit mit seinem künftigen Schwiegersohn erhofft. Sobald Faulk erfuhr, seine Verlobte habe einen anderen geheiratet, forderte er Guy zum Duell.

Jetzt standen sie unter den Eichen. Von den grünen Blättern tropfte Morgentau herab. Spöttisch grinsend balancierte Gerald Faulk seine Pistole auf einer Handfläche. „Sie sollten es besser wissen, DeYoung, und sich nicht über Ihre Gesellschaftsschicht erheben. Wenn Sie sterben, wird niemand um Sie trauern."

„Bliss liebt mich – was Sie nicht von sich behaupten können", verhöhnte Guy den Unternehmer.

„Armer Narr!" Ungeniert lachte Faulk, ein attraktiver, elegant gekleideter Mann mit hellem Haar und bleistiftdünnem Schnurrbart, seinen jüngeren Gegner aus. „Bliss hat nur mit Ihnen gespielt. Was sie für Liebe hielt, war alberne Schwärmerei. Sie bat mich bereits um Verzeihung für diese dumme Eskapade, und ich vergab ihr großzügig." Obwohl er leichthin sprach, verrieten seine Augen wilden Zorn. „Jetzt bereut sie bitter, dass sie sich gegen den Willen ihres Vaters auf diese unmögliche Heirat einließ. Sie sind elender Abschaum, DeYoung, und Claude Grenville hat schon beschlossen, um eine Annullierung der Ehe anzusuchen."

„Lügner!" stieß Guy hervor. „Bliss liebt mich. Niemals würde sie mich hintergehen. Geld bedeutet ihr nichts."

„Nun, der Ausgang dieses Duells wird ihre Zukunft bestimmen. Natürlich sind Sie hinter ihrem Reichtum her. Das wissen wir beide. Übrigens kann Bliss ihr Erbe erst an ihrem fünfundzwanzigsten Geburtstag antreten. Wurden Sie darüber informiert?"

„Ihr Geld interessiert mich nicht", erwiderte Guy beleidigt. „Eines Tages werde ich mein eigenes Vermögen erwerben."

„Ha! Wie denn? Indem Sie Pferdeställe ausmisten? Hoffentlich haben Sie Bliss' Reize zur Genüge genossen. Denn eine weitere Gelegenheit werden Sie nicht finden."

Plötzlich ritt eine Frau aus dem Nebel heran. Langes rotgoldenes Haar wehte hinter ihr her. „Wartet!" rief sie, als sie ihr Pferd zügelte. Dann sprang sie aus dem Sattel und rannte zu den Duellanten.

„Mein Gott, Bliss, was machst du hier?" fragte Guy erschrocken und nahm sie in die Arme. „Mit deiner Anwesenheit erreichst du nichts. Bitte, Liebste, reite nach Hause!"

Angstvoll spähte sie über ihre Schulter. „Vater sagt ... Die Polizei ..."

„Duelle sind verpönt, aber nicht verboten. Danach könnte ich für eine Weile fortgehen, und du wirst mich begleiten."

„Geh aus dem Weg, Bliss!" befahl Faulk brüsk. „Dein junger Liebhaber und ich müssen etwas erledigen. Hättest du dich nicht wie ein verwöhntes Kind benommen, wäre das überflüssig."

„Tu es nicht, Gerald!" Beschwörend richtete sie ihre türkisblauen Augen auf ihn. „Ich flehe dich an. Wenn du getötet oder verletzt wirst ..."

„Unsinn, ich werde gewinnen."

Guy schaute Bliss bestürzt an. Galt ihre Sorge nur Faulk? Hatte er Recht, was ihre Gefühle betraf? Nein, gewiss nicht, dachte er, sie liebt nur mich. „Reite nach Hause, Liebste", wiederholte er.

„Aber Vater..."

Jetzt fand er keine Zeit, um abzuwarten, was sie ihm sagen wollte. Das sollte sie ihm später erzählen, wenn er Faulk besiegt hatte. Er winkte seinem Sekundanten, der zu ihm eilte, um Bliss aus der Gefahrenzone zu bringen. Dann verlas Faulks Sekundant die Regeln, während die Duellanten Rücken an Rücken in Stellung gingen und sich kaum berührten. Auf Befehl entfernten sie sich um zehn Schritte voneinander und blieben stehen.

„Drehen Sie sich um und feuern Sie!" wurden sie von einem der Sekundanten aufgefordert. Beide gehorchten, zückten ihre Waffen und zielten. Brennend streifte Faulks Kugel das Ohr des jungen Mannes. Guys Geschoss, das die Schulter treffen sollte, bohrte sich in die Brust seines Gegners, weil dieser beiseite sprang – im vergeblichen Versuch, sich zu retten.

Schreiend raffte Bliss ihre Röcke, als Faulk eine Hand auf seine Brust presste, lief zu ihm und kniete nieder. Ihre Worte würden Guy bis zum Ende seiner Tage verfolgen. „Stirb nicht, Gerald! Bitte, stirb nicht!" Sie hob ihr tränenüberströmtes, bleiches Gesicht. „Sieh doch, was du getan hast, Guy! Oh Gott, warum?"

Guys Herz krampfte sich zusammen. Ungläubig starrte er sie an. Jetzt gab er Faulk Recht. Bliss hatte nur mit ihm gespielt, die Ehe bedeutete ihr nichts. Obwohl er das Duell gewonnen hatte, fühlte er sich wie der Verlierer.

Durch den roten Schleier seines Zorns nahm er eine Bewegung wahr, hörte gellende Stimmen, donnernde Hufschläge. Alles in ihm spannte sich an.

„Da ist er! Packt ihn! Der Schurke hat zwei meiner besten Pferde verkauft, das Geld in die eigene Tasche gesteckt – und soeben einen der prominentesten Bürger von New Orleans getötet."

Nun löste sich der Nebel auf, von der Morgensonne vertrieben. Hinter den letzten dünnen Schwaden sah Guy seinen Arbeitgeber heranreiten, begleitet von einem Dutzend Polizisten. Nur ein einziger Gedanke beherrschte ihn – er musste fliehen. Von den gestohlenen Pferden wusste er nichts. Aber er erriet, dass Grenville eine fälschliche Anklage gegen seinen Stallmeister erhoben hatte, um ihn von Bliss fern zu halten. Guy warf ihr einen kurzen Blick zu, verwirrt und voller Hass. Offenbar war sie in die Machenschaften ihres Vaters eingeweiht worden.

Hastig wandte Guy sich ab und stürmte davon. Mit langen Schritten entfernte er sich von den mächtigen Eichen, rannte über das glitschige nasse Gras, ohne das Blut zu spüren, das aus seinem verwundeten Ohr rann. Nur wenn er die Sümpfe und Bayous im Süden der Stadt erreichte, würde er entkommen. Dort konnte man sich für immer verstecken. Doch die Reiter waren schneller. Bald holten sie ihn ein, schlugen ihn zusammen und brachten ihn in den Calaboso, das dunkle, feuchte Gefängnis, wo schon viele Männer den Tod gefunden hatten.

1. KAPITEL

New Orleans, 1805

„So geht's nicht weiter, Bliss", tadelte Claude Grenville seine Tochter. „Dein Kind liegt unter der Erde. Und dein Liebhaber wird den Calaboso vorerst nicht verlassen. Nichts kann uns daran hindern, deine katastrophale Ehe annullieren zu lassen. Immerhin warst du minderjährig, und du wurdest offensichtlich von diesem jungen Mitgiftjäger verführt."

„Ich will meine Ehe nicht für ungültig erklären lassen, Vater." Lustlos trat Bliss ans Fenster und betrachtete den sonnenhellen Garten.

„Das haben wir oft genug besprochen", erwiderte Grenville, der allmählich die Geduld verlor. „Inzwischen ist Gerald von seiner schweren Verletzung genesen, und er will dich immer noch heiraten, trotz deines leichtfertigen Verhaltens. Ich wollte bis nach der Geburt deines Babys warten, ehe ich die Annullierung in die Wege leite. Da dieses unerwünschte Kind nicht mehr existiert, möchte ich das leidige Problem möglichst schnell aus der Welt schaffen, und du kannst deine Hochzeit für den Herbst planen."

Bedrückt hob Bliss ihren Fächer vor das blasse Gesicht. Nichts interessierte sie mehr. Mehrmals hatte sie sich bemüht, Guy im Calaboso zu besuchen, ohne Erfolg, was sie vermutlich ihrem Vater oder Gerald Faulk verdankte. Sie ahnte, dass beide ihren beträchtlichen Einfluss auf ranghohe Freunde genutzt und einen fairen Gerichtsprozess gegen Guy verhindert hatten. Deshalb wehrte sie sich umso energischer gegen eine Ehe mit Gerald. Solange Guy lebte und hinter dunklen Gefängnismauern schmachtete, würde sie keinen anderen heiraten. Wer die Verantwortung für seine ungerechtfertigte Haft trug, wusste sie, und sie hasste die Schuldigen.

Nachdem ihr Kind tot zur Welt gekommen war, hatte sie beinahe ihren Lebenswillen verloren. Doch die Hoffnung, man würde den geliebten Mann eines Tages freilassen und sie wäre wieder mit ihm vereint, gab ihr neue Kraft.

„Wenn du willst, such um die Annullierung an", entgegnete sie und wandte sich zu ihrem Vater. „Aber du kannst mich nicht zwingen, Gerald zu heiraten. Für immer wird man Guy nicht im Calaboso festhalten, und nach seiner Entlassung möchte ich wieder mit ihm zusammenleben."

Als Claude die unbeugsame Kampflust in den türkisfarbenen Augen seiner Tochter las, musste er sich seine Niederlage eingestehen. Vor kurzem war ihm mitgeteilt worden, der neu ernannte Richter habe Guy DeYoungs Akten studiert und entschieden, der Mann sei lange genug in Gefangenschaft gewesen – insbesondere, weil es keine Beweise für ein Verbrechen gab. Claude hatte sofort eine Nachricht an Gerald Faulk geschickt. Nun erwartete er ihn jeden Augenblick.

„Selbst wenn DeYoung entlassen wird, er kann dich nicht ernähren", argumentierte Claude. „Er ist ein Niemand, ein armseliger Cajun, ein Hitzkopf mit verbrecherischer Vergangenheit. Um Himmels willen, er war mein Stallmeister! Mit so einem Mann willst du deine Zukunft verbringen?"

Herausfordernd hob sie ihr Kinn. „Ich liebe ihn, und wir werden irgendwohin ziehen, wo man ihn nicht kennt."

„Zweifellos würde dir Gerald Faulk ein angenehmeres Leben bieten. Er ist reich und in New Orleans hoch angesehen, trotz seiner amerikanischen Herkunft. Im Gegensatz zu vielen Bewohnern der Stadt akzeptiere ich die Amerikaner, die scharenweise hierher kamen, nachdem unsere Heimat an die Vereinigten Staaten verkauft wurde. Ich habe eine Menge Geld in Geralds Schifffahrtsgesellschaft gesteckt und hoffe, das Investment wird mir ein Vermögen einbringen. Zudem lieh er mir eine große Summe, da ich meine Gläubiger bezahlen musste. Als er mich um deine Hand bat, sah ich keinen Grund, ihn abzuweisen. Alles wäre in bester Ordnung, hättest du dich nicht in meinen Stallmeister verliebt. Wie konntest du nur mit diesem Taugenichts durchbrennen!"

„Guy will an der Universität studieren und Rechtsanwalt werden."

„Jedenfalls ist er ein Mitgiftjäger. Er interessiert sich nur für dein Geld. Glücklicherweise wirst du erst an deinem fünfundzwanzigsten Geburtstag über dein Erbe verfügen."

„Diese Beleidigungen höre ich mir nicht länger an, Vater. Niemals werde ich einen anderen Mann lieben, und ich bin bereit, jahrelang auf Guy zu warten ..."

„Störe ich?" unterbrach Gerald Faulk das Gespräch und betrat den Salon. „Der Butler hat mich hereingelassen."

„Natürlich störst du nicht", erwiderte Claude und schüttelte seinem Freund die Hand. „Ich habe dich erwartet."

„Entschuldigt mich." Abrupt eilte Bliss zur Tür. „Ich muss mit der Köchin das Abendessen besprechen."

Während der Besucher ihr nachschaute, beschleunigte sich sein Puls. Er begehrte sie, seit er sie kannte, und sie würde längst ihm gehören, hätte der verdammte DeYoung sie nicht betört. Um sie zu besitzen, hatte Gerald ihrem verschwenderischen Vater Geld geliehen. Aus mehreren Gründen wollte er Bliss heiraten. Sie sollte sein Bett teilen, ihr

Erbe in die Ehe einbringen und ihm Zugang zur französischen Gesellschaft von New Orleans verschaffen. In dieser fest zusammengewachsenen Gemeinde verachtete man die Amerikaner. Aber wenn er in die Familie Grenville einheiratete, würde sein Unternehmen bald florieren. „Hast du mit deiner Tochter über unsere Hochzeit gesprochen?" fragte er, sobald Bliss das Zimmer verlassen hatte.

„Allerdings, so wie jeden Tag", seufzte Claude ungeduldig, „und ich bekomme immer wieder dieselbe Antwort, seit DeYoung in ihr Leben trat. Sie wünscht keine Annullierung ihrer Ehe, und sie will dich nicht heiraten."

„Um die Ehe für null und nichtig erklären zu lassen, brauchst du Bliss' Zustimmung gar nicht", erinnerte ihn Faulk. „Und da du ihr Vater bist, kannst du sie zur Hochzeit zwingen. Ihretwegen wäre ich fast gestorben. Dafür seid ihr mir beide etwas schuldig. Außerdem bist du mein Geschäftspartner, und ich habe dir Geld geliehen. Jetzt will ich das Mädchen haben. Dieses Ziel werde ich erreichen, so oder so."

„Nach allem, was ich ihr angetan habe, bringe ich's nicht übers Herz, ein Machtwort zu sprechen", gestand Claude beklommen.

„Du behandelst sie viel zu nachsichtig. Und du hast nur getan, was du nicht vermeiden konntest. In diesem Punkt waren wir uns einig."

„Ja, ich weiß. Keine Bange. Dazu stehe ich immer noch. Zweifellos hätte ein Kind von einem Mann, der meiner Tochter gesellschaftlich nicht ebenbürtig ist, ihr Leben zerstört. Also tat ich, was ich für das Beste hielt. Und was soll jetzt geschehen? Bald wird man DeYoung aus der Haft entlassen, und Bliss glaubt ihn immer noch zu lieben."

Faulks Augen verengten sich. „Bist du sicher, dass er demnächst freikommt?"

„Das erfuhr ich gestern aus verlässlicher Quelle, die ich für gewisse Informationen bezahle. Eins von DeYoungs zahllosen Gesuchen um eine Verhandlung muss zu einem der Richter gelangt sein. Keine Ahnung, warum unsere einflussreichen Freunde diesmal nichts dagegen unternahmen … Der neue Richter las die Akten, fand heraus, dass man dem Gefangenen keinen Prozess gemacht hatte, und beschloss, ihm die Freiheit zu schenken."

„Verdammt, das muss verhindert werden! Sonst würde die Auflösung der Ehe nicht genügen, um Bliss zur Vernunft zu bringen."

„Was schlägst du vor?" fragte Claude skeptisch.

Langsam strich Faulk über seinen Schnurrbart. In seinen Augen erschien ein kalter Glanz. „Überlass die Einzelheiten *mir*. Du willst Bliss wohl kaum diesem Mann ausliefern, oder?"

„Selbstverständlich nicht!" entgegnete Claude verärgert. „Ihre Mutter, Gott sei ihrer Seele gnädig, würde sich im Grab umdrehen, wenn sie wüsste, ein mittelloser Stallmeister könnte sich am Erbe ihrer Tochter vergreifen. Immerhin entstammte Marie dem französischen Adel. Auch du bist nicht der Aristokrat, den sie sich als Schwiegersohn gewünscht hätte. Aber heutzutage findet man solche Männer nur mehr selten. Wenigstens besitzt du die nötigen finanziellen Mittel, um Bliss ein komfortables Leben zu bieten."

„Nun, dann wäre ja alles geklärt. DeYoung wird verschwinden, dafür sorge ich. Dann hat Bliss keinen Grund mehr, auf ihn zu warten. Der Bastard muss den Calaboso in einer Holzkiste verlassen."

„In einer Holzkiste!" Claude erbleichte. „Von solchen Einzelheiten will ich gar nichts wissen, Gerald. Tu, was dir richtig erscheint, aber rechne nicht mit meiner Hilfe."

Ruhelos wanderte Bliss in ihrem Zimmer umher, bis sie Räder auf dem Kies der Zufahrt knirschen hörte. Sie wartete, bis Faulks Kutsche das Plantagentor passiert hatte. Dann lief sie die Treppe hinab, um ihren Vater zur Rede zu stellen. Die Hände hinter dem Rücken verschränkt, musterte er nachdenklich das Porträt ihrer Mutter.

„Hast du ihm erklärt, ich würde ihn nicht heiraten?" platzte sie heraus, als er sich zu ihr wandte. „Auch nicht, wenn du meine Ehe annullieren lässt, und keinesfalls, solange Guy am Leben ist!"

„Das habe ich ihm gesagt", erwiderte Claude mit einer ausdruckslosen Stimme, und Bliss erschauerte. Was war zwischen den beiden Männern geschehen?

„Wahrscheinlich kann ich dich nicht dazu überreden, Guys Freilassung zu erwirken oder mir wenigstens eine Besuchserlaubnis zu besorgen. Er weiß nicht einmal über unser Kind Bescheid."

Davon wird er nichts erfahren – niemals, dachte Claude. „Jetzt möchte ich dieses Thema nicht erörtern, weil ich andere Dinge zu bedenken habe. Bliss, du bist erst achtzehn und sehr schön. Warum willst du dein junges Leben an einen Dieb verschwenden?"

„Guy ist kein Dieb! Diese Anklage hast du gemeinsam mit Gerald aus der Luft gegriffen. Glaubst du, ich wüsste nicht, wie du den armen Guy hinter Gitter gebracht hast? Ich bin zwar erst achtzehn, aber alt genug, um solche üblen Machenschaften zu durchschauen! Was du Guy und mir angetan hast, werde ich dir niemals verzeihen, Vater."

In würdevoller Haltung verließ sie den Salon. Einerseits entschlossen, andererseits traurig, blickte er ihr nach. Weil er seine Tochter liebte, wollte er sie daran hindern, sich an einen Mann zu binden, der einer niedrigen Gesellschaftsschicht entstammte. Guys Eltern waren arme Pächter gewesen. Und ihr Sohn hatte es nicht viel weiter gebracht. Außerdem stand er, Claude, vor dem finanziellen Ruin. Deshalb musste seine Geschäftsverbindung mit Gerald Faulk bestehen bleiben. Seit drei Jahren hoffte er vergeblich auf eine gute Ernte. Seine Geliebte war etwas zu anspruchsvoll, und er hatte für das Investment in Geralds Firma einen Kredit bei seiner Bank aufgenommen. Verdammt wollte er sein, wenn er Bliss' Erbe DeYoung überließ. Er hatte bereits mit Faulk vereinbart, wie sie sich dieses Vermögen teilen würden. Daran durfte sich nichts ändern.

Im Calaboso

Ganz vorsichtig, um seine gebrochene Rippe nicht zu belasten, drehte sich Guy auf die linke Seite. Vor kurzem hatte man ihn wieder zusammengeschlagen. Bedrückt kaute er an einem Stück Brot und starrte ins Dunkel. Seit einem Jahr wurde er im Kerker festgehalten und regelmäßig verprügelt – mit freundlichen Grüßen von den Grenvilles und Gerald Faulk, wie die sadistischen Wärter erklärten, wenn sie ihre Knüppel schwangen.

Jede Bitte um ein Gespräch mit dem Richter beantworteten sie mit weiteren Misshandlungen. Guy wusste nicht, ob seine schriftlichen Gesuche ins Gericht gelangt waren. Beinahe hatte er alle Hoffnung begraben. Bis auf die Knochen abgemagert, vegetierte er in einer finsteren, feuchten Zelle dahin, nur mehr ein Schatten des Mannes, der er einmal gewesen war. Ein dichter schwarzer Bart bedeckte sein Gesicht. In seinen silbergrauen Augen, einst voller Lebensfreude, glühten Hass und Rachsucht.

Die Kleidung hing in Fetzen an seinem ausgemergelten Körper, die Lederstiefel waren längst vermodert. Trotz des ständigen Hungers und der brutalen Behandlung hatte er überlebt. Nur der Traum von seiner Rache half ihm, bei klarem Verstand zu bleiben. Am schlimmsten fand er die Isolation von der Außenwelt. Das verdankte er fraglos Grenville und Faulk. Ihre mächtigen Freunde hatten verhindert, dass seine Gesuche um einen Prozess in die Hände des Richters geraten waren. Hätte er Gerald Faulk doch bei jenem Duell getötet ...

Natürlich gab es keine Beweise, die ihn des Pferdediebstahls überführen konnten. Von einem freundlichen Wärter hatte er erfahren, Faulk sei noch am Leben. Also drohte ihm keine Anklage wegen Mordes. Aber seine Hoffnung auf die Freiheit verringerte sich mit jedem Tag, und die Verzweiflung wuchs.

Was in der Außenwelt geschah, wüsste er nicht, hätte André Cardette, ein Freund aus der Kindheit, seinen Dienst als Gefängniswärter nicht angetreten. André schlug ihn niemals und gewährte ihm jene kleinen Vergünstigungen, die er verantworten konnte, ohne seine Stellung und den Lebensunterhalt seiner großen Familie aufs Spiel zu setzen. Bei mehreren Misshandlungen hatte André verhindert, dass Guy erschlagen worden war. Gewiss hätte der gutmütige Mann noch mehr für ihn getan, wäre es möglich gewesen.

Stöhnend wälzte sich Guy wieder zur anderen Seite. Auf der dünnen Strohmatratze fand er keine bequeme Lage. Den Gestank, den das schmutzige Bett und sein Körper verströmten, nahm er nicht mehr wahr. Andere würden den Geruch sicher unerträglich finden. Zwischen den Schlägen versuchte er, seine Muskeln zu trainieren, weil er fürchtete, sie würden infolge des Bewegungsmangels verkümmern. Er besaß immer noch größere Kräfte, als es sein Anblick vermuten ließ. Aber die Prügel am letzten Abend waren besonders grausam gewesen. Unglücklicherweise war André nicht dabei gewesen. Sonst hätte er seinen grausamen Kollegen Einhalt geboten.

Guy wusste nicht, wie lange er die Qualen in diesem Höllenloch noch überleben würde.

Plötzlich hörte er einen Schlüssel im Schloss klirren und wandte den Kopf zur schweren Eichentür, die sich wenige Sekunden später öffnete. Er richtete sich mühsam auf, blinzelte in helles Licht und erkannte Andrés Stimme. „Alles in Ordnung?"

Erleichtert atmete Guy auf. Noch mehr Torturen würde er nicht aushalten. „Gestern Abend haben mich deine Freunde fast umgebracht. Willst du dich an meinen Schmerzen weiden?" Diese höhnische Bemerkung verdiente André nicht. Aber Guy vermochte seinen Zorn kaum noch zu bezähmen.

„Tut mir Leid. Dagegen konnte ich nichts unternehmen." Eine Laterne in der Hand, betrat André die Zelle und schloss die Tür. „Wie schwer bist du verletzt?"

„Ich lebe noch. Diesmal haben sie mir nur eine Rippe gebrochen." Guy wollte die Achseln zucken, doch er hielt mitten in der Bewegung inne und presste eine Hand auf seinen gepeinigten Brustkorb. „Wer weiß, was nächstes Mal mit mir geschieht ... Gibt's irgendwelche Neuigkeiten?"

„Hör jetzt gut zu, *mon ami*." André kniete neben Guy nieder. „Heute Nacht haben Wärter Dienst, die von deinen Feinden bezahlt wurden, damit sie den Schlüssel stecken lassen. Bereite dich auf einen unwillkommenen Besucher vor. Dieser Mann soll dich töten. Weil die bestochenen Wächter wegschauen werden, kann er ungehindert ein und aus gehen. Danach wird man behaupten, du seist am Flecktyphus gestorben, und dich möglichst schnell auf dem Armenfriedhof verscharren."

„Verdammt! Wie hast du das herausgefunden?"

„Weil ich beauftragt wurde, morgen früh deine Leiche zu finden. Reiche Leute dürfen tun, was ihnen beliebt, und sogar Meuchelmörder dingen, während die armen in ihrem Elend versinken. Ich würde dir gern beistehen. Aber ich muss an meine Familie denken. Wenn ich meine Stellung verliere, wären wir alle dem Hungertod ausgeliefert. Deshalb kann ich dich nur warnen – und dir das da geben." André zog ein Messer unter seiner Uniformjacke hervor und drückte es in Guys Hand. „Benutz diese Waffe, so gut es geht. Ich habe jetzt Dienstschluss. Morgen soll ich einen Kiefernsarg ins Gefängnis mitbringen und die traurige Pflicht erfüllen, deinen Tod zu melden. Wenn du dann noch lebst – vielleicht fällt uns irgendwas ein." Er stand auf und wandte sich ab.

„Danke, mein Freund." An der Tür drehte sich André noch einmal um. „Wenn es einen Gott gibt, wird er dich dafür segnen. Leider habe ich den Glauben an Ihn verloren."

André nickte und wollte noch etwas sagen. Doch er besann sich anders und verließ die Zelle. Leise schloss er die Tür und versperrte sie.

Wie gut sich der Griff des Messers in Guys Hand anfühlte ... hart und tödlich. Er bewegte den Arm und prüfte die Kraft seiner Muskeln. So stark wie früher war er nicht mehr, aber was er vermochte, musste genügen. Er sank auf die Strohmatte und wartete.

Einige Stunden später hörte er Schritte im Flur und ein metallisches Klicken. Knarrend schwang die Tür auf, eine vermummte Gestalt schlich in die Zelle.

Da Guy seit Monaten in einer schwarzgrauen Welt lebte, waren seine Augen an die Finsternis gewöhnt. Angespannt beobachtete er seinen Feind, der sich fast lautlos näherte, und wagte nicht zu atmen. Guy wusste, wann der Meuchelmörder den Arm heben würde. Blitzschnell rollte er sich zur Seite, sprang auf und fuhr zu seinem Gegner herum. Offenbar war der Mann verblüfft, womit Guy gerechnet hatte. Diesen Vorteil nutzte er zu einem Angriff. Doch der Mann erholte sich sehr schnell von seiner Überraschung, wehrte die Attacke ab und schwang sein Messer hoch, um Guy zurückzutreiben.

In schweigendem Nahkampf umrundeten sie einander, fintierten, wichen zurück, zückten die Klingen. An beiden Stahlspitzen hingen Blutstropfen. Keuchend, beinahe am Ende seiner Kraft, bemerkte Guy plötzlich, wie der Feind die Deckung auf einer Seite vernachlässigte, und täuschte einen Angriff nach rechts vor. Als der Schurke den erwarteten Vorstoß abzuwehren suchte, stach Guy ihm von links sein Messer in die Brust. Die Klinge des Sterbenden fuhr über Guys rechtes Auge.

Wilder Schmerz. Unbarmherzig. Stechend und brennend. Er fiel auf die Knie, presste eine Hand auf das verletzte Auge, um den Blutstrom aufzuhalten. Mühselig rang er nach

Luft und biss sich auf die Lippe, um einen qualvollen Schrei zu unterdrücken. Mit dem gesunden Auge sah er seinen Widersacher reglos am Boden liegen. Aus der Brust quoll Blut. Er zwang sich, ein Ohr auf die Rippen des Mannes zu legen. Kein Atemzug, kein Herzklopfen waren zu vernehmen.

Guy sank auf die schmutzige Strohmatratze, zu erschöpft, um irgendetwas außer seinem Schmerz zu empfinden – zu erbittert, um etwas anderes zu erwägen als den Verlust seines Auges. Noch eine Greueltat, die er Gerald Faulk und den Grenvilles anlasten musste. Irgendwann, irgendwie würde er sich rächen für das Leid, das sie ihm angetan hatten. Seine Liebe zu Bliss war erloschen, hatte sich in kalten Hass verwandelt. Niemals würde er vergessen, wie sie nach dem Duell weinend neben dem verletzten Faulk gekniet hatte.

Wie lange Guy auf dem fauligen Stroh lag und eine Hand auf sein blutendes Auge presste, wusste er später nicht. Der Schmerz dehnte jede einzelne Minute zu einer Ewigkeit aus. Als die Zellentür aufschwang, bewegte er sich kaum. André neigte sich zu ihm hinab. „*Sacre bleu*! Lebst du noch? Hast du den Bastard getötet?"

Mühsam hob Guy den Kopf. „Ja, ich lebe. Aber vielleicht nicht mehr lange. Der Meuchelmörder ist tot."

André sah Blut zwischen Guys Fingern hindurchrinnen und hielt erschrocken den Atem an. „Wie schwer bist du verletzt?"

„Darauf kommt's jetzt nicht an. Hast du den Sarg mitgebracht?"

„Ja, der steht draußen vor der Tür. Die Männer, die ihn abgeliefert haben, warten in der Wachstube, um ihn wieder hinauszutragen – mit dir."

„Hilf mir beim Umkleiden – ich will die Sachen des Meuchelmörders anziehen. Gestern sagtest du, die Wachtposten seien bezahlt worden, damit sie wegschauen, wenn der Schurke in den Calaboso und wieder hinaus schleicht. Nun übernehme ich seine Rolle. Wir legen die Leiche in den Sarg, schließen den Deckel und holen die Männer, die ihn zum Friedhof befördern sollen."

„Natürlich helfe ich dir, *mon ami*. Kommst du nachher allein zurecht? Was hat er dir angetan?"

„Vermutlich habe ich ein Auge verloren", erklärte Guy grimmig. „Doch das werde ich verkraften. Mein Rachedurst wird mich am Leben erhalten."

Hastig streifte André die Kleider vom Körper des Toten, während Guy aus seinen Lumpen schlüpfte. Nachdem sie die Sachen vertauscht hatten, schleifte André den Sarg in die Zelle und warf den Toten hinein. Dann hämmerte er den Deckel zu.

„André, ich schulde dir mein Leben. Aber eine Bitte musst du mir noch erfüllen."

„Was soll ich tun?"

„Erzähl niemandem, was in dieser Nacht geschah. Alle müssen glauben, Guy DeYoung hätte im Calaboso einen unwürdigen Tod gefunden."

„Um deiner und meiner selbst willen werde ich schweigen. Wohin wirst du gehen? Was hast du vor?"

„Es gibt nur eine einzige Möglichkeit. Wie du weißt, helfen die Brüder Lafitte allen Männern, die vor dem Gesetz fliehen. Ich werde die beiden um Asyl in ihrer Festung an der Barataria Bay bitten. Dort wird mich niemand suchen, während ich genese und wieder zu Kräften komme."

„Willst du dich der Freibeuterei verschreiben? Damit haben die Lafittes zwar nichts zu tun, zumindest nicht direkt, aber sie verkaufen in New Orleans Waren, die sie von karibischen Piraten erhalten, und sie bieten ihnen auf Grande Terre Zuflucht an. Einem Gerücht zufolge hat die Diebesbeute beiden Brüdern zu fabelhaftem Reichtum verholfen."

Entschlossen straffte Guy die Schultern. „Was immer nötig ist, um zu überleben – ich werde es tun. Leb wohl, André."

Die Grenville-Plantage

Entsetzt starrte Bliss ihren Vater an. „Nein! Das glaube ich nicht!" Ihre Lippen bebten, ihr Gesicht war leichenblass. „Unmöglich! Guy kann nicht tot sein. Wenn er nicht mehr lebte, wüsste ich es in der Tiefe meines Herzens. Du lügst!"

„Wenn ich dir sein Grab zeige, wirst du sicher nicht mehr an meinen Worten zweifeln", erwiderte Claude Grenville. „Danach bringe ich dich in den Calaboso. Dort kannst du den Wärter befragen, der die Leiche entdeckt hat. Finde dich mit den Tatsachen ab, Bliss – Guy DeYoung ist im Gefängnis an Flecktyphus gestorben."

Noch nie in ihrem jungen Leben war sie so verzweifelt gewesen. Guys Tod zerstörte alle Zukunftsträume. Solange er noch am Leben gewesen war, hatte sie ihre Hoffnung nicht verloren, jeden Abend auf den Knien gebetet und den Allmächtigen angefleht, den geliebten Mann aus dem Gefängnis zu befreien. Und jetzt? Wie sollte sie ihr grausames Schicksal ertragen?

„Da Guy DeYoung nicht zurückkehren wird, hast du keinen Grund mehr, Gerald Faulks Heiratsantrag abzulehnen", bemerkte Claude.

Seine gefühllosen Worte bestärkten sie in ihrem Widerstand. „Soeben ist der einzige Mann gestorben, den ich jemals lieben werde. Ganz egal, was zu seinem Tod geführt hat – ich gebe dir und Gerald die Schuld daran. Wie kannst du mir vorschlagen, diesen Schurken zu heiraten? Dazu wirst du mich niemals überreden."

„Was habe ich verbrochen, um eine so undankbare Tochter zu verdienen?" schrie Claude. „Nur weil Faulk so großzügig war, mir beträchtliche Summen zu leihen, kann ich deine Kleidung und dein Essen bezahlen."

„Vergiss deine Geliebte nicht, Vater", erwiderte sie sarkastisch. „Das Haus am Schutzwall, das du für Yvette gekauft hast, muss ein Vermögen gekostet haben."

Mit seinen fünfundvierzig Jahren immer noch attraktiv und vital, runzelte er die Stirn. Ihre unverblümte Anklage irritierte ihn. „In meinem Alter braucht ein Mann gewisse Vergnügungen. Und du darfst nicht behaupten, ich würde deine Mutter betrügen. Sie ist vor langer Zeit gestorben. Doch das steht jetzt nicht zur Debatte. Meine finanzielle Lage ist von Faulks Geschäften abhängig. Und es wäre deine Pflicht und Schuldigkeit, ihn zu heiraten – aus offensichtlichen Gründen."

„Gewiss, er hat's auf mein Erbe abgesehen. Oh, ich wünschte, meine Großeltern hätten mir niemals dieses Vermögen hinterlassen!"

„Ich will dich nicht belügen. Natürlich liegt Faulk und mir sehr viel an deinem Erbe. Aber du kannst es erst in einigen Jahren beanspruchen. Bis dahin wird Faulk für dich sorgen, so wie du es gewöhnt bist."

„Und nach meinem fünfundzwanzigsten Geburtstag gehört mein Erbe ihm – wenn ich ihn heirate."

„So geht's nun mal zu auf dieser Welt. Die Frauen sind

unfähig, ihr Geld selbst zu verwalten. Deshalb weist das Gesetz den Ehemännern diese Aufgabe zu. Zweifellos hätte DeYoung dein Erbe verschleudert."

Bliss schloss die Augen, um ihre Tränen zu verbergen. Niemals würde sie den geliebten Mann wiedersehen, nie mehr seine Küsse schmecken, seine Hände spüren, die über ihren Körper wanderten, seine einzigartige Leidenschaft erwidern. Und sie würde nie mehr die süßen Liebesworte hören, die er ihr zugeflüstert hatte.

Was für ein wunderbarer Liebhaber war er gewesen ... Stets hatte er ihre Freude wichtiger genommen als die eigene. Bei der ersten Begegnung war er erst einundzwanzig gewesen. Aber sie hatte sofort seine außergewöhnlichen Wesenszüge erkannt – Güte, Einfühlungsvermögen, Sanftmut. Niemals würde sie ihn vergessen. Das gemeinsame Glück war viel zu kurz gewesen. In diesen wenigen Tagen hatten sie ein Kind gezeugt. Nun würde Guy nie erfahren, dass er Vater geworden und dass sein Baby bei der Geburt gestorben war ...

„Hörst du mir zu, Bliss? Soll ich Faulk mitteilen, du würdest seinen Antrag annehmen?"

„Nein, Vater, ich heirate ihn nicht." Allein schon dieser Gedanke würde Guys Andenken beschmutzen. „Sag ihm, er muss auf mein Erbe verzichten."

2. KAPITEL

New Orleans, 1811

„Mir zuliebe musst du's tun", betonte Claude Grenville und wanderte auf dem abgetretenen Teppich umher. „Überleg's dir noch einmal, ich flehe dich an. Mittlerweile geht es um meine Existenz. Auch Gerald Faulk wäre ruiniert, wenn du ihn nicht heiratest und ihm dein Erbe überlässt, damit er seine Verluste ausgleichen kann. Bis jetzt habe ich dich nicht bedrängt, weil du zu jung warst, um dein Erbe zu beanspruchen. Du kennst die Bedingungen. Das gesamte Vermögen wirst du nur als Ehefrau erhalten. Solltest du an deinem fünfundzwanzigsten Geburtstag immer noch ledig sein, bekommst du lediglich eine monatliche Zuwendung."

Bliss seufzte müde. „Haben wir das nicht schon oft genug erörtert, Vater? Meine Antwort lautet immer noch nein."

„Aber unser Heim steht auf dem Spiel. Wenn ich die Hypothek nicht abbezahle, wird sich die Bank unser Haus aneignen. Weder Faulk noch ich haben die ungeheuren Verluste vorausgesehen, die seine Firma seit einiger Zeit erleidet. Alle seine Schiffe wurden von Piraten angegriffen – insbesondere von *einem*. Offensichtlich hat's dieser verdammte Dieb nur auf Gerald abgesehen. Einige Monate nach den Attacken tauchen die gestohlenen Waren in der Stadt auf, und die unverbesserlichen Brüder Lafitte verkaufen sie zu Wucherpreisen."

„Wo ist die amerikanische Marine? Warum unternimmt sie nichts gegen die Freibeuterei?"

„Die wenigen Schiffe müssen die Briten von unseren

Küsten fern halten. Außerdem besitzt die Marine zu wenig Geld, um Piraten zu jagen. Am schlimmsten ist dieser Gasparilla. Er hat eine Bruderschaft gegründet – eine Bande, die unter seinem Kommando segelt. Und ein Schurke namens Hunter versucht, Faulk Shipping zu vernichten."

Schaudernd erinnerte sich Bliss an die Klatschgeschichten über die Bruderschaft. „Ich habe gehört, Gasparilla würde Frauen gefangen nehmen und auf einer abgeschiedenen Insel als Geiseln festhalten. Nur in einer Hinsicht haben die Frauen auf Captiva Island Glück. Gegen Lösegeld werden sie freigelassen und zu ihren Familien zurückgeschickt."

„Weiß Gott, was den armen Geschöpfen widerfährt, während sie auf ihre Befreiung warten ... Doch wir schweifen vom Thema ab. In sechs Monaten wirst du dein Erbe antreten. Wenn du dich nicht mit monatlichen Zahlungen begnügen willst, musst du heiraten. Faulk braucht dringend Geld, um seine restlichen Schiffe mit zusätzlichen Kanonen zu bestücken, die Bank verweigert ihm einen Kredit, und ansonsten kann er sich an niemanden wenden."

„In dieser Stadt gibt es noch andere Erbinnen, Vater."

„Aber er wollte immer nur dich zur Frau nehmen. Außerdem musst du endlich heiraten. Wer soll nach meinem Tod für dich sorgen? Bald wirst du fünfundzwanzig, und jeder Mann wünscht sich eine junge Gemahlin, die ihm Kinder schenken wird. Denk darüber nach. Wenn du ledig bleibst, wirst du niemals die Freuden der Mutterschaft genießen."

Gequält zuckte sie zusammen. Nun hatte ihr Vater einen wunden Punkt berührt. Fast sieben Jahre waren verstrichen, seit sie ihr Baby verloren und Guy den Tod gefunden hatte. Jetzt reihten sich trübe Tage aneinander, erfüllt von Erinnerungen an den geliebten Mann und das Kind, das sie gezeugt hatten. Wollte sie noch einmal Mutter werden? Ja, gewiss. Unglücklicherweise musste sie heiraten, um dieses Ziel zu erreichen.

„Ja, ich wünsche mir Kinder", gab sie zu. „Wäre mein Sohn am Leben geblieben ..."

„Er ist gestorben." Mit rauer Stimme fiel Claude ihr ins Wort. „Inzwischen hast du lange genug getrauert. Heirate Gerald Faulk, und du wirst nächstes Jahr um diese Zeit ein Baby im Arm halten. In deinem Alter sind die meisten Mädchen längst verheiratet. Ich bin verzweifelt, ebenso wie Gerald. Um sein Unternehmen zu retten, braucht er dein Geld. Und meine Existenz hängt von Faulk Shipping ab. Bisher habe ich nur wenig von dir verlangt, Bliss. Tu mir doch den Gefallen! Ich habe Gerald bereits versichert, diesmal würdest du seinen Antrag annehmen. Also darfst du mich nicht zum Lügner stempeln."

Vor ihrem geistigen Auge erschien das Bild des Mannes, den sie geliebt und geheiratet hatte. Seither war viel Zeit vergangen, und Guys Gesicht verblasste in ihrer Phantasie. Aber sie würde niemals die Leidenschaft ihrer viel zu kurzen Ehe vergessen. Alles an ihm hatte sie geliebt, sein schimmerndes schwarzes Haar, den Glanz seiner silbergrauen Augen, den kraftvollen Körper.

Guy DeYoung und sein Sohn waren tot. Nie würde sie einen anderen lieben. Doch sie konnte wieder ein Kind bekommen.

„Nun musst du mir endlich gehorchen, meine Tochter", entschied Claude. „Gerald hat das Aufgebot bestellt, das bereits am Eingang der St. Louis Cathedral hängt. In drei Wochen findet die Hochzeit statt."

„Vater, ich unterstütze dich mit meinen monatlichen Zuwendungen. Soviel ich weiß, werde ich sehr hohe Summen erhalten ..."

"... die für unsere Zwecke nicht ausreichen. Faulk hat schon zu lange auf dich gewartet. Allmählich verliert er die Geduld. Als ich damals in finanzielle Schwierigkeiten geriet, half er mir. Jetzt will ich mich revanchieren und ihm eine bessere Ausrüstung seiner Schiffe ermöglichen."

"Mit dem Geld meiner Großmutter", erwiderte sie bitter.

Claude zuckte die Achseln. "Einen anderen Weg gibt es nicht."

"Wie kann ich Gerald heiraten, wenn ich ihn nicht einmal mag?" klagte Bliss. "Hätte er Guy nicht zum Duell gefordert, wäre mein Liebster noch am Leben. Und du hättest deinen Einfluss nicht genutzt, um ihn im Gefängnis schmachten zu lassen – bis er erkrankte und starb."

"Das alles gehört einer fernen Vergangenheit an. Jedenfalls wirst du Faulk in drei Wochen heiraten."

"Nur um mein Heim zu retten, bin ich dazu bereit. Und ein Kind wird mir das Opfer lohnen. Du solltest Gerald klar machen, dass ich ihn nicht liebe. Da er sich ohnehin nur für mein Geld interessiert, werden ihn meine mangelnden Gefühle wohl kaum stören."

Erleichtert seufzte Claude auf. Er hatte eine erneute Weigerung befürchtet. So unglaublich es auch anmuten mochte – sieben Jahre nach DeYoungs Tod trauerte Bliss immer noch um diesen Mann und seinen Sohn. Damals war sie noch sehr jung gewesen. Claude hatte erwartet, sie würde ihren Kummer schneller überwinden und Faulks Antrag lange vor ihrem fünfundzwanzigsten Geburtstag annehmen. Stattdessen hatte sie in all den Jahren auf ihrem Standpunkt beharrt. Glücklicherweise war sie nun doch noch zur Vernunft gekommen.

Bliss stand in ihrem Brautkleid vor dem Spiegel und betrachtete das Bild, das sie ihren Freunden zwei Tage später präsentieren würde. Seit ihrer ersten Hochzeit war sie reifer geworden. Das rotgoldene Haar und die türkisblauen Augen zeigten immer noch den gleichen Glanz. Aber ihre Figur hatte sich fraulich gerundet.

„Was für eine schöne Braut!" meinte die Schneiderin, als sie die letzte Stecknadel in den Saum schob. „Diese Farbe steht Ihnen ausgezeichnet, Bliss, und es freut mich, dass Sie Blau statt Weiß gewählt haben."

„Ja, das Kleid ist wunderschön, Claire." Wehmütig dachte Bliss an den Tag, an dem sie mit Guy durchgebrannt war. Sie hatte ein Rüschenkleid aus weißem Organdy getragen – ein Kinderkleid. Aber ihr Bräutigam war entzückt gewesen.

„Ziehen Sie's jetzt aus. Ich nähe den Saum in meinem Atelier. Rechtzeitig vor der Trauung bringe ich Ihnen das Kleid zurück."

Weder die Hochzeit noch die elegante Robe konnten die Braut erfreuen. Nachdem die Schneiderin gegangen war, saß Bliss lustlos auf ihrem Bett und starrte vor sich hin, von bitteren Gedanken erfüllt. Wie konnte sie Gerald gestatten, sie ebenso zu berühren wie ihr erster Mann. Natürlich musste sie alles tun, was Faulk von ihr verlangte. Bei dieser Erkenntnis lief ein Schauer über ihren Rücken. Wie glücklich war sie in ihrer ersten Hochzeitsnacht gewesen … Mit zärtlichen Liebkosungen und sanften Worten hatte Guy ihr alle Angst und Verlegenheit genommen, und der Schmerz war ihr kaum bewusst geworden. In ihrer Kehle stieg ein Schluchzen auf. Nach all den Jahren akzeptierte sie Guys Tod noch immer nicht. Hätte sie seine Leiche gesehen, müsste sie sich mit Tatsachen abfinden. Aber sie kannte nur sein Grab.

Als die Uhr auf ihrem Toilettentisch schlug, zog sie sich notgedrungen an und stieg die Treppe hinab. Sie wollte in die Stadt fahren, um Handschuhe und Schuhe zu kaufen, die zu ihrem Kleid passten. In der Halle traf sie Mandy, die Sklavin, die ihr schon seit langer Zeit die Mutter ersetzte.

„Wohin gehen Sie, Kindchen?"

„Ich fahre in die Stadt, Mandy."

„Doch nicht allein! Warten Sie hier, ich hole meinen Schal."

„Bitte, Mandy, ich bin kein Kind mehr und brauche keine Anstandsdame."

„Wenn Sie meinen, Kindchen", entgegnete Mandy skeptisch. „Henry soll fahren, er wird auf Sie aufpassen."

„Wenn du darauf bestehst … Hast du meinen Vater gesehen?"

Stöhnend verdrehte Mandy die Augen. „Er sitzt mit Mr. Gerald in der Bibliothek. Wollen Sie diesen Mann wirklich heiraten? Ich kenne Sie gut genug und weiß, wie unglücklich Sie sind."

„Oh Mandy, ich bin schon lange nicht mehr glücklich", gestand Bliss. „Wäre diese Heirat nicht nötig, hätte ich mich niemals dazu bereit erklärt. Ich sage Vater nur rasch, dass ich wegfahre", fügte sie hinzu und eilte zur Bibliothek. Vor der angelehnten Tür hielt sie inne, weil sie ihren Namen hörte. Es schickte sich nicht zu lauschen, das wusste sie. Doch sie verwarf ihre Bedenken.

„Dieser habgierige Narr verlangt immer mehr Geld." Wütend schlug Claude mit der Faust auf den Schreibtisch. „Heute habe ich seinen Brief erhalten. Wird er sich niemals zufrieden geben? Wäre das Balg nicht mein Enkel, würde ich dem Kerl sagen, er soll's einfach vor die Tür setzen – so wie er mir's angedroht hat."

„Wie viel will er diesmal haben?" fragte Faulk, der offenbar wusste, wovon sein Partner sprach.

„Das Doppelte der jährlichen Zahlungen, weil der Junge allmählich älter wird und mehr isst."

„Mach Holmes klar, du würdest ihm nicht mehr Geld schicken. Mobile liegt weit weg. Also wirst du weder diesem Mann noch dem Jungen jemals begegnen."

Bliss hielt den Atem an. Was für ein Junge? Warum bezahlte ihr Vater diesen Mann, der ein Kind betreute? Die Antwort war zu grausam ... Nein, unmöglich. So herzlos konnte ihr Vater nicht sein. Oder doch? Bei seinen nächsten Worten wurde ihr schwarz vor Augen.

„Immerhin ist der Junge Bliss' Sohn, und deshalb kann ich ihn nicht ignorieren oder hinnehmen, dass er misshandelt wird."

„Ich kann dir das Geld nicht geben, Claude. Selbst wenn ich's hätte, würde ich's nicht an DeYoungs Bastard verschwenden."

In Bliss' Kopf drehte sich alles, und sie musste sich am Türpfosten festhalten. *Ihr Kind war nicht tot!* Also hatte der Vater sie belogen. Nach der Geburt – als sie zu schwach gewesen war, um Fragen zu stellen – hatte er ihr das Baby weggenommen und zu fremden Leuten geschickt. Jetzt erinnerte sie sich, dass Mandy an jenem Tag eine kranke Sklavin betreut hatte und die schwarze Hebamme kurz danach verkauft worden war. Am liebsten hätte sie geschrien vor Zorn.

Sie wollte ihren Sohn zu sich holen. Guys Sohn. Das Kind, um das sie seit Jahren trauerte. Niemals würde sie Gerald und ihrem Vater das Verbrechen verzeihen, das sie an ihr begangen hatten.

„Leg den Brief weg und vergiss ihn", empfahl Faulk seinem Freund. „Und dann komm mit mir ins Büro. Heute Abend führe ich dich und Bliss zum Dinner aus. Wir müssen über das neue Schiff diskutieren, das ich bestellt habe. Übrigens, ich versprach dem Schiffbauer die Gesamtkosten zu begleichen, sobald Bliss ihr Erbe antritt."

Claude murmelte eine unverständliche Antwort. Wenig später hörte Bliss, wie eine Schublade geschlossen wurde. Schritte näherten sich der Tür. Hastig floh sie um eine Ecke und wartete, bis die beiden Männer die Halle durchquerten und die Haustür ins Schloss fiel. Bevor sie in die Bibliothek schlich, spähte sie nach allen Seiten. Zum Glück ließ sich niemand blicken. Sie durchsuchte alle Schubfächer, und es dauerte nicht lange, bis sie den Brief fand. Nachdem sie sich den Namen und die Adresse eingeprägt hatte, legte sie das Kuvert wieder in die Schublade. Ohne zu überlegen, ob sie richtig oder falsch handelte, öffnete sie die Geldkassette ihres Vaters und nahm den gesamten Inhalt heraus. Allzu viel Geld konnte sie nicht einstecken. Aber für die Schiffsreise nach Mobile müsste es reichen. Sie rannte in ihr Zimmer hinauf und packte einen kleinen Koffer. Unbemerkt verließ sie das Haus.

Während sie zum Stall eilte, fuhr Faulks Kutsche gerade durch das Gartentor. Der Stallbursche war anderweitig beschäftigt, und so sattelte sie ihr Pferd lieber selbst, als irgendjemanden über ihre Pläne zu informieren. Entschlossen schwang sie sich in den Sattel und ritt die Zufahrt hinab.

Zwei Tage lang wartete Bliss in einer heruntergekommenen Pension, bevor sie an Bord ging. Die *Sally Butler* war ein Frachter, der Sklaven nach Mobile, Alabama, beförderte. Bedenkenlos hatte sie ihr Pferd dem Pensionswirt verkauft und beschlossen, das Geld für ihre eigenen Zwecke zu verwenden. Der Vater schuldete ihr noch viel mehr. Was ihr Erbe betraf – Gerald Faulk würde es niemals in die Finger bekommen, und das erfüllte sie mit großer Genugtuung. Die monatlichen Zuwendungen würden ihrem Sohn und ihr selbst ein komfortables Leben ermöglichen.

Zwei Tage nach ihrer Abreise aus New Orleans wurde sie von einem grausamen Schicksal ereilt. Ein Piratenschiff tauchte hinter einer kleinen Insel auf und verfolgte die *Sally Butler*. Sobald die Freibeuter in Schussweite waren, eröffneten sie das Feuer und zertrümmerten den Bug des Frachters. Kampflos kapitulierte die unbewaffnete Besatzung.

Entsetzt beobachtete Bliss, wie die Piraten das Deck stürmten. Ein Furcht erregender Bursche umschlang ihre Taille und zerrte sie zur Reling. Grinsend versuchte er, sie zu küssen. „Die gehört mir!" verkündete er.

Plötzlich wurde sie ihm entrissen und landete in den Armen eines anderen Piraten. „Niemand darf sich an ihr vergreifen, bevor ich, Gasparilla, entschieden habe, ob es sich lohnen würde, Lösegeld für die Gefangene zu fordern."

Als Bliss den berüchtigten Namen hörte, schwanden ihr die Sinne.

3. KAPITEL

Die Barrier Islands vor der Küste Floridas, Gasparilla Island, 1811

Der Pirat namens Hunter rekelte sich in einem Korbsessel und wartete, bis Gasparilla aus seinem Schlafzimmer kommen würde, wo er sich gerade mit einer Frau amüsierte. Mit seinem einen Auge musterte Hunter das luxuriöse Haus, das sich der Anführer gebaut hatte, und verglich es mit seinem eigenen auf Pine Island. In Gasparillas Heim fand man jeden erdenklichen Komfort. Der Großteil der Einrichtung stammte aus schwer beladenen spanischen Galeonen und anderen Schiffen, deren Kapitäne das Missgeschick erlitten hatten, den Weg des erfolgreichen Seeräubers zu kreuzen.

Im Lauf der Jahre hatte Gasparilla mehrere Inseln in Charlotte Harbor okkupiert, die größte zu seinem Wohnsitz erkoren und ihr seinen Namen gegeben. Wegen seines aufwendigen Lebensstils, seiner modischen Kleidung und weltmännischen Manieren nannte ihn die Bruderschaft „Piratenkönig". Im Kampf war er furchtlos und unbarmherzig. Ein wankelmütiger Liebhaber, hielt er sich einen ganzen Harem voll gefangener Schönheiten und verteilte seine Gunst, wie es ihm gefiel. Nur die reichen Frauen, die aus bedeutenden Familien stammten und ein hohes Lösegeld einbringen würden, rührte er nicht an.

Hunters Auge funkelte, während er sich an die letzten sechs Jahre erinnerte. An jenem Tag, wo er Gasparilla in der Barataria Bay begegnet war, hatte sein neues Leben begonnen. Ein Glücksfall, dachte er, und äußerst profitabel. Verwundet, dem Tode nah, war er zu den Brüdern Lafitte geflohen, und sie hatten ihm Obdach in Grande Terre gewährt. Dort erholte er sich, nachdem er dem Gefängnis wie durch ein Wunder entronnen war. Bei einem erbitterten Kampf unmittelbar vor der Flucht hatte er sein rechtes Auge verloren. Nun trug er eine schwarze Binde über den Narben. Da nur wenige Piraten ihre richtigen Namen benutzten, nannte er sich Hunter – Jäger –, fest entschlossen, alle Schiffe zu jagen, die der Firma Faulk gehörten. Außerdem widerstrebte es ihm seit Guy DeYoungs vermeintlichem Tod, je wieder diesen Namen zu tragen.

Als Gasparilla sein Schlafzimmer verließ, wurden Hunters Gedanken unterbrochen. Dunkelhäutig und kleinwüchsig, stammte der Anführer aus Spanien. Man munkelte, in Wirklichkeit heiße er José Gaspar, sei früher ein Admiral in der spanischen Marine gewesen, beschuldigt worden, er hätte die Juwelen der Königin gestohlen, und sei deshalb aus seiner Heimat geflüchtet. Trotz seiner geringen Körpergröße sah er attraktiv aus und wusste Frauen zu betören. Andererseits fürchteten sie sein grausames Wesen.

„Tut mir Leid, dass du warten musstest, Hunter." Gasparilla zog ein zierliches Spitzentaschentuch aus einem Ärmel und betupfte sich die Stirn. „Vor ein paar Tagen nahm ich eine Frau auf einem Schiff gefangen, die mich reizte, und nun fand ich zum ersten Mal eine Gelegenheit, sie auszuprobieren."

Sieben Jahre früher hätte Guy DeYoung die Unglückliche bedauert. Aber Hunter kannte kein Gewissen, kein Mitgefühl. „Hat sie dich erfreut?" fragte er im Konversationston.

„Ich glaube, ich bin verliebt", seufzte Gasparilla. „Leider

verschmäht sie mich, obwohl ich ihr kostbare Juwelen und Kleider schenkte, um die sie alle Frauen beneiden würden. Niemals werde ich die weibliche Seele verstehen, mein Freund."

„Da bist du nicht der Einzige", erwiderte Hunter grimmig. „Die Frauen sind trügerisch. Das weiß ich nur zu gut. Doch diese Erfahrungen gehören zu einem anderen Leben. Vor sechs Jahren wurde ich wieder geboren. Nichts ist von meinem einstigen Ich übrig geblieben."

„Ein kluger Entschluss ..."

„Unser Mittelsmann in Havanna gab mir was für dich", erklärte Hunter und zeigte dem Anführer eine kleine Truhe, die auf einem reich geschnitzten Tisch stand.

Interessiert hob Gasparilla den Deckel und sah Goldmünzen funkeln. „Ah – Lösegeld! Welche meiner Gefangenen wurde von ihrer Familie freigekauft?"

Hunter zog einen dicken Umschlag hervor und übergab ihn dem Piratenkönig. „Darin wirst du die Einzelheiten lesen."

Die Augen zusammengekniffen, überflog Gasparilla den Brief. „Oh, die Rothaarige aus New Orleans. Also hat ihr Verlobter endlich das Lösegeld rausgerückt und persönlich bei meinem Agenten abgeliefert. Jetzt erwartet er sie in Havanna. Ich hoffte, er würde das Geld nicht auftreiben. Dann hätte ich das süße Ding für mich behalten. Aber du kennst meine Prinzipien. Keine Frau, die eine größere Summe wert ist, wird angerührt. Das habe ich mir geschworen, und ich halte mich auch daran."

„Wie schade, dass die Bruderschaft deine Ansichten nicht immer teilt", meinte Hunter lachend. „Bevor du die weiblichen Gefangenen nach Captiva Island brachtest, waren sie deinen Männern auf Gnade oder Ungnade ausgeliefert. Und die dachten meistens nur an ihr Vergnügen."

„Ja, auf Captiva Island sind unsere Geiseln in Sicherheit. Aber zurück zur kleinen Grenville. Ich habe keine Zeit, um sie nach Havanna zu bringen. Unglücklicherweise sind die meisten meiner Kapitäne anderweitig beschäftigt oder nicht vertrauenswürdig. Und man soll nicht behaupten, Gasparilla sei wortbrüchig. Würdest du die Dame unbeschadet ihrem Verlobten übergeben?"

Seit Gasparilla den Namen erwähnt hatte, hörte Hunter nicht mehr zu. *Grenville.* Zweifellos ein häufiger Name. Es konnte unmöglich Bliss Grenville sein, die Frau, deren Namen er sieben Jahre lang nicht ausgesprochen hatte. Warum sollte sie allein auf einem Schiff reisen? Außerdem hieß Bliss inzwischen sicher anders – als Faulks Ehefrau ...

„Würdest du das für mich tun, Hunter?" fragte Gasparilla.

Verwirrt runzelte Hunter die Stirn. Für einen kurzen Augenblick waren mit den verdrängten Erinnerungen längst bezwungene Gefühle zurückgekehrt. „Was?"

„Hast du nicht zugehört? Bring die kleine Grenville nach Havanna, und wir teilen uns das Lösegeld. Du findest sie in unserem Quartier auf Captiva Island. Frag einen Wachtposten, er wird sie dir zeigen."

Gleichmütig zuckte Hunter die Achseln. „Im Moment habe ich ohnehin nichts Besseres zu tun."

„Nun, ich schon. Ich treffe Jean Lafitte auf Sanibel Island. Von dort bringen wir Sklaven von einer Galeone in seine Festung. Er hat zahlungskräftige Interessenten in New Orleans. Bei diesem Geschäft springt mit einiger Sicherheit für mich auch was raus."

„Gut, dann verbringe ich die Nacht auf meinem Schiff, und morgen segle ich nach Captiva." Hunter ignorierte die warnende innere Stimme, die ihm zuflüsterte, sein Leben würde sich ändern.

Am nächsten Tag ruderte Hunter in seinem Skiff zur Küste von Captiva Island und zog es auf den weißen Strand. Unter seinen Stiefelsohlen knirschten Muschelschalen, als er dem ausgetretenen Weg durch den Mangrovenwald zu den eingezäunten strohgedeckten Hütten aus Zwergpalmenholz folgte. Hier wurden die Geiseln festgehalten und streng bewacht.

Angespannt blickten zwei ältere Piraten dem Neuankömmling entgegen. Als sie merkten, dass er nicht Gasparilla war, sondern Hunter, atmeten sie auf und begrüßten ihn freundschaftlich.

„Was führt dich zu uns, Hunter?" fragte einer der Männer.

„Ein Auftrag von Gasparilla. Das Lösegeld für Miss Grenville ist eingetroffen, und ich soll sie nach Havanna bringen. Kannst du mir die Dame zeigen?"

Der grauhaarige Seeräuber öffnete das Gatter und schaute sich um. Langsam ließ Hunter seinen Blick über das Dutzend Frauen wandern, die sich mit verschiedenen alltäglichen Aufgaben befassten. Einige beugten sich über Feuerstellen und bereiteten eine Mahlzeit zu, andere schrubbten Wäsche in großen Bottichen. Unter zerlumpten Kleidern zeigte sich nackte helle Haut voll roter Moskitostiche.

„Da ist sie", erklärte der alte Pirat und zeigte auf eine Frau, die sich über einen Trog neigte. Eine Zeit lang bewunderte Hunter ihre wohlgerundete Kehrseite, bevor er sich an seine Pflicht erinnerte und zu ihr ging. Abrupt verstummten die Gespräche zwischen den Gefangenen, und alle beobachteten ihn.

Er war ganz in Schwarz gekleidet, vom weiten Seidenhemd bis zur engen Hose und den schenkelhohen Stiefeln. Nur ein rotes Halstuch milderte den düsteren Gesamteindruck ein wenig. Ein Band hielt sein langes, glattes schwarzes Haar im Nacken zusammengebunden. Mit seiner hoch gewachsenen, kraftvollen, geschmeidigen Gestalt und den markanten Gesichtszügen bot er den gefangenen Frauen einen verlockenden Anblick. Die schwarze Augenklappe beeinträchtigte seine attraktive Erscheinung keineswegs. Stattdessen betonte sie seine geheimnisvolle Aura.

Eifrig versuchten die selbstbewussteren Frauen, seine Aufmerksamkeit zu erregen, und die schüchternen lächelten unsicher. Ohne nach links oder rechts zu schauen, blickte er auf die Frau, die sich über den Waschtrog beugte.

Obwohl Bliss das ungewöhnliche Schweigen ihrer Mitgefangenen wahrnahm, achtete sie nicht darauf. Ihre Gedanken galten wichtigeren Dingen – zum Beispiel der Frage, warum ihr das Schicksal einen schweren Schlag nach dem anderen zumutete. Erst hatte sie den geliebten Mann verloren, dann den Sohn. Zumindest war ihr der Tod des Babys vorgegaukelt worden. Und nachdem sie erfahren hatte, das Kind würde noch leben, war sie auf der Reise nach Mobile von Piraten entführt worden. Nun saß sie auf dieser Insel fest, sorgte sich um den kleinen Jungen und überlegte wehmütig, dass sie nicht einmal seinen Namen kannte.

Die Hitze, die Moskitos, die schlechte Ernährung, die Gewitterstürme – das alles zehrte an ihren Kräften. Wenn man ihr auch erklärt hatte, man würde sie gegen Lösegeld freilassen, traute sie weder ihrem Vater noch Gerald Faulk zu, die nötige Summe aufzubringen. Ihr Geburtstag war gekommen und gegangen, über ihrem Kummer fast vergessen. Mit ihren fünfundzwanzig Jahren durfte sie nun das Erbe antreten und die monatlichen Bezüge beanspruchen. Würde sie jemals mit ihrem Kind zusammenleben?

Bestürzt blieb Hunter ein paar Schritte hinter Bliss stehen und starrte ihren Rücken an. Das zerfetzte Kleid entblößte eine zarte Schulter und wohlgeformte Waden bis zu den Kniekehlen. Warum lief ein seltsamer, prickelnder Schauer durch seinen Körper? Plötzlich spürte sie seine Nähe und drehte sich um. Der schwarz gekleidete Pirat, der sie mit einem leuchtenden silbergrauen Auge musterte, jagte ihr Angst ein. Unter der schwarzen Klappe, die das rechte Auge verdeckte, sah sie eine dünne weiße Narbe. Wie schmerzhaft musste diese Verletzung gewesen sein ... War er in einem wilden Kampf mit unglücklichen Opfern verwundet worden?

Voller Unbehagen betrachtete sie den Degen an seiner Seite, die Pistolen im Gürtel, das Messer im Stiefelschaft. Der Mann erschien ihr grausam und skrupellos. Schnell trat sie einen Schritt zurück.

Hunter sah die Frau vor sich, die er vergessen wollte, und spürte, wie all die Jahre entschwanden. So gut erinnerte er sich an ihren Duft, ihre unschuldige Leidenschaft, die seidige Haut, die unglaubliche Hitze in ihrem Schoß, das Beben ihrer erfüllten Lust. Verdammt! Er war sich sicher gewesen, er hätte sie aus seinem Herzen und seinen Gedanken verdrängt – in jene Zeit verbannt, vor der er als Hunter ein neues Leben begonnen hatte. Doch das Wiedersehen beschwor all die unerwünschten Erinnerungen herauf. Damals hatte er sie geliebt, mit seinem Körper, mit seiner Seele. Und dann war dieses Gefühl abrupt erloschen, weil sie weinend neben dem verletzten Faulk gekniet und ihn angefleht hatte, nicht zu sterben.

Dass Bliss ihn nicht erkannte, überraschte ihn kein bisschen. Im Lauf der Jahre hatte er sich verändert, viel stärker als sie. Jetzt war ihr rotgoldenes Haar etwas dunkler, die Figur kurvenreicher und verführerischer denn je. Nur die türkisblauen Augen zeigten denselben Glanz wie in jener fernen Vergangenheit.

„Was wollen Sie?"

Verwirrt lauschte er ihrer Stimme, die kehlig und atemlos klang und Phantasiebilder von schwülen Nächten erzeugte. Doch diese Stimme würde ihn nicht betören. Er war nicht mehr der leichtgläubige junge Guy DeYoung. Und was er früher empfunden hatte, Güte und Zärtlichkeit und Sanftmut, existierte nicht mehr. Er hatte sein Leben der Rache geweiht und beträchtliche Erfolge errungen. Auge um Auge, so lautete seine Devise. Und da er Gerald Faulk und Claude Grenville den Verlust seines rechten Auges verdankte, gelangten nur wenige Schiffe der Firma Faulk unbeschadet an ihr Ziel. Wie er von den Brüdern Lafitte erfahren hatte, gingen Faulk und Grenville bereits dem Ruin entgegen – eine Botschaft, die ihm wie Himmelsmusik erschien.

„Ihre Familie hat das Lösegeld geschickt", beantwortete er Bliss' Frage, „und Ihr Verlobter erwartet Sie in Havanna."

Verwundert runzelte sie die Stirn. Wo hatte sie diese Stimme schon einmal gehört? Eine tiefe, sinnliche Stimme, die ihr Blut durchdrang wie schwerer Wein … Unwillkürlich wich sie noch einen Schritt zurück. Fast unheimlich – als würde sie über ein Grab steigen … „Nein, ich will nicht nach

Havanna fahren", erwiderte sie und konnte ihren Blick nicht von diesem faszinierenden Mann losreißen.

„Oh, eine widerstrebende Braut?" Hunter hob die dunklen Brauen. Langsam musterte er sie von Kopf bis Fuß. „Eine Frau in Ihrem Alter müsste der Hochzeit geradezu entgegenfiebern", fügte er in verächtlichem Ton hinzu.

„Das verstehen Sie nicht." Unsicher senkte sie den Kopf. „Ich kann Gerald Faulk nicht heiraten. Vorher muss ich etwas erledigen. Wenn Gasparilla das Lösegeld erhalten hat – warum darf ich das Ziel meiner Reise nicht selbst wählen?"

„Was Gasparilla den Familien seiner Geiseln versprochen hat, pflegt er zu halten. In Ihrem Fall hat er erklärt, er würde Sie nach Havanna bringen lassen."

„Wer sind Sie?" Ein beklemmendes Gefühl sagte ihr, dass sie diesem Mann schon einmal begegnet war. Wie konnte das möglich sein? Zweifellos würde sie sich an diesen kompromisslosen – und attraktiven Piraten erinnern.

„Nennen Sie mich Hunter."

„Mr. Hunter, ich ..."

„Einfach nur Hunter."

„Irgendwie kommen Sie mir – kultivierter vor als die anderen Gauner, die hier herumlaufen. Wären Sie bereit, mich nach Mobile zu bringen? Ich beziehe monatliche Zuwendungen, und ich würde Sie für Ihre Mühe bezahlen."

„Halten Sie mich nicht für einen Gentleman", entgegnete er belustigt. „Nichts unterscheidet mich von den übrigen Mitgliedern der Bruderschaft. Da ich kein Herz besitze, appellieren Sie vergeblich an mein Gewissen. Und wenn Sie mein Mitleid erregen wollen – vergessen Sie's. Solche Gefühle habe ich längst begraben."

„Nun, ich dachte ..." Bedrückt verstummte sie.

„Warum wollen Sie unbedingt nach Mobile fahren? Um einen Liebhaber zu treffen? Laufen Sie Ihrem Verlobten davon? Sind Sie deshalb ohne Anstandsdame an Bord der *Sally Butler* gegangen?"

„Ich schulde Ihnen keine Erklärung." Niemals würde sie sich Gerald Faulk ausliefern, diesem elenden Schurken.

„Holen Sie Ihre Sachen. Wir haben schon genug Zeit verschwendet."

„Bitte, wenn Sie mich nicht nach Mobile bringen – lassen Sie mich wenigstens in New Orleans frei!"

„Meine liebe Bliss, Sie wenden sich an den falschen Mann. Nachdem Gasparilla mich ersucht hat, mit Ihnen nach Havanna zu segeln, werde ich genau das tun."

„Wieso kennen Sie meinen Namen?" flüsterte sie, und jenes geisterhafte Gefühl, sie würde dem geheimnisvollen Piraten nicht zum ersten Mal begegnen, jagte einen Schauer über ihren Rücken.

Hastig suchte Hunter nach einer plausiblen Antwort. „Gasparillas Agent in Havanna gab Ihren vollen Namen an, der mir mitgeteilt wurde. Vermutlich bekam der Mann einige Informationen von Ihrem Verlobten."

Bliss zögerte nicht lange. Wenigstens würde sie diese trostlose Gefängnisinsel verlassen. Und sobald sie Gerald Faulk übergeben wurde, konnte sie ihre Maßnahmen ergreifen. Diesmal würde sie nicht fliehen, sondern Gerald und ihrem Vater erzählen, sie habe herausgefunden, ihr Kind sei noch am Leben. Dann würde sie die beiden zwingen, den Jungen nach New Orleans zu holen. So hätte sie schon an jenem Tag handeln sollen, statt die Flucht zu ergreifen und in Piratenhände zu fallen. Entschlossen hob sie das Kinn. „Also gut, ich bin bereit. Ich habe kein Gepäck." Seufzend schaute sie auf ihr zerrissenes Kleid hinab. „Bekomme ich anständige Sachen zum Anziehen, bevor ich an Land gehe?" fragte sie. Dann berührte sie ihre zerzausten Locken. „Außerdem brauche ich einen Kamm und eine Bürste."

Nach Hunters Meinung hatte sie noch nie schöner ausgesehen, und er bezwang den Impuls, diesen Gedanken auszusprechen. „An Bord der *Predator* gibt's Kleidung und Toilettenartikel. Und auf der Fahrt nach Kuba haben Sie genug Zeit, um Ihr Haar zu pflegen. Kommen Sie jetzt, mein Skiff liegt am Strand."

Mühsam passte sie sich seinen großen Schritten an. Er erinnerte sie an einen anderen Mann mit langen Beinen und einem geschmeidigen, noch nicht ganz ausgereiften Körper – ein Mann, den sie über alles geliebt hatte. Ansonsten glich der unverschämte Freibeuter ihrem verstorbenen Ehemann kein bisschen. Bis auf die Augenfarbe ... In Guys Blick hatte sie Liebe und Güte gelesen, während Hunters Miene nur Brutalität und Bitterkeit ausstrahlte.

Gnadenlos schien die Sonne auf Bliss' unbedeckten Kopf herab, Schweißtropfen rannen von ihrem Hals zwischen die Brüste. Während sie hinter dem Furcht erregenden Piraten hereilte, versuchte sie an alles Mögliche zu denken – nur nicht an ihn. Erleichtert atmete sie auf, als sie endlich den Strand erreichten. Hunter zog das Skiff ins Wasser, sprang hinein und hielt es mit einem Ruder fest, bis Bliss eingestiegen war. Kraftvoll ruderte er zu seinem Schiff, das in der Nähe ankerte.

Bliss bewunderte die schöne Brigantine, einen voll getakelten Zweimaster. Zweifellos trug die *Predator* einen passenden Namen, und sie sah genauso stark und gefährlich aus wie ihr Kapitän.

„Klettern Sie die Strickleiter hinauf", befahl er, sobald das Skiff gegen den Schiffsrumpf prallte. „Keine Bange, Sie werden nicht herunterfallen – ich folge Ihnen." Nachdem er das Beiboot festgebunden hatte, umschlang er ihre Taille und hob Bliss zur Strickleiter hinauf.

Vorsichtig erklomm sie die schwankenden Sprossen und drehte sich nicht um, spürte aber, dass Hunter dicht hinter ihr blieb, weil sie seine Wärme an ihren nackten Waden spürte. Sobald sie das obere Ende der Strickleiter erreichte, wurde sie von zwei Händen ergriffen und an Deck gezogen. Hinter ihr schwang sich Hunter an Bord. Angesichts der verwegenen Besatzung wich sie zu ihm zurück. Noch nie hatte sie so beängstigende Gestalten gesehen. In seltsame Kombinationen aus Lumpen und eleganten Kleidungsstücken gehüllt, starrten sie Bliss lüstern an, als wäre sie ein besonders schmackhafter Leckerbissen.

„Dreht bei, Kameraden!" rief Hunter und trat zwischen Bliss und seine Männer. „Wir müssen Gasparilla einen Gefallen erweisen. Steuermann, ans Ruder! Nimm Kurs auf Kuba!"

Während die Besatzung seine Befehle ausführte, atmete Bliss auf. Wenig später hörte sie die Ankerkette knarren, die sich langsam aus dem Wasser hob, der Wind füllte die Segel, und die *Predator* glitt über die Wellen.

„Kommen Sie", wandte sich Hunter an Bliss. „So tüchtig meine Männer auch sind, sie kennen keine moralischen Bedenken. Am besten bleiben Sie während der ganzen Reise in meinem Quartier."

„In Ihrem Quartier?" flüsterte sie beklommen.

„Die Kapitänskabine ist der einzige Privatraum an Bord. Dort werden Sie sich gewiss wohl fühlen."

„Und wo schlafen Sie?"

Er schenkte ihr ein rätselhaftes Lächeln. „Natürlich in meiner Koje. Bei schönem Wetter übernachtet die Besatzung im Freien, bei schlechtem unter Deck. Noch irgendwelche Fragen?"

„Nur ein Wunsch ..."

„In Ihrer Situation können Sie keine Wünsche äußern. Aber reden Sie nur. Ich glaube, Ihr Ansinnen wird mich erheitern."

Brennend stieg ihr das Blut in die Wangen. Nur ein völlig herzloser Mann würde ihre Notlage amüsant finden. „Bringen Sie mich nicht nach Kuba", flehte sie. „Wenn Sie mir nicht erlauben, Mobile aufzusuchen, begleite ich Sie nach New Orleans. Alles – nur nicht Kuba."

Neugierig schaute er sie an, als er sie in seine Kabine geführt und die Tür hinter sich geschlossen hatte. Sein Blick glitt über ihren teilweise entblößten Körper. Plötzlich sah er sie mit den Augen seiner Besatzung, betrachtete eine leicht gebräunte nackte Schulter, die verführerische Wölbung einer weißen Brust, die schönen, nur bis zum Knie bedeckten Beine. So bezaubernd wie vor sieben Jahren ...

Ihre derangierte Kleidung wurde ihr offenbar bewusst, denn sie versuchte, die Fetzen über ihrem Busen zusammenzuziehen. Mit dieser vergeblichen Mühe entlockte sie ihm ein Lächeln. „Warum wollen Sie nicht zu Ihrem Bräutigam zurückkehren? Was haben Sie in Mobile verloren?"

„Das ist eine lange Geschichte, die Sie wohl kaum interessieren dürfte. Nachdem ich ein paar Wochen lang auf der Insel gefangen gehalten wurde, läuft mir vielleicht die Zeit davon. Deshalb muss ich unbedingt Mobile möglichst schnell erreichen."

Er runzelte die Stirn. Wer erwartete sie in dieser Stadt? Ein Liebhaber? Bei dem Gedanken an andere Männer, die sie vermutlich berührt hatten, stieg bittere Galle in ihm hoch. Sieben Jahre – eine lange Zeit ... Ihr Verlobter musste sie besessen haben. Und er war vermutlich nicht der Einzige gewesen. In wachsendem Zorn dachte er an Faulk und Grenville, die einen Meuchelmörder in seine Gefängniszelle geschickt hatten und den Verlust seines rechten Auges verschuldeten. Sicher war Bliss über jene niederträchtigen Machenschaften informiert worden und sogar damit einverstanden gewesen. Er hatte geglaubt, die Attacken gegen Faulks Schiffe würden seinen Rachedurst stillen. Jetzt erkannte er seinen Irrtum. Der bittere Hass beherrschte ihn immer noch. Und nun befand sich das wirksamste Werkzeug seiner Rache an Bord der *Predator*. In seiner Gewalt. Bliss Grenville. Mühelos konnte er sie benutzen, um seine Feinde zu demütigen.

„Sie sind nicht mehr jung", bemerkte er in spöttischem Ton. „Warum sind Sie immer noch ledig?"

Herausfordernd hob sie das Kinn. „Weil ich nicht heiraten wollte." Niemals würde sie diesem herzenskalten Piraten Dinge erzählen, die ihn nichts angingen.

„Erstaunlich, wie lange Ihr Verlobter auf Sie gewartet hat ... Die meisten Männer wären viel ungeduldiger."

„Gerald Faulk lässt sich nicht mit anderen Männern vergleichen", erwiderte sie trocken, was Hunter für ein Loblied hielt. Erbost runzelte er die Stirn. „Warum interessiert Sie das alles, Sir? Ich habe doch nur eine einfache Bitte geäußert. Wie lautet die Antwort?"

„Darüber muss ich erst mal nachdenken. Bevor wir an Land gehen, gebe ich Ihnen ein anständiges Kleid. Ihre Familie soll nicht glauben, wir hätten Sie schlecht behandelt.

Wann immer Gasparillas Geiseln freigekauft werden, hält er sich streng an die vereinbarten Bedingungen. Und er wird ziemlich wütend, wenn seine Männer dieses Gesetz missachten."

Hunter verließ die Kabine, schloss die Tür hinter sich und begab sich an Deck. Tief atmete er die würzige Salzluft ein, um Bliss' Duft aus seiner Nase zu verscheuchen. Seine Frau ... War sie das immer noch? Oder hatte sie die Ehe annullieren lassen, nachdem er im Gefängnis gelandet war? Wahrscheinlich hatte ihr Vater darauf bestanden, die Mesalliance zu beenden. Er wusste zwar, dass Faulk bei jenem Duell nicht gestorben war, aber ansonsten hatte er nur wenig über die Ereignisse in der Welt außerhalb seines Piratenlebens erfahren.

Sollte er nach New Orleans segeln, bevor er zur Bruderschaft zurückkehrte? Nein, dabei würde nichts Gutes herauskommen. Er hatte alle Kontakte zu ehemaligen Bekannten abgebrochen. Mit Guy DeYoung verband ihn nur mehr sein Rachedurst.

Ah – süße Rache ... Lächelnd schmiedete er einen Plan. Man hatte ihn früher charmant gefunden. Sicher würde es ihm nicht schwer fallen, Bliss zu umgarnen, ihr Herz zu erobern. Sie hatte Guy DeYoung geliebt. Warum sollte sie nicht auch den Seeräuber Hunter lieben?

Oh ja, er würde sie verführen und dann ihrem Bräutigam zurückgeben, mit einem Piratenbalg im Bauch.

Hocherfreut über seine großartige Idee, brach er in lautes Gelächter aus. Die Sache hatte nur einen einzigen Haken. Wenn Gasparilla herausfand, Bliss sei nicht planmäßig zu ihrer Familie gebracht worden, könnten Probleme auftauchen. Aber Hunter hoffte auch diese Klippe zu umschiffen. Und voraussichtlich würde der Spanier gar nichts erfahren. „Wir ändern den Kurs und segeln nach Pine Island, Greene", erklärte er seinem Steuermann, der ihn verwirrt anstarrte.

„Nach Pine Island, Hunter? Bist du sicher? Aber das wird Gasparilla nicht gefallen."

„Die Männer haben einen Urlaub bei ihren Frauen und Kindern verdient. Außerdem muss das Schiff überholt werden."

„Und die Gefangene?"

„Vorerst gehört sie mir. Wenn ich ihrer überdrüssig bin, wird sie bei ihrer Familie abgeliefert."

„Einfach so?" Grinsend entblößte Greene seine Zahnlücken. „Klar, sie ist ein bildhübsches Mädchen, und ich beneide dich, Kapitän."

Bliss wischte Tränen aus ihren Augen und unterdrückte ein Schluchzen. Offenbar konnte sie ihre Reise nach Kuba nicht verhindern. Großer Gott, sie würde sich viel zu weit von ihrem Sohn entfernen!

Seufzend konzentrierte sie ihre Gedanken auf Hunter. Wer mochte er sein? In seiner schwarzen Kleidung, mit der gespenstischen Augenklappe, glich er dem Teufel höchstpersönlich. Und wann immer sie in sein silbergraues Auge schaute, wurde sie von einem sonderbaren *déjà vu*-Gefühl erfasst. Seine Stimme und seine Haltung erschienen ihr irgendwie vertraut. Andererseits, wenn sie ihm schon einmal begegnet wäre, hätte sie ihn bestimmt nicht vergessen. Sie wandte den Blick zum Fenster der Kajüte und blickte aufs Meer hinaus.

„Fragen Sie sich etwa, ob Sie über Bord springen sollen?"

Verstört zuckte sie zusammen. Während sie ihren Gedanken nachgehangen hatte, war Hunter eingetreten. „Das wäre eine Überlegung wert."

„Aber es würde Ihnen nichts nützen. Ich bin ein ausgezeichneter Schwimmer."

„Haben Sie eine Entscheidung getroffen? Werden Sie meinen Wunsch erfüllen?"

„Ja."

Der seltsame Glanz in seinem Silberauge missfiel ihr. Aber in ihrer Erleichterung beschloss sie, seinen beunruhigenden Blick zu ignorieren. „Also fahren wir nach Mobile?"

„Das habe ich nicht gesagt."

Sofort erlosch ihre Freude. Welches Spiel trieb er mit ihr? Machte er sich einen Spaß, seine Gefangene auf die Folter zu spannen? „Nun, dann gebe ich mich eben mit New Orleans zufrieden."

„Ich habe auch nicht vor, Sie nach New Orleans zu bringen."

Am Ende ihrer Geduld, stieß sie einen schrillen Schrei aus und trommelte mit beiden Fäusten gegen seine Brust. „Was für ein Mensch sind Sie? Haben Sie kein Herz? Kennen Sie kein Mitleid? Amüsieren Sie sich über mein Unglück?"

Offensichtlich verblüfft, ließ er sich die Schläge eine Weile gefallen, ehe er ihre Handgelenke packte und Bliss an sich riss. Einige Sekunden lang schien er ihre Nähe zu genießen, dann schüttelte er sie unbarmherzig. „Begehen Sie nie den Fehler, etwas in mir zu sehen, das nicht existiert. Schon vor langer Zeit wurde mir mein Herz entrissen, ebenso wie mein rechtes Auge. Ich besitze kein Gewissen, keine Seele, und ich empfinde niemals Reue. In den letzten Jahren tat ich Dinge, die Sie zutiefst erschrecken würden – und die sogar *mich* manchmal anwidern. Für mich gibt es nur ein einziges Prinzip. Was ich haben will, nehme ich mir." Mit einer Hand umklammerte er immer noch ihre Unterarme, die andere strich über ihre Wange, ihr Kinn, ihre Lippen.

Sie spürte seine warmen, rauen Finger, roch den Duft der salzigen Gischt und der Sonnenhitze, der seiner Kleidung entströmte. Beinahe konnte sie seine Sinnlichkeit schmecken. Seine nächsten Worte raubten ihr den Atem.

„Und jetzt will ich Sie haben, Bliss Grenville, Ihren Körper, Ihre Seele, Ihr Herz."

Mühsam schluckte sie. Was meinte er? „Nein, bitte! Lassen Sie mich los! Sie sollen mich unbeschadet zu meinem Verlobten bringen. Erinnern Sie sich nicht?"

Sein Gesicht wirkte so hart und kalt, wie seine Stimme klang. „Keine Bange, Sie werden Faulk wiedersehen. Sobald ich es für richtig halte." Als er spürte, wie sich ihr Körper versteifte, unterdrückte er ein Lächeln. Sie fürchtete sich. Sehr gut. Ihre Angst war ein verheißungsvoller Anfang, und er konnte es kaum erwarten, ihr Grauen in Begierde zu verwandeln, die gleiche Leidenschaft, die sie einmal für Guy DeYoung empfunden hatte.

Aber in jene samtweiche Falle, die den jungen Guy vernichtet hatte, würde Hunter nicht tappen. Für ihn war die schöne Gefangene nur ein Mittel zum Zweck. Unsanft schob er sie von sich. „Ich bringe Sie auf meine Privatinsel."

„Warum?" würgte sie hervor.

„Dafür habe ich meine Gründe."

Was immer seinen Entschluss veranlasst hatte – sie wusste, es würde ihr nicht gefallen.

4. KAPITEL

Die *Predator* segelte durch den Pine Island Sound in eine Lagune, die von natürlichen Wällen aus Austernschalen, die sich im Laufe der Jahrhunderte dort abgelagert hatten, umgeben wurde. Durch das Kabinenfenster beobachtete Bliss zahllose Pelikane, Kormorane und Möwen, die über dem Wasser lauerten, um sich auf eine schmackhafte Beute zu stürzen. Zwischen den Raubtieren der Luft und des Meeres hatten die armen Fischchen keine Chance. Am Strand hob ein majestätischer Reiher seine Schwingen, um sich ebenfalls in die lebhafte Schar zu mischen.

Von ihrem Fenster aus sah Bliss nur ein dichtes Dickicht aus Mangroven und Pinien. Das Schiff fuhr so nah an die Küste heran, dass sie fürchtete, es würde stranden. Aber es glitt in einen Fluss, der durch ein Sumpfgebiet strömte. Zu beiden Seiten streiften Zweige den Rumpf.

Bald verbreitete sich der Fluss zu einem See, und der Steuermann lenkte die Brigantine geschickt zu einem Landungssteg.

Bliss ging an Deck, wo sie von Hunter erwartet wurde. „Willkommen auf meiner Insel."

Als er sie die Laufplanke hinabführte, erblickte sie zu ihrer Verblüffung ein Dorf am Ufer des Sees. Kleine Hütten aus Pinienholzlatten, mit Gips verputzt und mit Sumpfgras gedeckt, bildeten ungleichmäßige Reihen. Am Wasserrand lagen Fischerboote, auf hölzernen Gestellen trockneten Fische in der Sonne, die in der drückenden Hitze einen unangenehmen Geruch verströmten. Bliss folgte Hunter zu einem Pfad, der mit Muschelschalen bestreut war. „Wo wohnen Sie?" Misstrauisch musterte sie die primitiven Hütten.

Sie gingen zwischen aufgeregten Frauen hindurch, die zum Landungssteg rannten, um ihre Männer zu begrüßen. In Bliss' Augen sahen sie genauso heruntergekommen aus wie die Piraten. Vermutlich stammte ihre Kleidung von geplünderten Schiffen. Aber nun hingen Seide und Satin rettungslos zerschlissen an ungewaschenen Körpern.

„Weiter landeinwärts", antwortete Hunter, „in sicherer Entfernung von den Zechgelagen, die das ganze Dorf mit ohrenbetäubendem Lärm erfüllen."

„Nehmen Sie nicht daran teil?"

„Manchmal. Aber meistens ziehe ich die friedliche Stille meines Hauses vor. Kommen Sie." Er ergriff ihren Arm.

Nun eilten ihnen noch mehr Frauen entgegen, auch einige Männer. Mit lautem Gejohle wurde Hunter begrüßt, und Bliss wich vor schmutzigen Händen zurück, die sich nach ihr ausstreckten. Vulgäre Andeutungen empfahlen dem Kapitän, was er mit seiner neuen „Beute" machen sollte. Erleichtert atmete sie auf, als sie in einen schmalen Weg bogen und das Dorf verließen.

Der Pfad führte durch das dichte Unterholz eines Waldes und um mehrere seichte, von zertretenen Muschelschalen gesäumte Becken herum. Neugierig fragte Bliss nach ihrem Zweck.

„Darin haben die Calusa-Indianer Regenwasser gesammelt", erklärte Hunter, „die Ureinwohner dieser Inseln. Die meisten wurden von den spanischen Eroberern umgebracht. Auf Pine Island findet man viele Indianergräber, Tempelruinen und Überreste alter Hütten und Lagerräume. An der Nordküste erstreckt sich ein großes Dorf, eine Dreiviertelmeile lang und eine Viertelmeile breit. Dort leben immer noch einige Stammesangehörige."

„Haben Sie ein Grab geöffnet?" fragte Bliss interessiert.

„Nein, ich will die Toten nicht stören. Überlassen wir's künftigen Generationen, die Geheimnisse dieses Indianerstammes zu entdecken. Mir genügt's, wenn ich einigermaßen mit den Lebenden zurechtkomme."

Als sie Hunters Domizil erreichten, glänzte Schweiß auf Bliss' Stirn. Aber beim Anblick des Hauses entschied sie, der beschwerliche Weg durch die Hitze habe sich gelohnt. Verglichen mit den Hütten am See, war es ein Palast. Von Palmen beschattet, stand es auf einer kleinen Anhöhe. Durch offene Fenster wehte frische Luft hinein. Ein überdachter Gang führte zu einem Nebengebäude, wahrscheinlich zu einer Küche.

Höflich hielt Hunter ihr die Tür auf, und sie trat ein. Mit großen Augen schaute sie sich in einem Raum um, der so luxuriös ausgestattet war wie die vornehmsten Salons in New Orleans. An weiß getünchten Wänden hingen kostbare Gemälde, glänzend polierte Möbel standen auf dicken Teppichen, zarte Gardinen flatterten in der tropischen Brise. Köstliche Küchendüfte wehten heran.

„Gefällt's Ihnen?" fragte Hunter. Aus unerklärlichen Gründen wünschte er, Bliss würde sich in seinem Heim wohl fühlen.

„Unglaublich – ein solches Haus auf einer abgeschiedenen Pirateninsel ..."

„Ich weiß einen gewissen Komfort zu schätzen", erwiderte er und beobachtete, wie sie eine Vase mit eingelegter Goldverzierung ergriff und inspizierte.

„Auf Kosten anderer Leute?" fragte Bliss herausfordernd

und stellte die Vase an ihren Platz zurück. „Wie viele Schiffe haben Sie geplündert, um dieses Haus einzurichten? Wie viele Menschen mussten für Ihren ‚Komfort' sterben?"

Ihre Worte beunruhigten ihn, was er sich nur widerstrebend eingestand. Zu viele Schiffe, zu viele Menschenleben ... Er wäre ein Lügner, würde er behaupten, es habe ihn von Anfang an nicht gestört. Aber nach so vielen Schiffen und Toten hörte man zu zählen auf. Wenn er auch stets versuchte, Unschuldige zu schonen, hinderte er Gasparilla und die anderen nicht an ihren Gräueltaten. Er kannte den Unterschied zwischen Recht und Unrecht. Aber er hatte gelernt, sein Gewissen zu ignorieren.

„Verurteilen Sie mich nicht, Bliss", stieß er hervor, „und schauen Sie in Ihre eigene Seele. Dort werden Sie sicher etwas finden, das Sie bedauern sollten."

Unbehaglich wich sie seinem Blick aus und gewann den Eindruck, er könnte die Tiefen ihres Gefühlslebens ausloten. Wusste er irgendetwas über sie? *Wer war er?* „Niemand ist vollkommen", entgegnete sie.

„Was bedauern Sie, Bliss?"

Sie öffnete den Mund und schloss ihn wieder. Warum empfand sie plötzlich das Bedürfnis, diesem Mann von dem Kind zu erzählen, das sie niemals in den Armen gehalten hatte?

„Schon gut, behalten Sie Ihre Geheimnisse für sich. Kommen Sie, ich zeige Ihnen Ihr Zimmer."

Als sie einem langen Korridor folgten, kam ihnen eine hübsche Farbige entgegen, groß und schlank, mit ausdrucksvollen braunen Augen und vollen Lippen. Bei Hunters Anblick lächelte sie erfreut. „Oh, wir haben Sie gar nicht erwartet, Kapitän. Wie lange werden Sie diesmal bleiben?" Neugierig starrte sie seine Begleiterin an.

„Ich brauche endlich eine kleine Pause, Cleo." Besitzergreifend legte er einen Arm um Bliss' Taille. „Mein Schiff muss überholt werden, und meine Männer wollen sich mal wieder um ihre Familien kümmern. Wie lange ich hier bleibe, hängt von dieser Dame ab."

„Von mir?" rief Bliss irritiert. „Wenn's nach mir ginge, würden wir morgen abreisen."

„Zu früh, Bliss. Viel zu früh für meinen Geschmack. Cleo, hol Caesar und Tamrah. Ich möchte euch alle mit eurer neuen Herrin bekannt machen."

Bestürzt zuckte Bliss zusammen. Herrin? Was führte er im Schilde? Bis jetzt hatte er ihr nichts angetan. Aber er will etwas von mir, erinnerte sie sich, *meinen Körper, meine Seele, mein Herz*. Seine Worte schienen wie ein Schleier aus stickigem Rauch zwischen ihnen zu hängen und nahmen ihr den Atem. Natürlich, er hatte sich deutlich genug ausgedrückt. Er war mit ihr zu seiner Insel gesegelt, um sie in sein Bett zu zerren.

Während Cleo davoneilte, öffnete er die Tür eines sonnigen Zimmers mit zwei großen Fenstern, die zu einem Gemüsegarten hinausgingen. Hinter den üppigen grünen Pflanzen funkelten Wellen.

Hunter beobachtete aufmerksam, wie Bliss sich in dem schönen Raum umsah, und folgte ihr zu einem der Fenster. Sehnsüchtig betrachtete sie das Meer. „Auf dieser Insel gibt's viele giftige Schlangen. Allzu weit würden Sie nicht kommen." Er stand so dicht hinter ihr, dass sie seinen warmen Atem im Nacken spürte.

Konnte er Gedanken lesen? Sie hatte tatsächlich überlegt, ob sich ein Fluchtversuch lohnen würde.

„Schauen Sie mich an, Bliss."

Langsam drehte sie sich um.

„Wissen Sie, warum ich Sie hierher gebracht habe?"

„Ich bin nicht dumm. Natürlich weiß ich, was Sie wollen. Aber das werde ich nicht tun." Kampflustig hob sie das Kinn.

Da trat er noch näher, und das Fenstersims hinderte sie daran, zurückzuweichen. Die Hitze seines Körpers drohte sie zu versengen. Zu ihrem Entsetzen empfand sie das Bedürfnis, an seine Brust zu sinken und bedingungslos zu kapitulieren. Sie sah die feinen Fältchen rings um sein gesundes Auge, seine leicht geöffneten Lippen, und ihr Mund wurde trocken.

„Doch, Sie sind bereit dazu", flüsterte er. „Und Sie werden mich sogar darum bitten."

Ehe sie entrüstet protestieren konnte, küsste er sie – fordernd und seltsam zärtlich zugleich. Was für exquisite, unerträgliche Emotionen erwachten in ihrem Innern? So abrupt, wie der Kuss begonnen hatte, wurde er beendet. Hatte sie sich den Angriff auf ihre Sinnlichkeit nur eingebildet? Nein, dann würden ihre Lippen nicht so verzehrend prickeln.

Verwirrt berührte sie ihren Mund und gewann den sonderbaren Eindruck, er hätte sie schon früher geküsst. Das war natürlich undenkbar. Im nächsten Augenblick schienen noch heißere Wellen durch ihre Adern zu strömen. Hunter streichelte ihre Brüste und musterte sie prüfend, um ihre Reaktion festzustellen.

„Hören Sie auf!" fauchte sie.

„Gefällt's Ihnen nicht?"

„Nein!"

„Vielleicht ziehen Sie Gerald Faulks Liebkosungen vor."

Allein schon der Gedanke, dieser Mann würde sie berühren, ließ sie erschauern. „Vielleicht ..."

„Lügnerin! Sie finden meine Zärtlichkeiten viel angenehmer."

„Keineswegs – Sie verwirren mich", entgegnete sie wahrheitsgemäß. Sie konnte kaum einen klaren Gedanken fassen, erschüttert über das Feuer, das er in ihr entfacht hatte. Nur ein einziger Mann hatte sie mit so überwältigender Leidenschaft erfüllt. Und dieser Mann war gestorben. Wenn sie diesem niederträchtigen Piraten solche Freiheiten gestattete, würde sie das Andenken ihres Liebsten beschmutzen. Entschlossen stieß sie Hunters Hände beiseite und floh ans andere Ende des Raums.

Er wusste, dass es unfair war, sie dermaßen zu provozieren. Aber er hatte sich nicht beherrschen können. Sobald er sie berührte, kehrten all die verdrängten Erinnerungen zurück. Vor sieben Jahren hatte er ihre Sinnlichkeit geweckt. Jetzt wollte er ihre erotischen Gefühle noch viel gründlicher erforschen, stundenlang, und in vollen Zügen auskosten.

Seltsam, wie genau er sich aller faszinierenden Einzelheiten ihres Körpers entsann ... Das reizende kleine Muttermal unter ihrer linken Brust, das er so gern geküsst und mit seiner Zungenspitze liebkost hatte. Die schmale Taille. Die langen, wohlgeformten Beine. Das dichte kupferrote Kraushaar über dem rosigen Fleisch ihrer intimsten Weiblichkeit. Und ihr leises Seufzen, wenn er an den Knospen ihrer Brüste gesaugt hatte ... Als er sein wachsendes Verlangen spürte, stöhnte er unwillkürlich. Jetzt musste er diese Phantasiebilder verbannen, sonst würde er Bliss in wenigen Sekunden aufs Bett werfen und ihren Rock hochzerren. Und das war nicht geplant.

Nach ihrer Rückkehr zu Grenville und Faulk sollte sie sich erinnern, wie heiß sie ihn begehrt, wie verzweifelt sie um ihre Erfüllung gebettelt hatte. Und wenn er sich zu erkennen gab, sollte sie genauso leiden wie er am Tag des Duells, als sie sich schluchzend über den verletzten Faulk geneigt hatte.

Und so unterdrückte er seine Begierde. Spöttisch salutierte er. „Ganz wie Sie wünschen, Bliss – vorerst ..." fügte er rätselhaft hinzu.

Die Spannung zwischen ihnen war fast greifbar, und Bliss glaubte, daran zu ersticken. Was geschah mit ihr? Warum weckte dieser Pirat Gefühle, die bisher nur Guy DeYoung entfesselt hatte?

Zu ihrer Erleichterung klopfte es an der Tür, und die beklemmende Atmosphäre verflog.

„Herein!" rief Hunter.

Lächelnd betrat Cleo das Zimmer, gefolgt von einem schwarzen Riesen und einer schönen jungen Frau. Von langem schwarzen Haar umrahmt, schimmerte das Gesicht mit den ausdrucksvollen Mandelaugen wie Milchkaffee. Ein Sarong umhüllte die üppige Figur.

„Meine liebe Cleo haben Sie ja schon kennen gelernt", begann Hunter. „Und dieser große Bursche ist Caesar, ihr Ehemann. Ich habe die beiden selbst vermählt."

„Sind sie Sklaven?"

„Ich fand sie an Bord eines spanischen Sklavenschiffs. Jetzt sind sie frei. Aber sie wollten hier bleiben und für mich arbeiten. Natürlich werden sie bezahlt. Cleo ist meine Haushälterin und Köchin, Caesar der Hausmeister. Ohne die beiden würde ich niemals zurechtkommen."

Mit schmalen Augen musterte Bliss die junge Frau, die Hunter anstarrte, als wollte sie ihn mit Haut und Haaren verschlingen. Welche Rolle sie in diesem Haus spielte, war unschwer zu erraten, und Bliss wartete interessiert ab, wie Hunter die Position des Mädchens erklären würde.

„Und das ist Tamrah", fuhr er fort, „eine der wenigen Calusas, die noch auf Pine Island leben. Sie hilft Cleo im Haushalt."

So dumm war Bliss nicht. Sie wusste genau, welche Aufgaben das Mädchen unter Hunters Dach erfüllte.

Nun wandte er sich zu seiner Dienerschaft. „Bliss ist eure neue Herrin. Gehorcht ihr genauso wie mir. Irgendwelche Fragen?"

„Nein, Kapitän", erwiderte Caesar, grinste Bliss an und entblößte strahlend weiße Zähne. „Keine Bange, Cleo und ich werden gut für die kleine Missy sorgen – Ihre Frau, nicht wahr?"

Hunter schien zu zögern. Aber Bliss antwortete prompt: „Natürlich nicht. Ich bin seine Gefangene – und gewiss nicht freiwillig hierher gekommen."

„War das alles, Kapitän?" erkundigte sich Caesar. Ebenso wie die beiden Frauen gab er vor, er hätte Bliss' heftigen Protest nicht gehört.

„Ja, jetzt könnt ihr gehen. Und vergesst nicht – Bliss ist mein Gast und muss respektvoll behandelt werden."

Auf bloßen Füßen verließen Cleo und Caesar lautlos das Zimmer. Aber Tamrah blieb stehen und musterte Bliss feindselig.

„Von heute an wirst du neue Pflichten erfüllen, Tamrah", fuhr Hunter in freundlichem Ton fort. „Bliss braucht eine Zofe. Für diese Arbeit bist du zwar nicht ausgebildet, aber Bliss kann dir sicher alles erklären, was du wissen musst."

„Eine Zofe?" wiederholte Tamrah in gebrochenem Englisch. „Ich bin eine Calusa-Prinzessin und bediene niemanden." Erbost wandte sie sich ab und rauschte hinaus.

„Manchmal neigt Tamrah zur Arroganz", meinte Hunter belustigt.

„Ich brauche keine Zofe", verkündete Bliss. „Vielen Dank, ich sorge lieber selbst für mich."

„Wann immer Sie Hilfe brauchen, klopfen Sie da drüben an die Verbindungstür. Ich helfe Ihnen sehr gern."

„Eine Verbindungstür?" Sie drehte sich um. Erst jetzt bemerkte sie die schmale Tür auf der anderen Seite des Raums.

„Mein Zimmer liegt gleich nebenan. Hin und wieder finde ich dieses Arrangement sehr vorteilhaft."

Schaudernd erinnerte sie sich an jenes unerwünschte Prickeln in ihren Brüsten. „Vorteilhaft? In welcher Hinsicht?"

„Das werden Sie bald herausfinden", erwiderte er, lächelte anzüglich und verschwand im angrenzenden Zimmer.

Eine Zeit lang starrte sie die Tür an, die er hinter sich geschlossen hatte. Sie rührte sich nicht, bis Cleo anklopfte und hereinschaute. „Missy, Caesar bringt Ihnen den Badezuber."

„Oh, ein Bad!" rief Bliss erfreut. „Kommen Sie nur herein!" Nach so vielen Wochen würde sie endlich wieder diesen schmerzlich vermissten Luxus genießen.

Bald stand ein mit warmem Wasser gefüllter Zuber mitten im Zimmer. Daneben, auf einer kleinen Bank, lagen dicke Handtücher und eine Seife, die nach Jasmin duftete.

„Haben Sie sonst noch einen Wunsch, Missy?" fragte Cleo.

„Nein, danke – es sei denn, Sie finden eine anständige Garderobe für mich", fügte Bliss hinzu. Das Kleid, das Hunter ihr an Bord der *Predator* gegeben hatte, sah nicht viel besser aus als ihre alten Lumpen.

„Ja, das hat der Master mir schon gesagt. Während Sie baden, werde ich die Truhen im Lagerraum durchsuchen."

Rasch streifte Bliss die Lumpen von ihrem Körper, setzte sich in die Wanne und seufzte zufrieden. Das lauwarme Wasser fühlte sich wundervoll auf ihrer erhitzten Haut an. Nachdem sie ihr Haar zweimal eingeseift und ausgespült hatte, wusch sie ihren Körper. Dann lehnte sie sich zurück und schloss die Augen.

„Warum sind Sie hier?" Bliss hatte nicht gehört, dass die Tür geöffnet worden war. Aber sie erkannte Tamrahs schrille Stimme und hob die Lider. Die exotische Schönheit stand nur wenige Schritte entfernt.

„Das soll Ihnen Hunter erklären. *Ich* will nicht hier bleiben. Leider habe ich keine Wahl."

„Noch nie hat er eine Frau hierher gebracht."

Nun musste Bliss die Frage stellen, die ihr auf der Zunge brannte. „Was bedeuten Sie ihm?"

„Ich bin sein Eigentum – ein Geschenk meines Vaters." Selbstgefällig warf Tamrah den Kopf in den Nacken. „Mein Vater war der letzte große Calusa-Häuptling auf der Insel. Fast alle Angehörigen unseres Stamms, bis auf die Bewohner im Dorf an der Nordküste, wurden von den Spaniern getötet, die vor vielen Jahren hier ankamen. Vater vertraute Hunter, und bevor er starb, bat er ihn, einen passenden Ehemann aus unserem Volk für mich zu suchen, wenn es so weit ist. Aber ich wollte nur Hunter."

Offensichtlich sind die beiden ein Liebespaar, dachte Bliss.

„Bald werden Sie ihn langweilen", fügte Tamrah voller Genugtuung hinzu. „Er hatte schon viele Frauen. Aber es dauerte nicht lange, bis er ihrer überdrüssig wurde. Und dann kam er immer wieder zu mir zurück."

Bliss hörte, wie die Verbindungstür aufschwang, und schaute hinüber. Wurde ihr kein bisschen Privatsphäre gegönnt? Als Hunter eintrat, sank sie tiefer ins Wasser hinab.

„Hast du dich anders besonnen, Tamrah?" fragte er. „Möchtest du Bliss' Zofe werden? Wenn nicht, darfst du jetzt gehen. Und schließ die Tür hinter dir."

„Nein, ich habe mich nicht anders besonnen!" fauchte sie und stürmte aus dem Zimmer. Krachend fiel die Tür ins Schloss.

„Soeben hat mir Ihre Geliebte von Ihren zahlreichen Eroberungen erzählt", bemerkte Bliss sarkastisch.

„Oh, Ihre Eifersucht entzückt mich", erwiderte er und grinste schief. „Tamrah bildet sich ein, mich zu lieben. Aber sie war niemals meine Geliebte. Für mich ist sie eher eine Schwester."

„Welch eine reizende Schwester ..." Bliss glaubte eher der Indianerin als Hunter. Nicht, dass es eine Rolle spielte. Mit diesem herzlosen Seeräuber, der seine Verbrechen freimütig zugab, wollte sie nichts zu tun haben. „Was machen Sie hier? Darf ich nicht einmal ungestört baden?"

„In meinem Haus gehe ich überallhin, wo's mir gefällt. Ich bin nur zurückgekommen, um Ihnen etwas mitzuteilen. Heute Abend kann ich nicht mit Ihnen dinieren. Die Männer haben mich zu einer Feier im Dorf eingeladen. Daran wollen Sie wohl kaum teilnehmen. Manchmal arten diese Feste ein bisschen aus."

„Wie Sie den Abend verbringen, interessiert mich nicht. Wird Tamrah Sie begleiten?" Als sie sein triumphierendes Lächeln sah, hätte sie sich am liebsten die Zunge abgebissen.

„Nein, sie geht nie ins Dorf. Für undisziplinierte Piraten, die alles Schöne und Reine besudeln, ist sie sich zu schade."

„Und Sie besudeln nichts?" forderte sie ihn wider ihr besseres Wissen heraus.

„So könnte man's nennen", erwiderte er und warf ihr einen mysteriösen Blick zu. Dann ergriff er ein Badetuch und breitete es auseinander. „Steigen Sie aus der Wanne. Solange ich noch hier bin, werde ich Ihre Zofe mimen."

„Nein, danke."

Nach einigen Sekunden, die ihr wie eine Ewigkeit erschienen, legte er das Badetuch beiseite. „Also gut, ich füge mich Ihren Wünschen – diesmal." Ohne eine Antwort abzuwarten, ging er hinaus.

Bliss aß allein in ihrem Zimmer. Während des Sonnenuntergangs hatte die Hitze nachgelassen. Eine sanfte, nach Salzwasser duftende Brise erfrischte den sternenhellen Abend und wehte laute, fröhliche Stimmen heran. In das Gelächter mischten sich Ziehharmonikaklänge. Sie hatte keine Ahnung, was am Ufer des Sees geschah, und sie wollte es auch gar nicht wissen. Trotzdem trat sie ans Fenster und beobachtete fasziniert ein magisches Spektakel tanzender Schatten im Mondschein. Aus dem Unterholz nahe dem Haus drang das atemlose Gekicher leidenschaftlicher Liebespaare heran. Gehörte auch Hunter zu den Männern, die im Gebüsch stöhnten?

Schließlich kleidete sie sich aus, schlüpfte in eins der Nachthemden, die Cleo ihr gebracht hatte, und zog das Moskitonetz um das Bett herum. Sobald sie auf der weichen Matratze lag, schlummerte sie ein.

Sie erwachte nicht, als Hunter nach Hause kam. Da er zu viel Rum getrunken hatte, war ihm etwas schwindlig. Mit einiger Mühe fand er sein Zimmer, riss sich die Kleider vom

Leib, kämpfte mit dem Moskitonetz und sank ins Bett. Zufällig fiel ein Blick auf die Verbindungstür. Erst jetzt erinnerte er sich wieder an die Frau, die nebenan schlief.
Seine Frau.
Stöhnend drehte er sich auf den Bauch und versuchte, die schmerzhafte Erregung zu ignorieren, die ihn immer wieder plagte, seit Bliss in sein Leben zurückgekehrt war. Zu seiner Bestürzung fand er keine Ruhe. Viel zu oft quälten ihn solche schlaflosen Nächte. Oder grausige Erinnerungen an Gefängniszellen und Meuchelmörder geisterten durch seine Träume. Im Laufe der Jahre hatte er gelernt, mit möglichst wenig Schlaf auszukommen. Das erschien ihm einfacher, als jede Nacht den gleichen Albtraum zu ertragen.

Und jetzt lag die Ursache der bösen Träume im Nebenraum. Ganz langsam, um den schmerzenden Kopf nicht zu erschüttern, richtete er sich auf, ertastete die Öffnung im Moskitonetz und schwang die Beine über den Bettrand. Mit unsicheren Schritten ging er zur Verbindungstür und drehte den Knauf herum. Ohne zu knarren, an gut geölten Angeln, öffnete sich die Tür, und er überquerte die Schwelle.

Mondschein übergoss das Bett. Unter dem feinen Schleier des Moskitonetzes sah er die Frau, die er einmal so intim gekannt hatte wie sich selbst. Die Frau, die er geheiratet, die ihm ewige Liebe geschworen und sein Leben zerstört hatte, weil ihr ein anderer wichtiger gewesen war.

Wie einen Nachtfalter das Licht zogen ihn die Umrisse ihres schlanken Körpers an. Lautlos schlich er zum Bett und zog das Netz beiseite. Sie lag auf dem Rücken, einen Arm unter den rotgoldenen Locken, und glich einem unschuldigen Kind. Rhythmisch hoben und senkten sich die Brüste unter dem dünnen Nachthemd und verstärkten das Schwindelgefühl in Hunters Schläfen. Er musste seine ganze Selbstkontrolle aufbieten, um Bliss nicht zu berühren. Bald, beschloss er grimmig, bald werde ich sie in mein Bett holen.

Was sie geweckt hatte, wusste sie nicht. Jedenfalls merkte sie, dass sie nicht mehr allein war. Zögernd öffnete Bliss die Augen und zuckte zusammen, als sie Hunter sah, der sich zu ihr neigte – splitternackt. In ihrer Verwirrung fand sie keine Worte. Krampfhaft und erfolglos versuchte sie, den Kloß in ihrer Kehle hinunterzuschlucken. Mondstrahlen und Schatten glitten über seinen kraftvollen, wohlgeformten Körper. Während sich die Zeit zurückzudrehen schien, lächelte Bliss verträumt und glaubte, den Mann zu erblicken, den sie über alles geliebt hatte. Sie flüsterte seinen Namen, erkannte nur vage ihren Irrtum. „Guy ... O Guy ..."

Hunters Atem stockte. „Was haben Sie gesagt?"

Da konnte sie wieder klar denken. Sie schüttelte den Kopf, plötzlich hellwach. Auf einen Ellbogen gestützt, starrte sie ihn an. „Was tun Sie hier?"

„Ich wollte Ihnen eine gute Nacht wünschen", erklärte er unartikuliert.

„Großer Gott, Sie sind betrunken! Was wollen Sie?"

„Nur Sie, sonst nichts ..." Als er sich neben ihr ausstreckte, quietschte das Bett.

Sie tat ihr Bestes, um ihn wegzuschieben. Aber er rührte sich nicht von der Stelle. „Verschwinden Sie!"

Keine Antwort.

„So leicht werde ich's Ihnen nicht machen."

Noch immer keine Antwort.

„Verdammt, gehen Sie zu Tamrah, wenn Sie dringend eine Bettgefährtin brauchen!"

Und dann hörte sie ein leises Schnarchen. Offenbar war er eingeschlafen. Sie versuchte von ihm wegzurücken. Unglücklicherweise lag ein Stück ihres Nachthemdes unter ihm. Während sie daran zerrte, warf er sich abrupt zur Seite und schlang einen Arm und ein Bein um ihren Körper. Nun war sie endgültig gefangen. Wohl oder übel musste sie bis zum Morgen ausharren und beten, er möge nicht erwachen. Sie wartete, bis er tief und fest schlief, bevor sie selbst in einen unruhigen Schlummer versank.

Stöhnend bemühte er sich, sein brennendes Auge zu öffnen. In seinem Kopf schienen tausend Hämmer zu klopfen. Irgendetwas Weiches, Warmes schmiegte sich an ihn. Wie er sehr schnell herausfand, war er auf schmerzhafte Weise erregt. Unter seiner rechten Hand bewegte sich etwas. Ohne nachzudenken presste er seine Finger darauf. Ein leiser weiblicher Seufzer verscheuchte die letzten Reste seines Schlafs. In welchem Bett lag er? Wer hatte ihm in dieser Nacht ihre Gunst geschenkt? Die üppig gebaute Rothaarige, die vor kurzem auf der Insel eingetroffen war? Die leidenschaftliche Brünette, die oft zu ihm kam, wenn er eine Frau brauchte? Die kleine Blondine mit den großen Brüsten?

Ja, die Blondine, entschied er, und grub seine Fingerspitzen erneut in das nachgiebige Fleisch. Endlich gelang es ihm, sein unversehrtes Lid zu heben. Helles Sonnenlicht erfüllte das Zimmer, und er schloss das Auge wieder. Als er den Mut fand, dem Tag zu begegnen, erkannte er die schlafende Bliss an seiner Seite und runzelte verblüfft die Stirn. Warum erinnerte er sich nicht an die nächtlichen Ereignisse? Er wusste nicht einmal, wie er in diesem Bett gelandet war. Hatte er sie vergewaltigt? Hoffentlich nicht. Das würde seinen Plan vereiteln. Wenn sie sich liebten, mussten beide hellwach sein und jede Nuance der sinnlichen Aktivitäten wahrnehmen. Plötzlich sah er die schwarze Augenklappe auf dem Kissen liegen und hielt erschrocken den Atem an. War Bliss erwacht? Hatte sie ihn ohne dieses Ding gesehen und womöglich erkannt?

Ganz vorsichtig, um sie nicht zu stören, stieg er aus dem Bett, ergriff die Augenklappe und schlich auf Zehenspitzen in sein eigenes Zimmer. Dort zog er seine Breeches und die Stiefel an, dann eilte er zum Strand, entkleidete sich wieder und schwamm im Meer. So tief er auch in der tosenden Brandung untertauchte, er konnte nicht vergessen, wie gut sich Bliss' Busen angefühlt und wie süß sie geseufzt hatte – von seiner Liebkosung beglückt?

Wenig später erwachte sie. Warum hatte sie nicht gemerkt, dass er hinausgegangen war? Bliss stand auf, wusch sich und schlüpfte in das schlichte, mit gelben Blumen gemusterte Baumwollkleid, das Cleo über eine Stuhllehne gehängt hatte. Sorgsam bürstete sie ihre Locken, bevor sie ihr Zimmer verließ, um das Haus und das Gelände zu erforschen – und vielleicht einen Fluchtweg zu entdecken. Jeder Tag, den sie in ihrer Gefangenschaft verbrachte, würde die Reise zu ihrem Sohn qualvoll verzögern.

„Kann ich Ihnen helfen, Missy?" fragte Cleo, als Bliss die Veranda betrat. „Der Kapitän hat gesagt, Sie sollen auf ihn warten und mit ihm frühstücken. Am besten decke ich den Tisch hier draußen. Da ist's um diese Zeit angenehm kühl, kein Vergleich zur Mittagshitze."

„Während ich auf Hunter warte, will ich mich ein bisschen umsehen", erklärte Bliss und stieg die Stufen hinab.

„Gehen Sie nicht zu weit weg. Im Dschungel verirrt man sich leicht."

Bliss beschränkte ihre Besichtigungstour auf die nähere Umgebung des Hauses und inspizierte Schweine- und Hühnerställe, den Garten, den sie von ihrem Fenster aus gesehen hatte, Lagerräume und einen Geräteschuppen. Auf einer Lichtung entdeckte sie ein kleines Cottage, und sie nahm an, dass Cleo und Caesar darin wohnten.

Als sie um eine Ecke des Hauses bog, traf sie Hunter, der vom Strand zurückkehrte. „Haben Sie gut geschlafen?" fragte er, in erstaunlich heiterer Stimmung, nachdem er noch vor wenigen Stunden ziemlich betrunken gewesen war.

Bliss musterte ihn mit schmalen Augen. „So gut, wie man es unter den Umständen erwarten konnte."

Ohne zu erwähnen, dass er die Nacht in ihrem Bett verbracht hatte, lächelte er sie an. „Ich bin halb verhungert. Wollen wir frühstücken? Es war sehr liebenswürdig von Ihnen, auf mich zu warten." Höflich umfasste er ihren Arm, führte sie zum Tisch auf der Veranda und rückte ihr einen Stuhl zurecht.

Sie fragte sich, warum er sie so freundlich behandelte. Wollte er sie freilassen? Vielleicht war das ein günstiger Zeitpunkt, um dieses Thema anzuschneiden.

Nachdem Cleo eine Platte mit frischem Obst serviert und sich wieder entfernt hatte, holte Bliss tief Atem. „Reisen wir heute weiter? Lassen Sie mich frei? Am liebsten würde ich nach Mobile fahren, wenn es nicht zu viel Mühe macht."

Hunters Gabel blieb in der Luft hängen. „Wieso glauben Sie, ich würde Sie irgendwohin bringen? Wir sind doch eben erst hier angekommen."

„Nun, ich dachte – weil Sie so nett waren, hätten Sie sich anders besonnen."

Sein Blick jagte ihr einen Schauer über den Rücken. „Dann muss ich Sie eines Besseren belehren. Ich bin nur nett, wenn es meinen Zwecken dient. Und ich finde es angenehmer, mit einer Frau zu schlafen, die mir nicht feindlich gesinnt ist. Deshalb werde ich nett zu Ihnen sein, Bliss. Sogar *sehr* nett", betonte er. „Und Sie werden Liebesfreuden kennen lernen, die Ihnen kein anderer Mann geschenkt hat."

Dass er sie schwängern wollte, erwähnte er natürlich nicht. Erst wenn sie sein Kind unter dem Herzen trug, würde er sie ihrem Vater und Faulk übergeben. Hoffentlich würde es eine Weile dauern, bis er sein Ziel erreichte – denn er wollte möglichst oft sein Bett mit ihr teilen.

5. KAPITEL

Unter anderen Umständen hätte Bliss die Insel geliebt. Der Meereswind milderte die Nachmittagshitze, die Nächte waren lau. Am angenehmsten fand sie die Morgenstunden, und sie stand zeitig auf, um die kühle, nach Pinien duftende Luft zu genießen.

Seit ihrer Ankunft vor drei Tagen fragte sie sich beklommen, was Hunter mit ihr vorhatte. Offenbar genoss er es, seine Gefangene im Ungewissen zu lassen. Jeden Abend lauschte sie auf seine Schritte im Flur und schlief ein, bevor er sein Zimmer betrat. Sie begann sich sogar auf die Begegnungen mit dem Herrn von Pine Island zu freuen. Normalerweise verbrachte er den Großteil seiner Zeit bei den Piraten am See und beaufsichtigte die Reparaturarbeiten an seinem Schiff. Danach aß er mit Bliss zu Abend, und sie gingen am Meer spazieren, bis sie von Moskitoschwärmen ins Haus getrieben wurden.

Sie stand vor dem Spiegel und bürstete ihre Locken, bevor sie Hunter zum Lunch traf. Wie so oft wanderten ihre Gedanken zu ihrem Sohn. Voller Wehmut stellte sie sich den kleinen Jungen vor, eine Miniaturausgabe von Guy, und lächelte verträumt.

„Hoffentlich gilt dieses Lächeln mir."

Zu ihrer Verblüffung sah sie Hunters Spiegelbild neben ihrem eigenen. Trotz der Augenklappe, oder vielleicht gerade deswegen, wirkte sein Gesicht faszinierend, von tintenschwarzem Haar umrahmt, das im Nacken mit einer Lederschnur zusammengebunden war.

Sie wollte sich zu ihm wenden, aber er umfasste ihre Schultern und zwang sie, ihn und sich selbst im Spiegel zu betrachten. „Woran haben Sie gedacht?" Seine heisere Stimme jagte einen seltsamen Schauer durch ihren Körper. „Sehnen Sie sich nach Ihrem Verlobten?"

Verwirrt spürte sie seine plötzliche innere Anspannung und wusste nichts zu sagen.

„Antworten Sie, Bliss!" befahl er und grub seine Finger noch fester in ihre Schultern. „Haben Sie von Gerald Faulk geträumt und deshalb gelächelt?"

„Warum tun Sie mir weh? Ich habe nur mein Spiegelbild angelächelt. Sind Sie jetzt zufrieden?"

Sein Griff lockerte sich. Aber er ließ sie nicht los, und sie spürte seinen muskulösen Körper an ihrem Rücken. „Vorerst." Langsam glitten seine schwieligen Hände über ihre Arme hinab. Als er ihre Taille umschlang, stockte ihr Atem. Dann berührte er ihre Brüste, zunächst nur ganz zart. Zitternd schloss sie die Augen und öffnete sie sofort wieder, weil seine Finger beide Rundungen umfassten. Die Knospen richteten sich auf und wurden hart.

„Lassen Sie das!"

Aufreizend strichen seine Daumen über ihre Brustwarzen und weckten heiße erotische Gefühle, den unwillkommenen Wunsch, sich an seine Brust zu lehnen. Nur halbherzig wehrte sie sich gegen die betörenden Zärtlichkeiten.

„Wie gut Ihnen meine Liebkosungen gefallen, Bliss ... Das weiß ich. Ihre Brüste waren schon immer sehr sensitiv."

Bis ihr die Bedeutung seiner Worte bewusst wurde, dauerte es eine Weile. Wieso konnte er das wissen? Nur ein einziger Mann hatte ihren Busen intim berührt. Oh Gott, verlor sie den Verstand? Mit ihrem geliebten Guy war Hunter natürlich nicht zu vergleichen.

„Schauen Sie in den Spiegel, Bliss. Beobachten Sie, wie ich Sie betöre."

Sie schüttelte den Kopf. Doch ihr Blick wurde unwiderstehlich von ihrem Spiegelbild angezogen. Sie sah eine Frau mit verschleierten Augen und leicht geöffneten Lippen – eine Frau voller Verlangen. Und sie war unfähig, die Lider zu senken. Sie spürte Hunters Finger an ihrem Rücken.

Wenig später glitt das Oberteil des Kleids hinunter. Nur das dünne Hemd bedeckte ihre Brüste. Hunter streichelte sie wieder, und sie hasste sich selbst, denn plötzlich wünschte sie, seine Hände auf der nackten Haut zu spüren.

Als sie seine Lippen auf ihrem Nacken fühlte, stöhnte sie leise. Er schob die Träger des Hemds hinab, lockerte die Verschnürung und entblößte ihre Brüste. Atemlos erkannte sie den erregenden Kontrast zwischen seinen sonnengebräunten Händen und ihrer weißen Haut. Ihr Kopf sank an seine Schulter, und sie war verloren in jener zeitlosen Welt, die von sinnlicher Lust beherrscht wurde.

Mit einem leisen Schrei protestierte sie, weil er ihre Brüste losließ, um das Hemd und das Kleid noch tiefer nach unten zu ziehen. Und dann erstarb ihre Stimme, denn der weite Rock fiel zu Boden, und Hunter schob eine Hand zwischen ihre Beine und entfachte ein wildes Feuer. Während er sie immer intimer liebkoste, rieb sie ihre Hüften unwillkürlich an seinen. Nachdem ihre Leidenschaft so lange nicht entfesselt worden war, agierte ihr Körper unabhängig von ihrem Verstand.

Hunter erwiderte den verlockenden Druck, und Bliss spürte die Härte seiner Erregung. Obwohl sie wusste, dass sie sich in Schwierigkeiten brachte, konnte sie sich nicht von seiner magischen Anziehungskraft befreien. Hatte er nicht angekündigt, er würde sie verführen?

Gott möge ihr beistehen – es gelang ihm.

„Jetzt ist es an der Zeit", flüsterte er und küsste ihr Ohrläppchen. „Begehrst du mich, Bliss?"

„Oh – ich ..." Wenn sie die Frage bejahte, würde sie jenen Teil ihrer Seele verlieren, der dem Andenken ihres toten Ehemanns gehörte.

„Sag es mir, Bliss." Hunter ergriff ihr Hemd und zog es nach oben. Gegen ihren Willen kehrte ihr Blick zum Spiegel zurück, und sie sah lange Beine, weiße Schenkel vor dem Hintergrund einer schwarzen Hose. Noch ein bisschen höher – und er würde ihren Venushügel entblößen. Was würde Hunter tun, wenn der Spiegel alle ihre Geheimnisse enthüllte? Doch das sollte nicht geschehen. Abrupt ließ er das Hemd los, drehte Bliss herum und schob einen kraftvollen Schenkel zwischen ihre Beine. Dann neigte er sich hinab. Während er ihre Hüften streichelte, begann er an einer rosigen Brustwarze zu saugen.

Wie lange konnte sie diese aufreizenden Zärtlichkeiten noch ertragen, ehe sie im Strudel der Sinnenlust versank?

Seine Selbstkontrolle wurde auf eine harte Probe gestellt. Aus Erfahrung kannte er Bliss' leidenschaftliches Wesen, und jetzt verhielt sie sich genauso wie damals. Beherrsch dich, mahnte eine innere Stimme. Du darfst nichts empfinden. Sonst verlierst du alles, was du in den letzten sieben Jahren gewonnen hast ... Glücklicherweise musste er nicht um sein Herz bangen, denn das war bei jenem Duell gebrochen worden.

Entschlossen erinnerte er sich an sein einzig wichtiges Ziel – Bliss zu verführen und Gerald Faulk eine schwangere

Braut zu übergeben. Um das zu erreichen, brauchte er einen kühlen Kopf. So oft wie möglich wollte er mit ihr schlafen, ohne sich irgendwelchen Gefühlen hinzugeben, die seinen Plan vereiteln könnten.

Er drückte sie an die Wand, um sie im Stehen zu nehmen. Ihren schwachen Protest erstickte er mit einem heißen Kuss. Obwohl er sich dagegen wehrte, beschwor der süße Geschmack ihrer Lippen die Erinnerung an wunderbare Liebesnächte herauf, eine andere Zeit, und plötzlich bekam er nicht genug von Bliss.

Nicht nur Hunter wurde von verwirrenden Erinnerungen verfolgt. Seine Küsse schickten Bliss in die Vergangenheit zurück, zu dem Mann, der ihre Leidenschaft geweckt hatte. Und weil sie so verzehrend geküsst wurde wie damals, vergaß sie für einen Augenblick, dass sie in den Armen eines unzivilisierten Piraten lag. Sie glaubte, es wären Guys Arme, Guys Lippen und Guys Zunge, die ihren Mund begierig erforschte. Und er schmeckte sogar wie Guy.

Aber er war es nicht. Guy lag unter der Erde, und dieser Mann, der sie gefangen hielt, wollte sie nur zu seinem eigenen Vergnügen verführen. Womöglich würde er sie töten, sobald sie ihn langweilte. Sie hatte genug Geschichten über Gasparilla und die Bruderschaft gehört, um solche Befürchtungen zu hegen.

Energisch bekämpfte sie ihr Verlangen und wandte den Kopf zur Seite. „Nein, ich will nicht ..."

Ihr unerwarteter Widerstand hinderte Hunter nicht daran, nach seinem Hosenbund zu greifen. „Aber *ich* will es. Und was ich will, erreiche ich immer." Ungeduldig fluchte er, als die Verschnürung seiner Breeches einen unauflöslichen Knoten bildete, und zog sein Messer aus dem Stiefelschaft.

Weder Bliss noch Hunter hörten die Tür aufschwingen, und sie sahen den ungebetenen Gast nicht, der das Zimmer betrat. Plötzlich brach ein schriller Schrei den erotischen Bann, und Hunter drehte sich wütend um. „Klopfst du niemals an, Tamrah? Verschwinde! Siehst du nicht, dass ich beschäftigt bin?"

„Oh ja, ich sehe, was du tust", zischte Tamrah und warf Bliss einen vernichtenden Blick zu. „Cleo hat mich hergeschickt, weil ich Bliss zum Essen holen soll. Offenbar habt ihr mein Klopfen überhört. Warum musstest du sie hierher bringen, Hunter? Ich würde dir alles geben, was dir eine Frau bieten kann."

„Was für ein Unsinn! Wie alt bist du, Tamrah? Vierzehn oder fünfzehn? Ich bin ein erwachsener Mann. Und wenn ich auch viele schreckliche Dinge in meinem Leben tat – ich habe mich noch nie an Kindern vergangen. Wenn es an der Zeit ist, werde ich einen passenden Ehemann für dich suchen."

„Mit meinen sechzehn Jahren bin ich kein Kind mehr", erwiderte sie hochmütig. „Ich warte, bis du Bliss satt hast." In ihren dunklen Augen funkelte unverhohlene Bosheit. „Wirst du sie dann töten?"

Alles Blut wich aus Bliss' Wangen.

„Nein, irgendwann wird sie zu ihrem Verlobten zurückkehren, nach ..."

„Wonach?" fiel Bliss ihm ins Wort. „Was willst du von mir?"

„Sogar ich weiß, was er von Ihnen will", fauchte Tamrah verächtlich. „Ich verstehe bloß nicht, warum – weil er schon viel schönere Frauen erobert hat. Und Sie sind nicht einmal jung."

„Jetzt reicht's!" schrie Hunter. „Bring mich nicht zur

Weißglut, Tamrah! Geh in die Küche und hilf Cleo. Sicher findet sie eine Beschäftigung für dich."

Erbost rannte sie aus dem Zimmer, und Hunter wandte sich wieder Bliss zu. Aber der Zauber war verflogen. Unsicher starrte sie ihn an. Angst hatte die Leidenschaft verdrängt. „Warum hast du Tamrah belogen?" stieß sie hervor. „Natürlich wirst du mich töten, nachdem du – bekommen hast, was du willst."

„Da irrst du dich. Sobald ich den Zeitpunkt für richtig halte, darfst du wieder in Faulks Arme sinken."

„Und warum kann ich nicht sofort nach New Orleans fahren? Warum hältst du mich hier fest?" Sie straffte die Schultern und holte tief Atem. „Nur um mit mir zu schlafen? Wenn du versprichst, mich nach Mobile zu bringen, werde ich mich nicht wehren. Je früher du dir nimmst, was du begehrst, desto eher kann ich abreisen."

„Nun erinnerst du mich an eine Märtyrerin. Du sollst meine Leidenschaft nicht dulden, sondern herbeisehnen und dich willig hingeben, so wie – deinem Verlobten." Beinahe hätte er gesagt: so wie deinem Ehemann, Guy DeYoung. „Wann ich mit dir schlafe, bestimme *ich*, Bliss. Falls du glaubst, du würdest der Gefangenschaft entrinnen, indem du wie ein Brett unter mir liegst – vergiss es. Ich möchte deine heiße Lust genießen und alles, was du mir zu geben vermagst."

„Gar nichts werde ich dir geben." Sie starrte ins Leere, die türkisblauen Augen voll unvergossener Tränen. „Einmal gab es einen Mann …" Ihre Stimme brach. Schluchzend wandte sie sich ab. Nach einer kleinen Weile gewann sie ihre Fassung wieder. „Hat Tamrah gesagt, das Mittagessen sei fertig? Lassen wir Cleo nicht warten."

Er half ihr, sich anzuziehen, und sie staunte, wie geschickt er das tat. Was die Garderobe der Frauen betraf, hatte er zweifellos reichliche Erfahrungen gesammelt. Als sie wieder präsentabel aussah, bot er ihr seinen Arm und führte sie auf die sonnige Veranda, wo Cleo den Tisch gedeckt hatte.

Mit herzhaftem Appetit verspeiste Bliss frische Früchte, gekochte Krabben und würzige Gumboschoten. Zum Dessert gab es eine Creme aus Paradiesfeigen. Nach der Mahlzeit räumte Cleo das Geschirr ab und runzelte besorgt die Stirn.

„Stimmt was nicht, Cleo?" fragte Hunter.

„Tamrah ist verschwunden. Gerade habe ich Caesar losgeschickt. Er soll sie suchen." Seufzend schüttelte sie den Kopf. „Was für ein albernes Mädchen! Wie kommt sie bloß auf so dumme Gedanken? Vor kurzem ist sie sechzehn geworden, und jetzt bildet sie sich ein, sie könnte Ihre Frau werden, Kapitän. Aber ich habe ihr erklärt, sie sei viel zu jung für Sie."

„Das habe ich auch schon gesagt. Was glaubst du, wohin sie gelaufen ist? Diese Insel ist ziemlich groß."

„Keine Ahnung. Caesar wird sie sicher finden. Vielleicht besucht sie ihre Verwandtschaft im Dorf am Nordende. Und da gehört sie auch hin."

Hunter hatte geplant, Tamrah mit einem Calusa-Indianer zu verheiraten, sobald sie alt genug war. Jetzt nahm sie die Angelegenheit vermutlich in ihre eigenen Hände. Aber er beschloss trotzdem, das eigensinnige Mädchen zu suchen.

Im Calusa-Dorf hatte sie sich nicht blicken lassen. Ein junger Krieger bat Hunter um ein Gespräch. Diese Unterredung dauerte etwa eine Stunde.

Danach suchte Hunter den Pinienwald ab, bis in die späte Nacht hinein. Er fürchtete, Tamrah hätte sich im Mangrovendickicht verirrt oder sie wäre in den Treibsand geraten. Im Dschungel hausten giftige Schlangen und gefährliche Wildschweine. Überall drohten dem Mädchen tödliche Gefahren.

Sogar Bliss sorgte sich um Tamrah, obwohl die junge Indianerin so unfreundlich zu ihr gewesen war. Cleo und Caesar hatten sich bereits in ihre Hütte zurückgezogen, und Bliss wartete im Salon auf Hunters Rückkehr. Endlich hörte sie Schritte auf der Veranda und schaute erwartungsvoll zur Tür. Doch sie sah nicht Hunter, sondern drei Piraten, die Tamrah hereinführten. Verwundert erhob sie sich aus ihrem Sessel.

„Da ist sie", erklärte das Mädchen und zeigte auf Bliss. „Nehmt sie mit. Hunter hat genug von ihr und erlaubt den anderen Mitgliedern der Bruderschaft, ihre Reize zu genießen."

„Bist du sicher?" fragte einer der Piraten ungläubig und starrte Bliss lüstern an. „Wo ist Hunter?"

„Vorhin ist er weggegangen, damit er sich nicht mit ihr auseinander setzen muss, wenn ihr sie abholt."

Fassungslos schaute Bliss von einem zum anderen, und es dauerte ziemlich lange, bis ihr die Stimme wieder gehorchte. „Was soll diese dreiste Lüge, Tamrah? Hunter sucht nach dir. Warum bist du weggelaufen?"

„Keine Ahnung, wovon Sie reden ..." Tamrah lächelte unschuldig und wandte sich wieder zu den Piraten, die Bliss begierig musterten. „Wollt ihr sie haben oder nicht? Am besten verschwindet ihr mit ihr so schnell wie möglich, bevor eure Kameraden Wind von Hunters Großzügigkeit bekommen und ihren Anteil verlangen. Bringt sie in den Wald. Da kann man ihr Geschrei nicht hören."

„Ich kriege sie zuerst", verkündete ein hässlicher Pirat mit rotem Stoppelhaar.

„Klar, Red, du willst immer der Erste sein. Und wenn du mit ihr fertig bist, wird nicht viel von ihr übrig bleiben."

„Diesmal bin ich zuerst dran, Salty", meldete sich der dritte Pirat zu Wort.

„Wer sagt das, Butch?" fauchte Salty.

„Das da!" erwiderte Red und zog sein Messer.

„Seid ihr alle verrückt?" rief Bliss und fühlte sich wie in einem Albtraum. „Raus mit euch! Wenn Hunter erfährt, wie unverschämt ihr euch benehmt, wird er euch umbringen!" Sie versuchte zurückzuweichen, aber die drei Piraten packten sie und betasteten sie mit ihren schmutzigen Händen. „Tamrah! Sag ihnen, sie sollen aufhören! Das darfst du nicht zulassen!"

„Oh, ich erspare Hunter nur die Mühe, Sie loszuwerden. Meistens langweilen ihn die Frauen sehr schnell. Er liebt die Abwechslung. Nur weil er Sie auf die Insel geschleppt hat, wird er Sie nicht bis in alle Ewigkeit behalten."

Verzweifelt wehrte sich Bliss, als Red sie zur Tür zerrte. Salty und Butch halfen ihm. Mit vereinten Kräften zogen sie Bliss die Verandastufen hinab, befolgten Tamrahs Rat und schleiften ihr Opfer in den dunklen Wald.

Bliss beschloss zu schreien. Wenn sie Glück hatte, würde Caesar sie hören und retten. Offensichtlich las Red ihre Gedanken, denn er presste eine raue Hand auf ihren Mund. Trotz der schwarzen Finsternis schienen die Piraten genau zu wissen, wohin sie eilten. Auf einer kleinen Lichtung warfen sie Bliss ins Sumpfgras und begannen, über die Frage zu streiten, wer sie zuerst vergewaltigen würde.

Um die Gunst des Augenblicks zu nutzen, sprang sie auf, rannte blindlings durchs dichte Unterholz, stolperte über Wurzeln, wich Bäumen aus, deren Zweige an ihren Haaren zerrten und ihre zarte Haut zerkratzten. Hinter sich hörte sie gellendes Wutgeschrei, das Keuchen ihrer Verfolger, die sie wahrscheinlich bald einholen würden. In wilder Verzweiflung spähte sie über die Schulter, sah ihre grausige Vermutung bestätigt und prallte gegen ein Hindernis. Zu weich für einen Baum, zu hart für einen Busch ...

Hunter!

Schluchzend sank sie an seine Brust, und er nahm sie in die Arme. Sie wusste nicht, ob sie vom Regen in die Traufe geriet. Aber sie zog die Gefahr, die sie kannte, allen unbekannten Schrecknissen vor.

Hunter richtete sein Auge auf die drei Piraten, die bei seinem Anblick wie erstarrt stehen blieben. „Was geht hier vor? Wer hat euch gestattet, diese Frau zu entführen?"

Nervös schaute Red von Hunter zu Bliss. „Wir haben nur deinen Befehl befolgt, Kapitän."

„Welchen Befehl?"

„Du hast uns die Frau geschenkt. Aber davon wollte sie nichts wissen."

„Haben sie dich verletzt?" Hunter hob ihr Kinn und sah prüfend in ihre angstvollen Augen.

Weil sie kein Wort hervorbrachte, schüttelte sie nur den Kopf.

Wütend schrie er die Piraten an: „Wer hat behauptet, sie würde mich nicht mehr interessieren? Nachdem ihr euch an meinem Eigentum vergriffen habt, verdient ihr den Tod." Behutsam schob er Bliss beiseite und zog seinen Degen. „Nun, wer nimmt's zuerst mit mir auf?"

Beklommen wichen die drei Männer seinem Blick aus. Nur zu gut wussten sie, dass es ihm keine Mühe bereiten würde, alle drei zu erstechen.

„Bitte, Kapitän", begann Red, „das war ein Irrtum. Diese

kleine Indianerin kam zu uns und sagte, die Frau würde dich langweilen. Und deshalb sollten wir sie holen."

„Das hat Tamrah euch erzählt?"

„Ja, Tamrah – so heißt sie. Wenn wir gewusst hätten, dass du die Frau behalten willst, wären wir nie in dein Haus gekommen."

Hunters Finger umklammerten den Schwertgriff noch fester. Als er sich ausmalte, was diese brutalen Kerle seiner Gefangenen beinahe angetan hätten, drohte ihm das Blut in den Adern zu gefrieren. Andererseits hatte er solche Situationen oft genug erlebt. Zahlreiche grausame Vergewaltigungen beobachtet, ohne mit der Wimper zu zucken. Warum war er jetzt so wütend? Weil es diesmal um Bliss ging.

„Sagt er die Wahrheit, Bliss?" fragte er. „Hat Tamrah diesen Männern erzählt, dass ich deiner überdrüssig bin und dich loswerden will?"

„Ja. Sie führte die drei ins Haus und drängte sie, mich mitzunehmen."

„Leider kam ich gar nicht auf den Gedanken, Tamrah im Dorf am See zu suchen", seufzte er und wandte sich wieder zu den Piraten. „Verschwindet und gebt den anderen Bescheid! Wenn sich noch mal jemand an diese Frau heranmacht, kenne ich keine Gnade mehr."

Nur Red blieb kampflustig stehen und starrte ihn an, als wollte er die Autorität seines Kapitäns anzweifeln. Aber er musste Hunters Überlegenheit erkannt haben, denn er kehrte ihm abrupt den Rücken und folgte seinen Kameraden in den Wald.

Hunter steckte den Degen in die Scheide und zog Bliss wieder an sich. „Alles in Ordnung?"

„Ja."

„Du bist ziemlich blass."

„Wenn du nicht gekommen wärst ..." Ein kalter Schauer überlief ihren Rücken.

„Gehen wir ins Haus. Ich muss mit Tamrah reden."

„Was hast du vor? Sie ist noch so jung. Wahrscheinlich wusste sie gar nicht, was sie tat."

„Doch, das wusste sie sehr gut", erwiderte er in eisigem Ton.

„Du wirst ihr doch nicht wehtun?"

„Natürlich nicht. Sonst würde mich der Geist ihres toten Vaters verfolgen. Eigentlich wollte ich erst einen Ehemann für sie suchen, wenn sie älter ist. Aber nun werde ich sie möglichst schnell verheiraten. Ein junger Calusa hat um ihre Hand angehalten, und ich will sie zu ihm schicken. Kannst du gehen?"

„Ja, sicher." Wankende Schritte straften ihre Worte Lügen, und Hunter nahm sie auf die Arme. Zielsicher durchquerte er den dunklen Wald. „Wirklich, ich kann gehen ..." Bliss' Protest wurde ignoriert. „Darf ich dich was fragen, Hunter?"

„Wenn's sein muss."

„Wie viele Frauen hast du deinen Männern überlassen, wenn du ihrer müde warst?"

In der Finsternis, die nur hin und wieder von Mondstrahlen erhellt wurde, konnte sie sein Gesicht nicht sehen. Doch sie glaubte, er würde eine Grimasse schneiden. Es dauerte lange, bis er mit ausdrucksloser Stimme antwortete: „In den letzten Jahren tat ich einige Dinge, auf die ich nicht stolz bin. Zunächst litt ich darunter. Aber mit der Zeit ließen meine Gewissensqualen nach. Jetzt kenne ich keine Skrupel mehr. Soviel ich weiß, habe ich noch nie den Tod einer Frau verursacht. Die meisten meiner weiblichen Gefangenen wurden von ihren Familien freigekauft. Trotzdem werde ich vermutlich in der Hölle schmoren, weil ich untätig mit ansah, wie grausam sich Gasparilla und die Mitglieder der Bruderschaft an manchen Frauen vergingen."

Nachdenklich beschloss Bliss, seine Worte zu akzeptieren, obwohl sie seine Verbrechen nicht entschuldigten. Hunter und seinesgleichen hatten ihren Vater und andere Männer, die von der Schifffahrt lebten, an den Rand des Ruins getrieben. Wenn sie auch wusste, welch große Angst er ihr einjagen müsste, fürchtete sie seltsamerweise nur die Macht, die er auf ihre Sinne ausübte. Ehe sie eine weitere Frage stellen konnte, erreichten sie das Haus. Er trug sie durch stille, dunkle Räume, an ihrem Schlafzimmer vorbei, in sein eigenes. Hohl hallten seine Schritte auf dem Holzboden wider. Sie ahnte, was ihr bevorstand, und begann zu zittern.

Im Licht einer einzigen Kerze, die auf dem Nachttisch flackerte, fand er den Weg zu seinem Bett. Als er das Moskitonetz beiseite zog, rief eine sanfte Stimme: „Endlich bist du da, Hunter! Beeil dich, ich habe auf dich gewartet."

Wie erstarrt hielt er inne. Auf einen Ellbogen gestützt, lächelte Tamrah ihn aufreizend an.

„Verdammt!" fluchte er. „Was treibst du hier?"

Erst jetzt sah sie Bliss auf seinen Armen und erbleichte. „Und was hat *sie* hier verloren?"

Vorsichtig stellte er Bliss auf die Füße und zerrte Tamrah aus seinem Bett. Im Kerzenschein schimmerte ihre nackte Haut wie antikes Gold. „Nachdem du Bliss so übel mitgespielt hast, sollte ich dich verprügeln, Tamrah. Du bist in meinem Haus nicht mehr willkommen."

„Das meinst du nicht ernst", klagte sie ängstlich. „Wohin soll ich denn gehen?"

„In dein Dorf, wo du hingehörst. Dort habe ich dich heute gesucht. Erinnerst du dich an Tomas? Der junge Krieger möchte dich heiraten, und ich versprach ihm, darüber nachzudenken. Dank deiner Machenschaften habe ich bereits eine Entscheidung getroffen. Morgen schicke ich dich zu ihm. Oder ich liefere dich an einen Piraten aus."

„Aber ich mag Tomas nicht", schmollte sie.

Bliss beschloss, ihre Meinung zu äußern, obwohl sie nicht darum gebeten wurde. „Überleg's dir noch mal, Hunter. Du solltest nichts überstürzen."

„Halt dich da raus, Bliss. Wie kannst du sie verteidigen, nach allem, was sie dir angetan hat?"

„Bitte, Hunter! Sie ist noch so jung. Und sie glaubt dich zu lieben."

„Tomas ist ein anständiger junger Krieger. Einen so guten Mann verdient sie gar nicht. Morgen wird Caesar mit ihr ins Calusa-Dorf gehen."

Tamrahs Enttäuschung hielt sich in Grenzen. Eigentlich fand sie Tomas sehr nett und hübsch. Und sie hätte mit einer schlimmeren Strafe rechnen müssen. Hunter wäre durchaus fähig gewesen, sie windelweich zu schlagen. Trotz ihrer Jugend wusste sie besser als er selbst, was er empfand. Sein Bedürfnis, die neue Gefangene zu umsorgen und zu beschützen, bildete einen krassen Gegensatz zu seinem üblichen Verhalten. Normalerweise kannte er keine Gnade. Diese Frau musste ihm sehr viel bedeuten. Das spürte Tamrah, und sie nahm es hin, weil es offensichtlich der Wunsch des mächtigen Großen Geistes war.

„Geh in dein Zimmer", befahl Hunter mit rauer Stimme.

Nach einem kurzen Seitenblick auf Bliss stolzierte Tamrah in ihrer ganzen nackten Schönheit zur Tür, und Hunter folgte ihr.

„Versuch nie wieder, davonzulaufen!" mahnte er. „Es gibt keinen Ort, wo ich dich nicht finden würde." Erbost warf er die Tür hinter ihr zu.

Bliss beschloss die Flucht zu ergreifen.

Als sie sich zur Verbindungstür wandte, fragte Hunter: „Wohin gehst du?"

„In mein Zimmer."

„Von jetzt an schläfst du hier." Sein glühender Blick nahm ihr den Atem.

„Hunter, ich ..."

„Komm zu mir."

Wie verführerisch die leisen Worte klangen ... Und Bliss gewann den seltsamen Eindruck, sie hätte diese Stimme schon einmal gehört. Irgendwann. Irgendwo ... Sie zermarterte sich den Kopf. Aber ihr Gedächtnis ließ sie im Stich, und Hunters Anziehungskraft erschien ihr so bezwingend, dass sie alles vergaß, was jenseits dieser vier Wände lag. Zögernd ging sie zu ihm.

„Es ist an der Zeit, Bliss", flüsterte er, als sie dicht genug vor ihm stand, um die Hitze seines Körpers zu spüren. „Auf diesen Augenblick habe ich geduldig gewartet. Du wirst doch nicht gegen mich kämpfen?"

Verwirrt schaute sie ihn an. Kämpfen? Sogar das Atmen fiel ihr schwer. Woher sollte sie die Kraft nehmen, um zu kämpfen? Wie durch einen Schleier sah sie seine Waffen zu Boden fallen. Der Degen, das Messer, die Pistolen.

„Tut mir Leid, was heute Abend geschehen ist", fuhr er fort und knöpfte sein Seidenhemd auf. „Ich hatte nie die Absicht, dich meinen Männern zu übergeben. Von Anfang an wollte ich dich zu deinem Verlobten zurückbringen, sobald du ..." Abrupt hielt er inne. *Sobald du schwanger bist*, hätte er beinahe gesagt. „Wenn ich dazu bereit bin", verbesserte er sich hastig.

Von seiner breiten, muskulösen Brust fasziniert, hatte Bliss den Versprecher gar nicht bemerkt. Als er sich aufs Bett setzte, um die Stiefel auszuziehen, schluckte sie krampfhaft. Bald würde sie seinen nackten Körper sehen. Die Stiefel landeten am Boden, und Hunter stand auf. Brennend stieg ihr das Blut in die Wangen, während er aus seinen Breeches schlüpfte, und sie senkte rasch den Kopf.

„Schau mich an, Bliss."

„Nein. Dazu bin ich nicht bereit." Trotzdem gehorchte sie.

Wie wundervoll er aussah, groß und breitschultrig, mit schmalen Hüften ... Langsam wanderte ihr Blick nach unten und sie bemerkte, dass er voll erregt war.

„Du wirst mich begehren", versprach er zuversichtlich. „Berühre mich, Bliss." Ihr Zaudern war sinnlos. Entschlossen ergriff er ihre kleine Hand und schlang ihre Finger um seinen pulsierenden Schaft.

Erfolglos versuchte sie, ihre Hand zurückzuziehen. Hunter hielt sie eisern fest. Dann hörte sie ihn stöhnen und musterte erschrocken sein verzerrtes Gesicht. „Habe ich dir wehgetan?"

„Nein, aber ich genieße deine Nähe viel zu sehr." Lächelnd schob er ihre Finger beiseite. „Jetzt bist du an der Reihe."

6. KAPITEL

Zitternd rang sie nach Luft. Wollte sie, was mit ihr geschehen würde? Hatte sie eine Wahl? Hunter war fest entschlossen, sie zu besitzen. Wie sollte sie ihn daran hindern? Sie suchte nach Worten, um das Unvermeidliche hinauszuzögern. „Nimm deine Augenklappe ab ..." Etwas anderes fiel ihr nicht ein.

„Ich will dich nicht erschrecken."

„Das würdest du nicht ..."

Er öffnete die beiden obersten Knöpfe ihres Kleides. „Lass es *mich* beurteilen."

„Bitte, Hunter, ich kann es nicht erlauben ..."

Zwei weitere Knöpfe wurden geöffnet. „Wie willst du mich zurückhalten?"

„Aber – ich war noch nie mit einem Mann zusammen", log sie.

Lachend öffnete er die restlichen Knöpfe. „Du bist fünfundzwanzig. Soll ich glauben, du wärst eine Jungfrau?"

„Wieso weißt du, wie alt ich bin?" fragte sie erstaunt.

„Oh, das habe ich erraten", entgegnete er und zog das Oberteil ihres Kleides über die Arme zur Taille hinab.

„Vergewaltigst du alle deine weiblichen Gefangenen?"

Sein Zögern ermutigte sie. Dann löste er die Verschnürung ihrer Chemise, und sie musste ihre Hoffnung begraben. „Wenn ich dich vergewaltigen wollte, hätte ich's längst getan." Er streifte ihr Kleid nach unten, kniete nieder, um ihr die Schuhe und Strümpfe auszuziehen. Jetzt trug sie nur mehr ihr dünnes Batisthemd, und sie fürchtete, auch das würde er ihr bald rauben.

„Wie lange bist du schon ein Pirat?" fragte sie, um ihn

auf andere Gedanken zu bringen, was ihr gründlich misslang.

Immer noch auf den Knien, hob er die Chemise langsam hoch, bis zur Taille. Plötzlich stand er auf, zerrte sie über ihren Kopf und lieferte ihren ganzen Körper seinem glühenden Blick aus. Rasch legte sie einen Arm über ihre Brüste und eine Hand auf ihren Schoß.

„Manchmal habe ich das Gefühl, ich wäre schon immer ein Pirat gewesen", erwiderte er und zog ihre Hände weg. „Versteck dich nicht vor mir. Lass dich anschauen. Ich will sehen, ob du immer noch so schön bist wie ..."

„Wie – wann?" flüsterte sie bestürzt und errötete. Niemand außer Guy hatte sie jemals nackt gesehen. In jener ersten Nacht war es ganz natürlich und richtig gewesen, und sie hatte seine Freude an ihrer jugendlichen Unschuld genossen.

„So wie gestern, bevor wir von Tamrah gestört wurden", erklärte Hunter, streichelte ihre Brüste, und sie wich zurück.

Jedes Mal, wenn er sie berührte, empfand sie eine seltsame Sehnsucht, die sie verwirrte und beunruhigte. „Warum schaust du mich so an? Sicher hast du schon viele hundert nackte Frauen betrachtet." Sie hoffte, ihr herausforderndes Benehmen würde ihr helfen, die Tortur zu überstehen.

„Tausende", erwiderte er tonlos.

„Also gut, bringen wir's hinter uns. Ich habe wichtige Dinge zu erledigen, und ich wurde schon lange genug aufgehalten."

„Oh nein, wir werden uns sehr viel Zeit lassen. Wenn ich deinen Körper liebe, sollen deine Sinne erwachen und alles wahrnehmen, was ich tue."

„Warum bedeutet dir das so viel?"

„Dafür habe ich meine Gründe."

Irgendwie klangen seine Worte bedrohlich. „Welche Gründe?"

Er starrte die Frau an, die er einmal mehr geliebt hatte als sein Leben. Ihretwegen war er im Gefängnis gelandet. Und sie hatte ihren Vater und ihren Verlobten nicht daran gehindert, einen Meuchelmörder in seine Zelle zu schicken. Jetzt würde er sich für das Unrecht rächen, das ihm widerfahren war. Ein Piratenbaby in Bliss' Bauch – die gerechte Strafe für Guy DeYoungs Vernichtung ... Und die Rache würde umso süßer schmecken, wenn er Bliss' Herz eroberte.

Gleichmütig zuckte er die Achseln. „Meine Gründe würden dich nicht interessieren." Als er mit einer Fingerspitze über ihre Wange strich, entzückte ihn die seidige Glätte ihrer Haut. Doch die Zärtlichkeit war ein fremdes Gefühl, das er seit sieben Jahren nicht mehr kannte, und sie passte nicht zu seinem Racheplan. Er ließ die Hand sinken. „Komm!" befahl er und drängte sie zum Bett.

Bliss fühlte sich seinen Verführungskünsten hilflos ausgeliefert, denn ihr Körper weigerte sich, dem Verstand zu gehorchen. In ihrem Innern regte sich irgendetwas Vertrautes – etwas längst Vergessenes, Begehrenswertes.

Leise stöhnte sie, als Hunter sie hochhob, auf sein Bett legte und sich neben ihr ausstreckte. Sein Kuss besiegte den letzten Rest ihres Widerstands. Langsam zeichnete seine Zungenspitze die Konturen ihrer Lippen nach und folgte noch einmal der feuchten Spur.

Sonderbare Erinnerungen gaben diesem Kuss einen einzigartigen Geschmack. Und das Gefühl, Hunter hätte sie schon einmal umarmt, vielleicht in einem anderen Leben, erweckte den Eindruck, dies alles wäre gut und richtig.

Bereitwillig öffnete sie die Lippen und sehnte sich nach immer neuen berauschenden Küssen. Sein Mund war heiß und hungrig, seine Zunge spielte so aufreizend mit ihrer. Nach einer Weile hob er den Kopf. Enttäuscht hielt sie den Atem an. Dann seufzte sie zufrieden, während er ihren Hals mit Küssen bedeckte. Immer schneller schlug ihr Herz. Sie unterdrückte ein Stöhnen, um ihre Erregung zu verbergen. Aber Hunter gestattete ihr nicht, kühl zu bleiben. Seine Zunge wanderte zu ihren Brüsten hinab, und sie spürte, wie die Knospen anschwollen, als er daran saugte. Wieder einmal schienen Raum und Zeit zu entschwinden. Bliss glaubte, Guy DeYoung würde sie liebkosen. Nicht dieser unzivilisierte einäugige Pirat ...

Verzweifelt klammerte sie sich an ihn, suchte ein Glück, das sie sieben Jahre vermisst hatte. Und Hunter wusste genau, was sie wollte. Seine Hand glitt zu den rotgoldenen Locken zwischen ihren Schenkeln, in die feuchte Hitze. „Gefällt dir das?" flüsterte er an ihrem Busen.

Sein Daumen fand die winzige Perle ihrer Lust, und ihr ganzer Körper begann zu zucken. „Oh Gott – nein ..." stammelte sie. „Ich kann nicht ..."

„Natürlich kannst du's."

Von ihrer Leidenschaft halb benommen, besaß sie immer noch einen Rest ihres klaren Verstandes und fragte sich, wieso Hunter ihre erotischen Wünsche kannte. In Guys Armen hatte sie sich hemmungslos ihrer Lust hingegeben. Aber dieser Mann war nicht Guy, würde niemals ihr geliebter Guy sein. Oh Gott, sie glaubte zu sterben ...

„Lass es geschehen, Bliss", befahl Hunter. „Halt dich nicht zurück." Er spürte ihren Widerstand, den er besiegen musste. Viel zu laut pochte sein Herz, und er fürchtete, sie könnte es hören und merken, wie tief ihn ihre Erregung bewegte. So energisch er sich auch dagegen wehrte, er wurde beinahe von seiner unwillkommenen Begierde mitgerissen. Wenn er sich in erotischer Ekstase verlor, würde die körperliche Vereinigung eine größere Bedeutung gewinnen, und er strebte nur einen schlichten Zeugungsakt an. Oh, gewiss, er würde sein Vergnügen finden. Doch die Befriedigung durfte nicht zu einer Notwendigkeit ausarten. Dann wäre er verletzlich, und keine Frau sollte je wieder eine solche Macht auf ihn ausüben.

In Bliss' Körper bebten Emotionen, die sie längst vergessen hatte. Ihre Brüste schwollen an, und die empfindsame Stelle, die Hunters Finger liebkoste, pochte heftig. Von verzweifelter Begierde erfasst, wand sie stöhnend die Hüften umher. Der Höhepunkt glich einer plötzlichen Explosion, Feuerströme durchzuckten ihren Leib. Während sie immer noch zitterte, kniete Hunter sich über sie, und sie spürte ihn hart und pulsierend zwischen ihren Schenkeln.

Kraftvoll verschmolz er mit Bliss, und ihr Schoß fühlte sich so warm an, so eng, dass er sein Verlangen kaum bändigen konnte. Er zwang sich zu einem langsamen Rhythmus, holte tief Atem, um seine rasenden Herzschläge zu beruhigen. Als er noch tiefer in sie eindrang, wurde er beinahe von einem Entzücken überwältigt, auf das er nicht vorbereitet war. Er schüttelte den Kopf, um einen Schwindel erregenden Nebel zu verscheuchen, konzentrierte sich auf den Akt, nicht auf die Frau, und verdrängte die heiße Lust.

Dann hörte er Bliss in süßer Qual schreien, und ihre Stimme erschütterte die Tiefen seiner Seele – obwohl er geglaubt hatte, er besäße keine mehr. Er *wollte* nichts empfinden. Wütend verfluchte er sich selbst. Nach einer Weile nahm er etwas anderes wahr, das ihn verwirrte und gegen seinen Willen beglückte. Sie erschien ihm unglaublich eng, fast jungfräulich. War Guy DeYoung der letzte Mann gewesen, mit dem sie geschlafen hatte? Bald übermannte ihn die Sehnsucht nach der Erfüllung, und er beschleunigte seinen Rhythmus. Alle Gedanken wurden von wildem, gierigem Verlangen vertrieben. Und Bliss, hoffnungslos gefangen im Netz ihrer Leidenschaft, hob ihm die Hüften entgegen, passte sich seinen drängenden Bewegungen harmonisch an. Ihre Augen verrieten ihr, dass sie nicht in den Armen ihres geliebten Ehemanns lag. Aber in träumerischen Erinnerungen versunken, erkannte sie, wie erstaunlich sich Guy und Hunter glichen. Die muskulöse Brust an ihrer, der heiße Atem an ihrem Hals ... Unwillkürlich schlang sie die Finger in sein seidiges Haar. Sie glaubte ihren geflüsterten Namen zu hören. Doch sie war sich nicht sicher, weil ihr Herz so laut schlug.

Seinen Befehl verstand sie sehr gut. „Leg die Beine um meine Taille."

Blindlings gehorchte sie und schrie auf, als er noch tiefer in sie eindrang. Übermächtige Glut verbannte alle zusammenhängenden Gedanken.

„Komm mit mir, Bliss ..." Aus weiter Ferne schien seine Stimme heranzuwehen – wenige Sekunden, bevor sie in Sternenfluten zu ertrinken glaubte. Hunter stöhnte laut, und sie spürte, wie sich sein Körper anspannte, wie sein Samen ihren Schoß füllte.

Von bitterer Reue erfasst, starrte Bliss zur Zimmerdecke hinauf, wo Mondstrahlen tanzten. Sie hatte sich diesem Piraten hingegeben, in hemmungsloser Lust, und Guys Andenken betrogen. Bedrückt wandte sie den Kopf zur Seite und schaute Hunter an, der auf dem Rücken lag.

Mondschein übergoss seine Schultern und das schwarze Haar. Wie friedlich er wirkte – und jünger, als sie ihn eingeschätzt hatte ... Aber in eine so schwarze Seele konnte niemals Frieden einkehren. Sie betrachtete seine glatte Stirn, die gerade Nase, das eigenwillige Kinn. In ihrer Erinnerung regten sich undeutliche Bilder und verschwanden sofort wieder.

Seufzend richtete sie sich auf, um in ihr Zimmer hinüberzugehen. Aber Hunter hielt sie fest. „Bleib bei mir", flüsterte er gähnend. „Von jetzt an wirst du die Nächte hier verbringen."

Bliss suchte nach einer bissigen Antwort. Aber wie seine gleichmäßigen Atemzüge verrieten, schlief er bereits. Die Augen geschlossen, versuchte sie zu verstehen, was zwischen ihnen geschehen war. *Warum* – das wusste sie. Hunters Verführungskunst hatte einen unwiderstehlichen Zauber auf ihre Sinne ausgeübt. Irgendwie war es ihm gelungen, den Anschein zu erwecken, ihr verstorbener Ehemann würde sie lieben, und die Gefahr, die in dieser Fähigkeit lag, erschreckte sie.

Schließlich versank sie in tiefen Schlaf, in einem seltsamen Reich voll lebhafter Träume. Sie merkte nicht, dass sie geschrien hatte, bis Hunter an ihren Schultern rüttelte. „Wach auf, Bliss, du hast einen Albtraum."

In ihren Augen schimmerten Tränen. „Es war kein böser Traum."

„Willst du mir davon erzählen?"

„Nein. Schlaf weiter."

Seine warme Hand streichelte ihre Hüfte und glitt zwischen ihre Schenkel. „Jetzt bin ich hellwach und für dich bereit." Er griff nach ihren Fingern und führte sie an seine Lenden.

Hart wie Stein, glatt wie Samt ... Ihr Atem stockte. „Schon wieder?"

„Immer wieder. Solange es eben dauert."

Sie runzelte die Stirn. „Solange *was* dauert?"

„Bis du zugibst, dass du mich begehrst, dass du es genießt, mich in dir zu spüren."

„Das wird nie geschehen."

„Doch", erwiderte er und schob einen Finger in ihren Schoß. „Viel früher, als du glaubst."

Mühsam unterdrückte sie ein Stöhnen. „Warum ist dir das so wichtig? Zahllose Frauen wüssten deine Aufmerksamkeit zu schätzen, und ich verstehe nicht, warum du ausgerechnet mich in dein Bett geholt hast."

Der eigenartige Ausdruck seines Blicks ließ sie erschauern. „Eines Tages wirst du alles über mich erfahren, Bliss Grenville. Das verspreche ich dir."

Ehe sie fragen konnte, was seine verwirrenden Worte bedeuteten, zog er sie auf seinen Körper, spreizte ihre Beine und drang in sie ein. Atemloses Seufzen und unartikuliertes Stöhnen drückten eine Leidenschaft aus, die keiner Erklärung bedurfte.

Heller Sonnenschein berührte Hunters unversehrtes Lid und weckte ihn. Vorsichtig rückte er von Bliss weg, setzte sich auf und staunte, weil er so lange geschlafen hatte, so tief und fest. Nach zu vielen qualvollen Nächten im Gefängnis litt er an Schlafstörungen. Offenbar hatte Bliss ihn in einer einzigen Nacht geheilt. Über diesen albernen Gedanken musste er beinahe lachen. Er rückte seine Augenklappe zurecht und musterte Bliss. Wie unschuldig sie im Schlaf aussah, das Gesicht glatt und arglos ... Lächelnd erinnerte er sich an ihre rückhaltlose Hingabe. Die Liebesfreuden dieser Nacht hatte sie sicher ebenso genossen wie er. Und wenn es einen Rachegott gab, hätte sie bereits sein Kind empfangen. Jedenfalls würde er sie immer wieder verführen, bis es keinen Zweifel mehr an ihrer Schwangerschaft gab.

Und dann dachte er wieder daran, wie erstaunlich eng sie gewesen war. Hatte sie sieben Jahre lang enthaltsam gelebt? Diese Vorstellung erregte ihn. Aber er konnte nicht den ganzen Tag mit Bliss im Bett bleiben, sosehr er das auch wünschte. Seufzend stand er auf, schlüpfte in sein Hemd, die Breeches und die Stiefel und verließ das Haus, um wie jeden Morgen im Meer zu schwimmen.

Bliss erwachte viel später. Träge streckte sie sich und zuckte zusammen, als sie einen leichten, ungewohnten Schmerz zwischen den Schenkeln spürte. Die Schuldgefühle erschienen ihr viel schlimmer. In dieser Nacht hatte sie ihren Körper einem gewissenlosen Piraten geschenkt, der sie nur benutzen und dann fallen lassen würde, um eine andere unglückliche Frau zu betören. Warum war sie ein schwaches, willenloses Opfer seiner Anziehungskraft geworden?

Ein leises Klopfen an der Tür unterbrach ihre düsteren Gedanken. Lächelnd schaute Cleo herein und verkündete, Caesar würde ihr gleich den Badezuber bringen.

„Ja, kommen Sie nur herein", erwiderte Bliss und zog sich die Decke bis zum Kinn hinauf. Dann wurde ihr voller Scham bewusst, dass sie in Hunters Bett lag. Am liebsten wäre sie im Erdboden versunken. Was würden Caesar und Cleo denn nur von ihr halten?

„Heute haben Sie den ganzen Vormittag verschlafen, Missy." Cleo brachte ihr ein Tablett mit heißer Schokolade und frischem Obst.

An Bliss' Hals kroch brennende Röte empor. Da Cleo keine Antwort zu erwarten schien, bekam sie auch keine. Nun schleppte Caesar einen großen Zuber ins Zimmer und grinste sie an. „Ich bringe Ihnen sofort heißes Wasser, Missy."

„Haben Sie Hunter gesehen?" Im nächsten Augenblick bereute Bliss ihre Frage. Wo Hunter steckte, war ihr völlig egal.

„Der Kapitän hat in der Lagune gebadet. Jetzt hilft er den Männern wahrscheinlich, das Schiff zu reparieren. Soll ich ihn holen?"

„Nein! Ich war nur – neugierig."

Nachdem die Dienstboten das Zimmer verlassen hatten, lag Bliss im warmen Wasser. Verlegen erinnerte sie sich an Cleos Vorschlag, das Bett frisch zu beziehen. Der Geruch einer leidenschaftlichen Liebesnacht musste überwältigend gewesen sein, denn Bliss hatte die Negerin erst am Vortag mit sauberer Bettwäsche durch Hunters Tür gehen sehen.

Hastig wusch sie sich, stieg aus der Wanne und wickelte sich in ein großes Leinentuch. Ihr Kleid und das Hemd waren verschwunden. Offenbar hatte Cleo beides mitgenommen. Bliss eilte in ihr eigenes Zimmer hinüber, wo Cleo alle Sachen zusammenpackte.

„Was machen Sie da?" Neue Hoffnung stieg in Bliss auf. Vielleicht hatte Hunter diese eine Nacht genügt, und er würde sie nach Hause schicken.

„Ich bringe alles ins Zimmer des Kapitäns", erklärte Cleo

und verschwand im Nebenraum, die Arme voller Kleidungsstücke.

„Warten Sie!" rief Bliss bestürzt. „Ich will hier bleiben!"

„Aber der Kapitän hat's befohlen", erwiderte Cleo, und Bliss folgte ihr notgedrungen ins andere Zimmer. „Ziehen Sie das da an, Missy." Cleo hielt ein schönes türkisblaues Kleid hoch. „Genau die richtige Farbe für Sie. Ich hab's im Lagerraum gefunden – und noch ein paar andere Sachen, die Ihnen passen werden."

„Was geht hier vor?"

Bliss drehte sich um und sah Hunter am Türrahmen lehnen, die Arme vor der Brust verschränkt. „Würdest du Cleo bitten, meine Garderobe wieder in *mein* Zimmer zu bringen?"

„Jetzt wohnst du hier", entgegnete er, schickte die Dienerin hinaus und schloss die Tür hinter ihr. Mit einem Ruck riss er das Badetuch von Bliss' Körper.

Kreischend versuchte sie, ihm das Tuch zu entwinden, was ihr nicht gelang. „Warum tust du mir das an? Du hast bekommen, was du wolltest. Wieso lässt du mich nicht in Ruhe?"

Achtlos ließ er das Badetuch fallen. „Ich will die Macht auskosten, die ich auf dich ausübe, und deinen Körper so intim kennen lernen wie meinen eigenen. Wann immer es mir gefällt, werde ich dich entblößen und in Besitz nehmen. Und wenn du mich langweilst, wirst du's merken. Doch das wird eine ganze Weile dauern."

Erbost hob sie das Leinentuch auf und hüllte sich hinein. „Cleo hat gesagt, ich würde dieses Zimmer mit dir teilen."

„Stimmt. Das habe ich angeordnet."

„Aber ich schlafe lieber drüben."

„Und ich ziehe deine Anwesenheit in meinem Bett vor."

Natürlich, ich bin eine Gefangene, dachte sie bedrückt. Den ganzen Tag konnte sie mit Hunter streiten, ohne zu erreichen, was sie wollte. Warum faszinierte sie ihn dermaßen? Das verstand sie ebenso wenig wie seinen Wunsch, mit ihr zusammenzuleben, oder die unselige Leidenschaft, die er entfacht hatte. Sie war überzeugt gewesen, nach Guys Tod würde kein Mann solche Gefühle in ihr erregen.

In diese beklemmenden Gedanken mischte sich die Sorge um ihren Sohn. Was würde ihm widerfahren, während sie auf Hunters Insel festsaß?

„Von jetzt an wirst du hier wohnen", erklärte er entschieden. „Zieh dich an. Heute habe ich Zeit für dich. Soll ich dir einen Teil der Insel zeigen?"

„Oh ja", stimmte sie eifrig zu. Vielleicht konnte sie irgendwelche Informationen sammeln, die ihr helfen würden, einen Fluchtplan zu schmieden.

Zwei Stunden später begrub sie ihre Hoffnung. Pine Island bestand aus einem tropischen Dschungel, nur für wilde Tiere, Insekten und Piraten geeignet, und das Dickicht aus Mangroven und Schlingpflanzen war undurchdringlich. Zudem wies Hunter sie mehrmals auf den trügerischen Treibsand zu beiden Seiten des gewundenen Pfades hin, dem sie folgten. Trotz ihrer trüben Laune musste sie die Schönheit der Insel bewundern.

Zwischen den Zweigen flatterten bunte tropische Vögel. Fischadler schwebten am wolkenlosen Himmel dahin. Auf zahlreichen geheimnisvollen Indianergräbern lagen Muschelschalen, vom Alter geschwärzt. Die Strände glichen großen schneeweißen Halbmonden, mit Möwen, Pelikanen und Reihern bevölkert, die in den Untiefen nach Nahrung suchten.

An einem abgeschiedenen Strand führte Hunter seine Begleiterin zum Wasserrand, und sie setzten sich auf einen kleinen Sandhügel. „Wie gefällt dir meine Insel?" fragte er im Konversationston.

„Oh, sie ist wunderschön", erwiderte sie wehmütig und wünschte, sie wäre nicht die Gefangene eines Piraten. Dann könnte sie dieses Paradies genießen. „Wo liegt das Indianerdorf?"

„Am Nordende. Die Calusas, die Nachfahren eines uralten kriegerischen Stamms, erlauben meinen Männern und mir, auf dieser Insel zu leben, und wir stören sie nur selten. Bevor der Häuptling starb, gewann ich seine Freundschaft. Jetzt führen jüngere Krieger das Regiment, aber sie respektieren den Pakt, den er mit mir geschlossen hat. Um die friedliche Koexistenz aufrechtzuerhalten, versorge ich die Indianer mit Nahrungsmitteln." Abrupt sprang Hunter auf und zog sein Seidenhemd aus.

„Was tust du?" Bliss starrte seine muskulöse Brust an. Plötzlich fiel ihr das Atmen schwer.

„Ich möchte schwimmen. Bei unserem Spaziergang ist mir heiß geworden, und ich muss mich abkühlen. Glücklicherweise ist es im Winter nicht mehr so schwül und stickig – die angenehmste Jahreszeit auf den Inseln." Er setzte sich, um aus seinen Stiefeln zu schlüpfen. „Kommst du mit?"

„Nein, danke."

Wortlos zog er sie auf die Beine, drehte sie herum und begann, ihr Kleid aufzuknöpfen.

„Hör auf!"

„Warum? Ich schwimme nicht gern allein." Ohne ihren Protest zu beachten, streifte er das Kleid zusammen mit dem Unterrock über ihre Hüften nach unten. „Wenn du dich schämst, darfst du das Hemd anbehalten. Aber du musst dir keine Sorgen machen. Hier sind wir ganz allein."

Offensichtlich kannte er kein Schamgefühl, denn er legte seine Breeches und die Leibwäsche ab und hielt ihr eine Hand hin. Nach kurzem Zögern griff sie danach. Er hatte Recht. Während der langen Wanderung war auch ihr heiß geworden, und das Meer sah verlockend aus. Sie rannten in die Brandung und ließen sich von kalten Wellen überspülen.

Nicht einmal im Wasser nahm er seine Augenklappe ab. Er rückte sie nur zurecht, ehe er in der blauen Tiefe versank. Prustend tauchte er wieder auf und zog Bliss ins tiefere Wasser. „Kannst du schwimmen?"

„Sogar sehr gut", betonte sie voller Stolz auf ihr Können, denn nur sehr wenige junge Damen der guten Gesellschaft konnten schwimmen.

„Siehst du den Felsen da drüben? Schwimmen wir hin, um die Wette."

„Lässt du mich frei, wenn ich gewinne?"

„Glaubst du wirklich, du könntest mir davonschwimmen?"

„Oh ja."

„Also gut. Und wenn ich gewinne, lieben wir uns hier am Strand."

Selbstgefällig lächelte sie. „Darauf wirst du verzichten müssen."

Dann schwamm sie blitzschnell davon. Das schien ihn zu überraschen, denn es dauerte eine Weile, bis er sie einholte. Eine Zeitlang schwammen sie Seite an Seite, bevor er ihr einen kleinen Vorsprung gestattete. Doch sie freute sich zu früh. Mühelos schwamm er an ihr vorbei, erreichte den Felsen und trat Wasser, um auf sie zu warten.

Sein schallendes Gelächter verwirrte sie. Zum ersten Mal hörte sie ihn lachen, und eine vage Erinnerung erwachte, die sofort wieder erlosch, als er sie an sich zog. „In absehbarer Zeit wirst du mir nicht entrinnen. Und nun will ich meinen Sieg feiern." Einen Arm um ihre Taille geschlungen, kehrte er mit ihr zum Strand zurück.

Um sich auszuruhen, standen sie im seichten Wasser, das ihre Hüften umspülte. Hunter neigte sich zu Bliss. Langsam leckte er über ihre feuchten Lippen. „Du schmeckst nach Salz", flüsterte er. „Öffne den Mund."

„Nein." Doch ihre Lippen öffneten sich wie von selbst, von seiner heißen, drängenden Zunge bezwungen. Ein Möwenschrei übertönte sein lustvolles Stöhnen.

Von süßer Schwäche erfasst, spürte sie, wie ihre Knie nachgaben, und sie wäre gestürzt, hätte Hunter sie nicht festgehalten. „Leg deine Beine um meine Taille", befahl er an ihren Lippen.

„Du wirst fallen."

„Nein. Gehorche mir, Bliss. Ich will dich – jetzt."

„Bekommst du immer, was du willst?"

„Ja, wenn's um dich geht."

Als er sie ein wenig hochhob, schlang sie gehorsam ihre Beine um seinen Körper, und er verschmolz mit ihr. Das Gefühl war so exquisit, dass sie unwillkürlich aufschrie. Entzückt spürte sie die Kraft seiner Schenkel, die sie stützten. Und dann begann der erregende Rhythmus, den sie beide ersehnten.

Bald verlor Bliss alle Hemmungen. Ihr Körper wusste, was sie sich wünschte – restlose Erfüllung. In wilder Lust bewegte sie die Hüften, bis ringsum gleißende Lichter zu bersten schienen. Weil sie völlig in ihrem Höhepunkt aufging, hörte sie Hunters Schrei nicht und spürte nicht, wie er sich in ihrem Schoß verströmte.

Als er sie auf den Strand trug und in den Schatten einer schwankenden Palme legte, zitterte sie immer noch.

Mühsam kehrte sie in die Wirklichkeit zurück und hörte ihn flüstern: „Diesmal ist es geschehen. Das weiß ich."

„Wovon redest du?" Verständnislos starrte sie Hunter an, der neben ihr kniete. „*Was* ist geschehen?"

Erst jetzt erkannte er, dass er seine Gedanken ausgesprochen hatte. Es dauerte sehr lange, bis er antwortete: „Soeben haben wir ein Kind gezeugt."

Alle Farbe wich aus ihren Wangen. „Ein Kind? Wie kannst du so etwas Schreckliches behaupten! Lieber schenke ich Gerald Faulk zehn Kinder als dir nur ein einziges. Wenigstens ist auf seinen Kopf kein Preis ausgesetzt."

Damit hatte sie genau das Falsche gesagt.

7. KAPITEL

Wütend sprang er auf. Dass sie Faulks Kinder vorziehen würde, brachte ihn fast um den Verstand. Wenn er es irgendwie verhindern konnte, würde sie diesen Schurken nie wiedersehen. Stattdessen würde sie auf der Insel bleiben – bei ihm, für immer. Glücklicherweise kehrte seine Vernunft zurück, und er erkannte, wie unsinnig das wäre. Er wollte sich für das Unrecht rächen, das man an ihm begangen hatte. Sonst nichts. Sobald es keinen Zweifel mehr an ihrer Schwangerschaft gab, würde er sie zu Grenville und Faulk zurückbringen.

Und so zügelte er sein Temperament. Bliss durfte nicht merken, wie tief ihn ihre Worte getroffen hatten. „Glaub mir, ein Kind ist das Letzte, was ich mir von dir wünsche", log er kühl und half ihr auf die Beine.

„Dann sind wir uns ja einig", seufzte sie. „Das freut mich." Was mochte geschehen, wenn sie tatsächlich schwanger wäre? Vielleicht würde Gerald die Verlobung lösen.

„Gehen wir zurück, Bliss. Soll ich dir beim Anziehen helfen?"

„Du müsstest nur die Knöpfe schließen."

Rasch kleideten sie sich an und wanderten zum Haus. Die Sonne stand hoch am Himmel. Über der Insel lag drückende Hitze. Bliss konnte es kaum erwarten, auf der schattigen Veranda zu sitzen, ein kaltes Getränk und die erfrischende Meeresbrise zu genießen.

Während die Tage verstrichen, merkte Bliss, dass sie Hunter nicht mehr fürchtete. Allmählich war er ihr so vertraut wie damals Guy. Wenn sie mit ihren Gedanken allein war, verglich sie die beiden Männer miteinander. Äußerlich ähnelten sie sich kaum, abgesehen von der Augenfarbe und den schwarzen Haaren. Aber die Art, wie Hunter den Kopf schief legte, der Klang seines Gelächters und viele andere Dinge erinnerten sie an Guy. Dafür fand sie keine plausible Erklärung.

Obwohl er ein nichtswürdiger Pirat war, begann sie sich auf die Stunden zu freuen, die er mit ihr verbrachte. Doch die wachsende Faszination konnte die Sorge um ihren Sohn nicht mildern. Solange er nicht bei ihr, seiner Mutter, lebte, wo er hingehörte, würde sie keine Ruhe finden.

Eines Nachts, nachdem die Liebeslust gestillt war, musste Hunter ihren Kummer gespürt haben, denn er fragte: „Willst du mir irgendwas sagen?"

„Nein. Wie kommst du darauf?"

„Du wirkst so nachdenklich. Fühlst du dich nicht wohl?"

„Doch – es ist nur ..."

„Was?" Würde sie ihm mitteilen, sie sei schwanger? Er streichelte ihr Haar und ließ die seidigen Locken zwischen seinen Fingern hindurchgleiten.

Unsicher schaute sie ihn an. Sollte sie sich diesem Mann anvertrauen, den sie intim kannte und von dem sie so wenig wusste? Würde er ihr helfen, wenn sie ihm ihr Problem erklärte? Manchmal gewann sie den Eindruck, sie würde ihm etwas bedeuten, und das überraschte sie. Was diese seltsame Beziehung betraf, verstand sie nur eins – es war sehr einfach, Hunter zu mögen, vor allem, wenn er jene bizarren Erinnerungen an einen anderen Mann weckte. „Willst du wirklich wissen, was mich bedrückt?"

„Sonst hätte ich nicht danach gefragt."

Forschend schaute sie in sein Gesicht. „Wer bist du? Sind

wir uns schon einmal begegnet? Manchmal verhältst du dich so sonderbar – als würdest du mich kennen. Du hältst mich aus einem ganz bestimmten Grund hier fest. Das weiß ich. Immer wieder frage ich mich, warum. Aber ich finde keine Antwort."

„Ist das deine einzige Sorge? Eines Tages wirst du alles erfahren, was du wissen musst." Langsam wanderte seine Hand über ihren Körper, der ihm mittlerweile so vertraut war wie sein eigener. „Ich will dir helfen, deinen Kummer zu vergessen", flüsterte er heiser, und Bliss versteifte sich in seinem Arm.

„Offenbar glaubst du, die Leidenschaft würde alle Probleme lösen. Da bin ich anderer Meinung."

„Wie soll ich dir helfen, wenn du mir verschweigst, was dich quält?" Seufzend drehte er sich auf den Rücken und starrte die Zimmerdecke an.

„Ich muss möglichst schnell nach Mobile fahren."

„Wie ich bereits mehrmals erklärt habe – ich lasse dich gehen, wenn ich dazu bereit bin, und keinen Tag früher. Was ist denn so wichtig in Mobile? Wenn ich das wüsste, könnte ich vielleicht etwas unternehmen."

Unschlüssig runzelte sie die Stirn. Sie hatte keinen Grund, diesem skrupellosen Piraten zu trauen, der zahlreiche Verbrechen begangen hatte. Andererseits tat er ihr nichts zu Leide, von der Gefangenschaft abgesehen. Und wie sie sich eingestehen musste, empfand sie sogar eine gewisse Dankbarkeit, weil er ihr bewies, dass sie immer noch Gefühle empfand, in ihrem Körper und in ihrem Herzen. Nach Guys Tod hatte sie in einer trostlosen emotionalen Leere gelebt.

„Ich würde dir sehr gern helfen", bekräftigte er zu seiner

eigenen Verblüffung. In den letzten sieben Jahren hatte er kaum einen Anlass gefunden, sich selbst zu bewundern. Nun gab ihm das plötzliche Bedürfnis, Bliss beizustehen, einen Teil seiner Seele zurück, die er offenbar doch nicht unwiederbringlich verloren hatte. Gewiss, Bliss war nur ein Werkzeug seiner Rache. Aber die Erinnerung an die einstige große Liebe kehrte immer lebhafter zurück. Hätte Bliss ihn bloß nicht so bitter enttäuscht ... Viel zu oft sah er vor seinem geistigen Auge jene Szene unter den Duell-Eichen, seine weinende Frau neben dem verwundeten Gerald Faulk.

Dass sie ihn kein einziges Mal im Gefängnis besucht hatte, war am schmerzlichsten gewesen. Hatte der Vater sie gegen Guy DeYoung aufgehetzt? Oder hatte sie ihre Liebe zu Faulk entdeckt und beschlossen, ihrer Ehe zu entrinnen? Jetzt schien sie nicht sonderlich bestrebt, Faulk zu heiraten. Und wenn sie ihn liebte – warum war sie nicht längst seine Frau geworden? So viele unbeantwortete Fragen ...

„Sicher könntest du mir helfen", unterbrach Bliss seine Gedanken. „Aber du wirst dich weigern."

„Warum glaubst du das? Erzähl mir, worum es geht."

„Ich weiß nicht, wo ich beginnen soll."

„Am Anfang."

„Ein schmerzlicher Anfang ... Vor sieben Jahren wurde ich mit einem jungen Mann vermählt."

„Du warst verheiratet?" fragte Hunter in gespielter Verwunderung.

„Mit Guy DeYoung, den ich von ganzem Herzen liebte. Wir brannten durch und heirateten ohne die Erlaubnis meines Vaters. Damals war ich siebzehn."

„Warum hat dir dein Vater seine Zustimmung verweigert? Mit siebzehn warst du nicht zu jung für die Ehe."

„Er hatte meine Hand seinem Geschäftspartner Gerald Faulk versprochen. Damals arbeitete Guy als Stallmeister meines Vaters. Er besaß kein Vermögen und hatte keine gesellschaftliche Position. Aber das störte mich nicht. Wir liebten uns und wollten zusammenleben."

Mühsam bezähmte Hunter seinen Zorn. Warum belog sie ihn? „Was ist geschehen?"

„Gerald forderte Guy zum Duell und wurde schwer verletzt. Danach führte Vater die Polizei zum Schauplatz des Kampfes und beschuldigte Guy, er habe ein wertvolles Pferd gestohlen und einen prominenten Bürger von New Orleans verwundet. Mein Mann landete im Calaboso." Von schmerzlichen Erinnerungen gequält, hielt sie kurz inne. „Vater und Gerald nutzten ihren Einfluss, um Guys Gerichtsprozess hinauszuzögern. Natürlich wollte ich ihn besuchen. Aber ich wurde abgewiesen."

„Sitzt dein Mann immer noch im Gefängnis? Ließ dein Vater die Ehe nicht annullieren? Warum hast du Faulk nicht längst geheiratet? Seltsam, dass er so lange auf dich gewartet hat ..." In Hunters Stimme schwang eine bittere Anklage mit, was Bliss vor lauter Kummer nicht bemerkte.

„Bevor Guy vor Gericht erscheinen konnte, starb er am Flecktyphus. Da ich schwanger war, kam eine Auflösung meiner Ehe nicht in Frage – wegen der Familie. Und nach Guys Tod war die Annullierung überflüssig."

„Wo ist das Kind jetzt?" stieß Hunter hervor. Bliss hatte ihm ein Kind geschenkt! „Ein Junge oder ein Mädchen?"

„Ein Junge. Dass er noch lebt, erfuhr ich erst vor kurzem. Vater behauptete, mein Kind sei bei der Geburt gestorben, und ich sah keinen Grund, daran zu zweifeln. Nach der schwierigen Niederkunft fühlte ich mich elend, und dann trauerte ich jahrelang um meinen Sohn. In Wirklichkeit wurde er zu entfernten Verwandten gebracht – nach Mobile. Als ich mit einem Schiff hinfuhr, nahm Gasparilla mich gefangen. Vor meinem fünfundzwanzigsten Geburtstag, an dem ich mein Erbe antreten sollte, hatte Vater mich überredet, Faulk zu heiraten. Gerald brauchte mein Geld, um seine Schifffahrtsgesellschaft zu retten. In letzter Zeit hatten die Piraten mehrmals seine Schiffe zerstört und die Fracht gestohlen. Da Vater sein Partner ist, war er ebenso an meinem Vermögen interessiert wie Gerald. Wenn ich ledig blieb, konnte ich nur eine monatliche Zuwendung beziehen. Um die ganze Summe auf einmal zu erhalten, musste ich heiraten. Ich wollte nicht mit ansehen, wie man meinen hochverschuldeten Vater aus seinem Heim vertreiben würde. Nur ihm zuliebe erklärte ich mich bereit, Gerald zu heiraten."

„Wie hast du von deinem Kind erfahren?"

„Ich belauschte ein Gespräch zwischen meinem Vater und Gerald. Kurz davor war ein Brief des Mannes eingetroffen, der mein Kind aufzog. Die beiden diskutierten darüber. Später fand ich den Brief und las ihn. Seither weiß ich, dass mein Sohn bei einem gewissen Enos Holmes lebt, dessen Adresse ich mir einprägte. Er wohnt an der Water Street in Mobile. In seinem Brief verlangte er mehr Geld für den Unterhalt des Jungen und drohte, ihn hinauszuwerfen, wenn seine Forderung nicht erfüllt würde. Natürlich wollte ich meinen Sohn retten. Vor lauter Verzweiflung konnte ich kaum einen klaren Gedanken fassen. Ich stahl Geld aus der Kassette meines Vaters, buchte eine Passage nach Mobile, und das Schiff wurde von Piraten angegriffen. Den Rest der Geschichte kennst du." Drückendes Schweigen folgte diesem Bericht. „Hunter? Hast du mir zugehört?"

„Ja", antwortete er mit halberstickter Stimme. Er hatte einen *Sohn*! Seit seiner Wiedergeburt als Hunter hatte ihn nichts so tief bewegt wie Bliss' Enthüllungen. Der Junge lebte bei lieblosen Fremden, die ihn jederzeit fortjagen konnten. Womöglich saß das arme Kind schon auf der Straße und bettelte. Sein eigenes Fleisch und Blut! Zum Teufel mit Grenville!

„Fahren wir nach Mobile?" fragte Bliss. „Hilfst du mir, meinen Sohn zu finden?"

„Ich ... ich muss erst einmal nachdenken", erwiderte er, stand auf und schlüpfte in seine Breeches.

„Wohin gehst du?"

„Ich will in meinem Skiff hinausrudern." Für eine Weile musste er sich von ihr trennen, um ungestört seine Gedanken zu ordnen.

„Jetzt? Es ist noch dunkel."

„Bald wird's hell. Mach dir keine Sorgen, wenn ich etwas länger wegbleibe."

Verwirrt starrte sie die Tür an, die hinter ihm ins Schloss fiel.

Hunter schob das Skiff ins Wasser und ergriff die Ruder. Nach wenigen Minuten frischte der Wind auf. Er setzte das Segel und legte die Ruder beiseite. Die Brise im Rücken, fuhr er westwärts, in die Richtung von Sanibel Island. Diese Insel musste er ohnehin besuchen, um seine Beute zu inspizieren, die seine Leute bewachten, bis sich die Lafittes darum kümmern würden. Auf Sanibel wickelte er alle seine Geschäfte mit den beiden Brüdern ab. Ihre Schiffe transportierten das Diebesgut nach New Orleans, wo es zu exorbitanten Preisen an reiche Bürger verkauft wurde – ein für alle Beteiligten sehr profitables Arrangement.

Während das Skiff über die Wellen glitt, kehrten Hunters Gedanken zu Bliss' erstaunlichem Bericht zurück. Er hatte einen Sohn und immer noch eine Ehefrau. Da Guy DeYoung lebte, war er nach wie vor mit Bliss verheiratet.

Faulk wird sie niemals bekommen, beschloss er wütend. Wie Bliss angedeutet hatte, interessierte sich der Schurke ohnehin nur für ihr Erbe. Und er, Hunter, brauchte kein Geld. Er besaß genug Gold und Bargeld, an verschiedenen Stellen seiner Insel vergraben.

Als die Küste von Sanibel in Sicht kam, hatte er eine Entscheidung getroffen. Er würde mit Bliss nach Mobile fahren und den Jungen retten. Was die Zukunft bringen mochte, wusste er nicht. Aber er hoffte, klarer zu sehen, wenn das Kind mit seinen Eltern vereint war.

Inzwischen stand die Sonne hoch am Himmel. Er zog das Skiff an Land und begrüßte die Männer, die sein Diebesgut bewachten. Nach einer kurzen Rast wollte er nach Pine Island zurückkehren. Doch die Fahrt verzögerte sich, weil Jean Lafitte ankam, um die Beute zu holen und nach New Orleans zu befördern. Trotz seiner Ungeduld musste Hunter einige Stunden ausharren, bis Lafittes Schiff beladen und die Fracht in Gold bezahlt war.

Am Abend nach Hunters Abreise saß Bliss auf der Veranda und fächelte sich Kühlung zu. Cleo arbeitete in der Küche, und Caesar war zum See gegangen. Dort half er den Piraten, die überholte *Predator* flottzumachen.

Hunters abrupter Aufbruch verwirrte und kränkte Bliss. Nachdem sie ihm ihre Geschichte erzählt hatte, war er seltsam verstört gewesen und einfach verschwunden, ohne ihr mitzuteilen, ob sie zu ihrem Kind fahren würden.

Was für ein mysteriöser Mann, dachte sie. Warum er sie auf der Insel festhielt, wusste sie noch immer nicht, und das Rätsel zerrte an ihren Nerven. Wenn er sie in seinen Armen hielt, hatte sie manchmal das Gefühl, sie würde ihm etwas bedeuten. Aber sie war klug genug, um zu erkennen, dass er mit dieser Liaison einen ganz bestimmten Zweck verfolgte. Was führte er im Schilde?

Noch erstaunlicher war die Vertrautheit seiner Küsse. Jetzt wurde sie nicht mehr von Gewissensbissen geplagt, weil sie ihn begehrte. Das erschien ihr sogar selbstverständlich.

Ohne zu ahnen, welches Drama am See stattfand, hing sie ihren Gedanken nach. Erst als Caesar aus dem Mangrovendickicht stürmte, wurde sie von banger Sorge erfasst und sprang auf. „Was gibt's? Ist Hunter etwas zugestoßen?"

„Gasparilla kommt hierher, Missy!" keuchte der Neger. „Und er ist schrecklich wütend, weil Hunter Sie nicht nach Kuba gebracht hat, sondern nach Pine Island!"

Sobald Caesar diese Hiobsbotschaft verkündet hatte, eilte Gasparilla auch schon zum Haus, begleitet von mehreren wenig Vertrauen erweckenden Mitgliedern der Bruderschaft. „Wo ist Hunter?" schrie er. Trotz seiner kleinen Statur sah er imposant aus, elegant gekleidet, in einem roten Leibrock, schwarzen Kniehosen und einem Seidenhemd mit Spitzenrüschen.

„Er ... er ist nicht hier", stammelte Bliss angstvoll.

„Also sagen seine Männer die Wahrheit." Verächtlich musterte er Bliss von oben bis unten. „Ich habe schon schönere Frauen gesehen. Offenbar besitzen Sie ganz besondere Fähigkeiten. Sonst hätte Hunter mich nicht betrogen. Mein Leben hätte ich ihm anvertraut. Wie haben Sie ihn denn nur umgarnt? Sie müssen irgendeine Zauberkraft zwischen Ihren Schenkeln verbergen."

Schockiert über seine rüden Worte, erwiderte sie: „Ich habe gar nichts getan."

„Was meine Geiseln betrifft, halte ich mich stets an die Vereinbarungen. Ich habe Ihrem Verlobten versprochen, man würde Sie unverzüglich in seine Obhut geben, sobald ich das Lösegeld bekomme. Nun hat Hunter mich zum Lügner gestempelt. Als mein Agent mir mitteilte, Sie seien nicht auf Kuba eingetroffen, war ich außer mir vor Zorn. Wohl oder übel musste ich selbst hierher segeln und herausfinden, warum Hunter seinen Auftrag nicht erfüllt hat. Wann rechnen Sie mit seiner Heimkehr?"

„Keine Ahnung ... Er hat nichts gesagt ..."

„Verdammt, ich kann nicht warten!" fauchte Gasparilla. „Meine Ehre steht auf dem Spiel. Wenn sich herumspricht, ich würde mein Wort brechen, werden die Leute in Zukunft zögern, das Lösegeld zu zahlen. Packen Sie Ihre Sachen! Ich bringe Sie nach Kuba an Bord meiner *Doña Rosalia*. Danach werde ich Hunter zur Rede stellen."

„Nein, ich bleibe lieber hier."

Erbost packte er ihr Handgelenk und zerrte sie die Verandastufen hinab. „Tun Sie, was ich Ihnen befehle! Für mich macht es keinen Unterschied, ob Sie mit oder ohne Ihr Gepäck nach Kuba segeln."

„Ich helfe Ihnen, Missy", erbot sich Cleo, die in der Tür erschienen war.

„Beeilen Sie sich!" Unsanft stieß er Bliss in Cleos Richtung. „Ich will so schnell wie möglich auslaufen."

Fünf Tage später, von frischem Wind und schönem Wetter begünstigt, traf die *Doña Rosalia* unter spanischer Flagge im Hafen von Havanna ein, unterhalb der drohenden Kanonen der Festung El Moro. In düsterer Stimmung beobachtete Bliss, wie das Schiff anlegte. Der letzte Mensch auf Erden, den sie wiedersehen wollte, war der verhasste Gerald Faulk. Was er ihr gemeinsam mit ihrem Vater angetan hatte, würde sie ihm niemals verzeihen. Nicht zum ersten Mal gelobte sie sich, die beiden würden niemals auch nur einen Cent von ihrem Erbe zwischen die Finger bekommen.

Die Gangway wurde herabgelassen. Unbehaglich wandte sich Bliss zu Gasparilla, der an ihre Seite trat. „Wohin bringen Sie mich?"

„Nirgendwohin. In Havanna bin ich zu bekannt, und ich habe zu viele spanische Schiffe angegriffen, um mich hier blicken zu lassen. Ein Besatzungsmitglied übergibt Sie meinem Agenten, und Don Alizar vertraut Sie Ihrem Bräutigam an, der bereits verständigt wurde."

Wenig später überlegte Bliss auf dem Weg durch die belebten Straßen, ob sie ihrem Bewacher entfliehen sollte. Aber sie verwarf diesen Gedanken. Sie besaß kein Geld, und in Havanna hatte sie keine Freunde, die ihr helfen würden. Wenn sie die Begegnung mit Gerald auch fürchtete, im Augenblick konnte sie nichts dagegen unternehmen. Wie gern wäre sie bei Hunter geblieben ... Während der langen Schiffsreise von Pine Island nach Kuba hatte sie genug Zeit gefunden, um über ihre sonderbare Beziehung zu dem einäugigen Piraten nachzudenken. Manchmal glaubte sie, ihn schon seit einer Ewigkeit zu kennen. Aber sosehr sie sich auch bemühte, sie fand keine Erklärung für die Gefühle, die sie mit ihm verbanden. In seinen Armen spürte sie eine wehmutsvolle Vertrautheit, die ihr immer wieder Tränen in die Augen trieb. Und sie wusste, dass er ihre Emotionen teilte, obwohl er nichts dergleichen zugab.

„Da sind wir", verkündete der ungehobelte Pirat, der sie durch die Straßen geführt hatte. „Don Alizars Büro liegt im ersten Stock. Öffnen Sie die Tür."

Das halb verfallene Stuckgebäude lag in einem Stadtteil, der nicht sonderlich respektabel wirkte. Zögernd zog Bliss die Tür auf und sah eine schmale dunkle Treppe.

„Gehen Sie!" drängte der Pirat und schob sie die Stufen hinauf. „Alizar erwartet Sie."

Beklommen blieb sie am Treppenabsatz stehen und starrte eine geschlossene Tür an. Sollte sie Gerald dahinter antreffen, würde sie ihren Zorn kaum bezwingen können. Der Pirat öffnete die Tür und stieß Bliss über die Schwelle.

Hinter einem Schreibtisch saß ein kleiner Spanier und blätterte in seinen Papieren. Lächelnd hob er den Kopf. „Ah, endlich! *Gracias*, Ramon. Richten Sie Gasparilla aus, demnächst erwarte ich eine Nachricht bezüglich des Lösegelds für Don Cobres Frau. Sobald es eintrifft, will ich's weiterleiten, auf dem üblichen Weg."

„*Si*, Don Alizar, ich werde Gasparilla informieren. Er möchte den Hafen möglichst bald verlassen, bevor die Behörden seine *Doña Rosalia* erkennen. Auf spanischem Gebiet sind wir unwillkommen. Gasparilla lässt sich bei Gerald Faulk wegen der Verzögerung entschuldigen, an der er keine Schuld trägt." Hastig warf der Pirat Bliss' Gepäck auf den Schreibtisch und eilte aus dem Büro.

Mit Don Alizar allein, musterte Bliss den Mann, der die Verhandlungen über das Lösegeld geführt hatte. Er war klein und dünn, mit dichtem schwarzen Haar und einem pomadisierten Schnurrbart. Beim Anblick seines Lächelns, das sie an ein Wiesel erinnerte, erschauerte sie unwillkürlich.

„Sie sind also die Frau, die Hunter veranlasst hat, Gasparilla zu betrügen", begann er und betrachtete sie kritisch. „Zweifellos sind Sie sehr schön. Aber ich weiß nicht, ob *ich* Gasparillas Zorn herausgefordert hätte, nur um Sie zu besitzen." Seufzend zuckte er die Achseln. „Hunter ist nicht zu beneiden, und ich frage mich, ob es ihm gelingen wird, Gasparilla zu besänftigen. Wie auch immer, Sie sind wohlbehalten in Havanna eingetroffen", fügte er fröhlich hinzu. „Ich habe Ihren Verlobten informiert, und er müsste jeden Augenblick hier erscheinen."

Ehe Bliss antworten konnte, schwang die Tür auf, und Gerald Faulk trat ein. Verächtlich starrte er Bliss an, dann zwang er sich rasch zu einem falschen Grinsen. „Oh, meine Liebe! Vor lauter Sorge um dich war ich halb von Sinnen. Seit Wochen warte ich auf deine Ankunft in Havanna. Nun wollen wir möglichst schnell nach Hause fahren und heiraten. Warum bist du weggelaufen? Wenn es irgendwelche Probleme gab, hättest du mich um Hilfe bitten sollen."

Alizar schien zu spüren, dass seine Anwesenheit überflüssig war, und stand abrupt auf. „Am besten lasse ich Sie beide allein. Sie möchten einander sicher ungestört begrüßen."

„Vielen Dank für Ihre Bemühungen, Don Alizar", sagte Faulk höflich.

„Keine Ursache", erwiderte Alizar, ging hinaus und schloss die Tür hinter sich.

Faulk wandte sich wieder zu Bliss und inspizierte sie mit schmalen Augen. „Allzu mitgenommen siehst du nicht aus. Darf ich wenigstens vermuten, dass du kein Kind erwartest?"

Herausfordernd hob sie das Kinn. „Glaub doch, was du willst! Bevor ich dich heirate, wird die Hölle gefrieren."

„Warum bist du weggelaufen?" wiederholte er und bewies eine bemerkenswerte Selbstkontrolle.

Aus ihren türkisblauen Augen sprühte kalter Zorn. „Du und Vater – ihr habt mir meinen Sohn weggenommen und mich schändlich belogen! Er ist nicht tot. Stattdessen lebt er in Mobile, bei entfernten Verwandten. Das werde ich euch niemals verzeihen!"

Verblüfft über ihre Anklage, wich er zurück. Er hatte nicht gewusst, dass Bliss die Wahrheit kannte, und es dauerte eine Weile, bis er sich von diesem Schock erholte. Nach einer längeren Pause versuchte er, sie zu beruhigen. „Wir haben getan, was wir für richtig hielten. Damals warst du zu jung, um ein Kind großzuziehen. Deshalb ließen wir den Jungen zu Pflegeeltern bringen, die sehr gut für ihn sorgen. Außerdem hoffte ich, dich eines Tages zu heiraten, und ich wollte mich nicht mit dem Kind eines anderen Mannes belasten. Wir werden unsere eigenen Kinder bekommen. Eigentlich solltest du mir danken, nachdem ich dir genug Zeit gelassen habe, zu trauern und deinen Verlust zu überwinden. In diesen letzten sechs Jahren habe ich dich nicht zur Heirat gedrängt, oder?"

„Weil ich zu jung war, um mein Erbe anzutreten", beschuldigte sie ihn.

„Ich wollte dich schon immer für mich gewinnen, Bliss. Unglücklicherweise fiel deine Wahl auf einen Mann, der nicht zu dir passte. Dein Vater wartet ungeduldig auf deine Rückkehr. Sobald wir in New Orleans ankommen, werden wir heiraten."

„Nur über meine Leiche."

„Das meinst du nicht ernst. Du bist jetzt sehr müde. In diesen letzten Wochen hast du viel durchgemacht. Übrigens, in New Orleans braucht niemand zu erfahren, dass du von einem Piraten gefangen gehalten wurdest. Jetzt bringe ich dich auf mein Schiff. Dort kannst du dich erholen. Sicher wirst du bald zur Vernunft kommen."

„Oh, ich war immer vernünftig – aber leider blind. Endlich sehe ich dich so, wie du wirklich bist. Ich mochte dich nie. Jetzt hasse ich dich. Du kannst mich nach New Orleans bringen. Aber dort werde ich nicht bleiben. So bald wie möglich fahre ich nach Mobile."

„Meine Liebe, du bist verständlicherweise erregt. Wenn du gegessen und dich ausgeruht hast, reden wir noch einmal. Einen Tag werden wir noch hier festsitzen. Ich habe einige Fässer Rum aufgetrieben, um meinen Laderaum zu füllen, und die Fracht wird erst morgen an Bord gebracht. Komm, meine Liebe", bat er und nahm ihren Arm. „Über unsere Hochzeitspläne können wir uns später unterhalten. Ich glaube, wir werden uns bald einigen."

Daran zweifelte Bliss. Doch sie war zu müde, um zu widersprechen.

Pine Island

Von einer bösen Ahnung erfasst, sah Hunter seine Insel näher rücken. Er steuerte das Skiff durch den Fluss zum See und zog es auf den weißen Sand. Sobald er an Land ging, wusste er, dass etwas Schlimmes geschehen war, obwohl er nichts entdeckte, was ihn beunruhigen müsste. Dann sah er Caesar zum Ufer laufen, und sein Puls beschleunigte sich. „Alles in Ordnung mit Bliss?" fragte er. Verdammt, wenn ihr etwas zugestoßen war, würde er sich niemals verzeihen. Dieser Gedanke verwirrte ihn. Seit wann bedeutete sie ihm so viel?

„Kapitän, Gasparilla hat sie geholt", berichtete Caesar. „Nachdem er herausgefunden hatte, dass sie nicht in Havanna angekommen war, segelte er hierher und stellte Nachforschungen an. Natürlich war er wütend. Zum Glück traf er Sie nicht in Ihrem Haus an, Kapitän. Wer weiß, was er sonst getan hätte! Seine Männer waren bis an die Zähne bewaffnet und schauten ziemlich kampflustig drein. Zuerst zog er im Dorf Erkundigungen ein, dann kam er hierher und kündigte an, er würde die kleine Missy nach Kuba bringen, dann wieder hierher fahren, um mit Ihnen wegen des Betrugs abzurechnen."

„Wann ist das alles passiert?" Der Gedanke, Bliss wäre mit Faulk zusammen, machte Hunter fast krank. Niemals durfte sie diesem Bastard gehören. Sie war Guy DeYoungs Frau, für alle Zeiten.

„Gestern ist die *Doña Rosalia* ausgelaufen. Sicher können Sie das Schiff einholen, Kapitän. Ich wusste, dass Sie sich dazu entschließen würden. Deshalb befahl ich der Besatzung, die *Predator* auf die Reise nach Kuba vorzubereiten. Der Proviant wurde bereits an Bord gebracht."

Dankbar klopfte Hunter dem Neger auf die Schulter. „Du bist ein tüchtiger Mann, Caesar. Und du hast alles ganz richtig gemacht. Das Schiff muss so schnell wie möglich auslaufen. Gib den Männern Bescheid. Ich hole nur rasch meine Waffen, dann treffen wir uns am Ufer."

„Nicht nötig, Kapitän", erwiderte Caesar grinsend. „Ihre Sachen sind schon an Bord. Dafür haben Cleo und ich gesorgt. Am besten segeln Sie sofort los. Bringen Sie die kleine Missy wohlbehalten zurück."

Voller Tatendurst eilte Hunter zu seinem Schiff. Alles würde er tun, um Bliss und seinen Sohn zu finden.

Wenige Stunden nach der *Doña Rosalia* erreichte die *Predator* den Hafen von Havanna. Vergeblich hielt Hunter nach Gasparillas Schiff Ausschau. Schweren Herzens überlegte er, was er unternehmen sollte. Dann entdeckte er ein Schiff von der Faulk-Linie am anderen Ende des Kais, und seine Laune besserte sich sofort. Vermutlich war Bliss an Bord der *Southern Star* gebracht worden. Das musste er feststellen, bevor das Schiff auslief.

Hunter wartete, bis die Dunkelheit hereinbrach, ehe er seiner Besatzung befahl, alle Lichter zu löschen und hinter der *Southern Star* vor Anker zu gehen. In der mondlosen Nacht glich die *Predator* einem verschwommenen Schatten. Ganz in Schwarz gekleidet, stieg Hunter die Strickleiter hinab und glitt ins schlammige Wasser.

8. KAPITEL

Bliss saß in einer winzigen Kabine an Bord der *Southern Star* und hörte Gerald Faulk zu, der unentwegt über die Hochzeit sprach. Soeben hatte der Steward die Reste einer Mahlzeit weggeräumt.

Trotz der späten Stunde schien Gerald nicht geneigt, Bliss allein zu lassen. Nach ihrer Ankunft an Bord hatte sie sich geweigert, etwas zu essen. Wenig später war sie eingeschlafen.

Als sie erwachte, brach die Nacht herein. Inzwischen war sie hungrig und hieß das Tablett willkommen, das Gerald in die Kabine trug. Doch sie hatte das Dinner nur widerstrebend mit dem Mann geteilt, den sie verabscheute. Nun leistete er ihr immer noch Gesellschaft und schmiedete Hochzeitspläne, obwohl sie beharrlich versicherte, sie würde ihn niemals heiraten.

„Nur um dich zu retten, bin ich hierher gekommen, meine Liebe", erklärte er und wanderte langsam vor dem Stuhl hin und her, auf dem sie saß. „Dafür solltest du mir danken. Um das Lösegeld aufzutreiben, musste ich mein Haus mit einer Hypothek belasten. Also schuldest du mir eine ganze Menge. Obwohl du die Geliebte eines Piraten warst, möchte ich dich immer noch heiraten. Hat er dich vergewaltigt? Wie ich von Don Alizar erfahren habe, hielt dich dieser Mann auf seiner eigenen Insel fest, statt Gasparillas Befehl zu befolgen und dich nach Kuba zu bringen."

Das Blut stieg ihr in die Wangen. Nein, Hunter hatte sie nicht vergewaltigt, sondern verführt, und er war auf keinerlei Widerstand gestoßen. Aber das würde sie Gerald nicht verraten. „Mach dir doch deinen eigenen Reim auf die Ereignisse. Was ich dir schulde, werde ich von meinen monatlichen

Zuwendungen abbezahlen. Mittlerweile ist es spät geworden. Geh jetzt, bitte. Ich habe dir nichts mehr zu sagen."

„Deine monatlichen Zuwendungen! Ha! Du würdest Jahre brauchen, um deine Schulden zu begleichen. Wenn wir heiraten, wird mich dein gesamtes Erbe ausreichend entschädigen, und ich verzeihe dir sogar deine fragwürdige Vergangenheit. Nur wenige Gentlemen würden die Witwe eines Stallmeisters und ehemalige Piratenhure zur Frau nehmen. Finde dich damit ab, Bliss. Wer außer mir würde dir eine respektable gesellschaftliche Stellung bieten?"

„Wie kannst du es wagen, so mit mir zu reden!" schrie sie wütend. „Niemals werde ich dich heiraten! Wenn meinem Vater und dir der Ruin droht, verdient ihr nichts Besseres. Sechs Jahre lang habt ihr mich im Glauben gelassen, mein Kind wäre tot."

„Es ist Guy DeYoungs Sohn", entgegnete er, als würde diese Tatsache sein niederträchtiges Verhalten rechtfertigen.

„Und alles, was mir von Guy geblieben ist. Ich werde meinen Sohn finden. Daran kannst du mich nicht hindern."

Nachdenklich starrte er sie an. Aus Erfahrung wusste er, wie eigensinnig sie war. Wenn sie versicherte, sie würde ihn nicht heiraten, meinte sie es ernst. Seine Gedanken überschlugen sich. Irgendwie musste er sie veranlassen, sich anders zu besinnen. Und plötzlich hatte er eine Idee. „Sehnst du dich wirklich nach dem Jungen?"

„Seit Guys Tod ist er mein einziger Lebensinhalt." Trotz der engen Bindung an Hunter wusste sie, dass sie die Wahrheit sagte. Diese Beziehung beruhte nur auf Leidenschaft, ohne Substanz, und hatte in der realen Welt keinen Platz. So sehr sie sich auch zu Hunter hingezogen fühlte, ihr Kind bedeutete ihr viel mehr.

„Dann hör mir jetzt gut zu." Gerald blieb vor ihr stehen und zog sie auf die Beine. „Wenn du versprichst, mich zu heiraten, sobald wir in New Orleans eintreffen, bringe ich dich vorher nach Mobile."

„Warum sollte ich dir glauben? Du würdest mich nicht zum ersten Mal belügen. Außerdem widerstrebt es mir, dich zu heiraten."

„Dazu werde ich dich erst drängen, nachdem ich meinen Teil des Abkommens erfüllt habe. Und das müsste meine ehrlichen Absichten beweisen."

„Wie kann ich wissen, dass du nicht mehr versuchen wirst, mich von meinem Sohn zu trennen?"

Mühelos kam die Lüge über seine Lippen. „Nicht einmal im Traum würde ich daran denken."

„Wirst du ihn gut behandeln?" fragte sie, immer noch misstrauisch.

„Das schwöre ich dir", beteuerte Gerald und fand genau den richtigen Ton zwischen Aufrichtigkeit und Zerknirschung. „Ich will mein Bestes tun, um dich wieder mit deinem Sohn zu vereinen." Und nach der Hochzeit verschwindet er aus unserem Leben, dachte er. Dann darfst du mir keine Vorschriften mehr machen. Sobald ich dein Erbe besitze, wirst du lernen, mir zu gehorchen.

Prüfend musterte sie sein Gesicht und überlegte, wie sie sich entscheiden sollte. Wenn er sein Wort brach, musste sie ihn wenigstens nicht heiraten. Und andernfalls würde sie ihn so lange hinhalten, bis er die Geduld verlor und auf die Ehe verzichtete.

„Also gut, Gerald. Aber ich heirate dich erst, *nachdem* wir meinen Sohn aus Mobile abgeholt haben."

Er nickte, ohne seinen Ärger zu zeigen. Weil er das Geld

brauchte, hatte er keine Wahl. Nach der Trauung würde Bliss merken, dass er sich nicht gängeln ließ. Sie verdiente eine gehörige Tracht Prügel. Und er war genau der richtige Mann, um sie ihr zu verabreichen. „Morgen wird die Fracht an Bord gebracht, und dann segeln wir sofort nach Mobile."

Zufrieden wandte sie sich ab und erwartete, er würde gehen. Seine Anwesenheit ekelte sie an. Doch so leicht gab er sich nicht geschlagen. Er packte ihre Schultern und umarmte sie. „Jahrelang habe ich auf dich gewartet. Nun sollten wir unsere Vereinbarung mit einem Kuss besiegeln."

Weder Bliss noch Gerald sahen die schwarz gekleidete Gestalt, die an einem Tau zum offenen Fenster der Kapitänskajüte hochgeklettert war. Hunter hatte seinen Beobachtungsposten gerade noch rechtzeitig erreicht, um Faulks letzte Worte zu hören. Welche Vereinbarung, fragte er sich. Im nächsten Augenblick erfuhr er, worum es ging, und heißer Zorn stieg in ihm auf.

„In der Hochzeitsnacht werden wir uns nicht nur küssen", fügte Faulk hinzu. „Falls dieser Pirat dir Liebeskünste beigebracht hat, die mir unbekannt sind, musst du mir Unterricht geben. Erst fahren wir nach Mobile, dann heiraten wir."

Ehe Bliss protestieren konnte, schlang er seine Finger in ihr langes Haar, presste seinen Mund auf ihren und schob seine Zunge zwischen ihre Zähne. Verzweifelt würgte sie, doch es gab kein Entrinnen, und sie musste den widerwärtigen Kuss ertragen.

Von wilder Eifersucht erfasst, starrte Hunter die beiden an. Bis zu diesem Moment war er bereit gewesen, Bliss zu verzeihen, mit ihr nach Mobile zu segeln und sein Kind aufzuspüren. Aber was er jetzt sah, belehrte ihn eines Besseren.

Offenbar wollte sie den Schurken heiraten und ihm gestatten, die Vormundschaft über ihren Sohn zu übernehmen. Über *meinen* Sohn, dachte Hunter wütend. Niemals!

Er besaß ein schnelles Schiff. Ohne Fracht übertrumpfte es alles, was über die Meere segelte. Morgen würde er noch vor der *Southern Star* in Mobile ankommen und sein Kind retten. Und Bliss? Sollte sie doch den Rest ihres Lebens mit Faulk verbringen. Es war ihm egal. Zumindest versuchte er, sich das einzureden.

Oh Gott, es tat so weh. Er hatte geglaubt, nichts mehr zu empfinden. Aber der Anblick seiner Frau in Gerald Faulks Armen bewies ihm, wie schmerzlich sie ihn immer noch verletzen konnte, und diese Erkenntnis ärgerte ihn maßlos. Erbittert beschloss er, alle Gefühle in seinem Herzen abzutöten.

Nun richtete er seine Aufmerksamkeit wieder auf die Szene in der Kabine. Faulk ließ Bliss los. Seltsamerweise entfernte er sich. Hunter hatte erwartet, die beiden würden miteinander ins Bett gehen. Allem Anschein nach hatte Bliss ihren Verlobten abgewiesen. Ein grimmiges Lächeln umspielte Hunters Lippen, während er in die Schatten zurückwich und wartete, bis der Schurke verschwunden war. Dann kletterte er an Deck, schlich zu Bliss' Tür, öffnete sie und trat ein.

Sie stand vor dem Fenster und starrte in die finstere Nacht. Offenbar spürte sie Hunters Gegenwart, denn sie drehte sich um und schaute ins Halbdunkel nahe dem Eingang. Als Hunter den Lichtkreis der Laterne erreichte, die an der Decke hing, hörte er Bliss nach Atem ringen. „Hunter!" Sein Name klang wie ein zitternder Seufzer.

„Ja, ich bin's."

„Wie bist du hierher gekommen? Wenn Gerald dich bei mir findet ..."

Langsam ging er zu ihr und lächelte spöttisch. „Natürlich, ich werde dich gleich wieder verlassen. Was für ein Narr ich war! Ich wollte dich retten, obwohl das gar nicht nötig ist."

„Mich retten?" *Sollte das ein Scherz sein?* Hatte er die Absicht, mit ihr auf die Insel zurückzukehren, wo sie so weiterleben würden wie bisher? Gerald würde sie wenigstens nach Mobile bringen, zu ihrem Sohn. Und dazu war Hunter nicht bereit gewesen. Stattdessen hatte er sie in jener Nacht einfach allein gelassen. „Du hast Recht, ich muss nicht gerettet werden." Möge ihr der Himmel die Lüge verzeihen ... Wäre ihr Kind nicht gefährdet, würde sie Hunter überallhin begleiten. So lange hatte sie ein unerfülltes Leben geführt.

„Ich hätte nicht herkommen dürfen", sagte er und wandte sich zur Tür.

„Warte, Hunter!"

Er drehte sich wieder zu ihr um. Auf seinem Gesicht flackerten Licht und Schatten. Nur die Glut in seinem Blick verriet den Aufruhr seiner Gefühle. „Was willst du?"

„Oh – ich weiß nicht. Geh ..."

Ihre unverhohlene Verzweiflung berührte irgendetwas in seiner Seele, das er nicht wahrhaben mochte. Zögernd trat er näher zu Bliss. Was sein Körper verlangte, widerstrebte seinem Verstand. Er begehrte seine Frau. Und dagegen war er machtlos. Ungestüm umschlang er ihre Taille, betrachtete ihr schönes Gesicht, die perfekten Züge, in die er sich vor all den Jahren verliebt hatte. Sie stemmte beide Hände gegen seine Brust. Doch dann ergriff sie sein Seidenhemd und zog ihn zu sich heran. Stöhnend kapitulierte er und küsste sie. Seine

Zunge spielte mit ihrer, und er fühlte, dass ihr Herz ebenso heftig schlug wie seines.

Begierig trank er das leise Seufzen von ihren Lippen. Er hob sie hoch, trug sie zum schmalen Bett, verfluchte seine Schwäche. Ohne Bliss' süße Leidenschaft ein letztes Mal zu kosten, konnte er nicht gehen. Für ihn war sie nicht bestimmt, das wusste er. Aber die Ekstase, die er in ihren Armen fand, reizte ihn unwiderstehlich.

Bliss sank aufs Bett und fühlte Hunters starken Körper auf ihrem. Plötzlich ersehnte sie die Liebesfreuden genauso inbrünstig wie er, trotz einer warnenden inneren Stimme, die ihr zuflüsterte, sie würde diese erotische Begegnung nicht mit unversehrtem Herzen überstehen. Ein neuer beängstigender Gedanke nahm ihr den Atem. Wenn Hunter in ihrer Kabine ertappt wurde, könnte es seinen Tod bedeuten. „Bitte, hör auf ... Du musst gehen, bevor man dich hier findet."

„Erst mal musst du mir verraten, ob du ein Kind von mir erwartest."

„Das ... weiß ich nicht", stammelte sie verwirrt.

„Schade ..."

Sie wollte fragen, wie er das meinte. Doch da berührte etwas Kühles, Feuchtes ihre Hüften. Er hatte ihre Röcke bis zur Taille hochgezogen, und seine Kleidung war noch nass, nachdem er im Meer geschwommen war. Als sie ihn hart und drängend zwischen den Schenkeln spürte, wisperte sie: „Ich dachte, du würdest gehen."

„Nicht bevor ich den Zweck meines Besuchs erreicht habe." Mit dem Knie schob er ihre Beine weiter auseinander.

In seiner Stimme schwang ein rauer Unterton mit, der seine Verzweiflung bekundete. Erstaunt betrachtete sie sein verzerrtes Gesicht. Diese Miene wirkte keineswegs lustvoll.

Dann verschmolz er mit ihr und verscheuchte alle klaren Gedanken.

Die Hände unter Bliss' Hüften, begann er sich in ihr zu bewegen. „Nimm mich ganz in dir auf", flüsterte er an ihren Lippen. Sie hob sich ihm entgegen und fühlte, wie er noch tiefer in sie eindrang, wie er ihre Seele zu suchen schien. Immer höher glaubte sie emporzuschweben, zu einem Gipfel voller Glückseligkeit, in gleißendes Licht getaucht.

Das Bedürfnis, sich in ihr zu verströmen, war so übermächtig, dass er die Zähne zusammenbiss und sein Verlangen mühsam zügelte, bis sie ihre Erfüllung fand. Als er sie in wachsender Glut küsste, ahmte seine Zunge den wilden Rhythmus des Liebesakts nach. Bald ertrug er das Feuer in seinem Innern nicht mehr. Seine Hand glitt zwischen die erhitzten, bebenden Körper und fand die empfindsamste Stelle ihrer Weiblichkeit. Ohne das Tempo ihrer Vereinigung zu verringern, reizte er die winzige Liebesperle und führte Bliss zur Schwelle der Erlösung.

Gemeinsam erlebten sie einen überwältigenden Höhepunkt, der ekstatische Wellen durch Hunters Adern jagte. Er hörte Bliss aufstöhnen, spürte ihr Zittern. Eine Zeit lang blieb er mit ihr vereint, bis ihre Zuckungen verebbten, bis sie die Beine sinken ließ, die sie um seine Hüften geschlungen hatte. Dann stand er auf, schloss seine Breeches und warf einen letzten Blick auf Bliss, was er sofort bereute. Wie hinreißend sie aussah, die Schenkel feucht und glänzend, die Lippen geschwollen von seinen Küssen ... Hastig wandte er sich ab. „Offenbar kann ich mich in deiner Nähe nicht beherrschen. Aber das weißt du ja schon."

„Und was wirst du jetzt tun?"

„Was ich am besten kann", erwiderte er spöttisch. „Begleitest du mich? Wir könnten da weitermachen, wo wir aufgehört haben."

„Nein. Gerald hat versprochen, mit mir nach Mobile zu fahren und meinen Sohn zu retten. Diese Chance muss ich nutzen."

„Wenn du ihn heiratest, wird er der Stiefvater und Vormund deines Kindes", fauchte er.

„Allerdings, das ist so üblich", bestätigte sie in scharfem Ton. *Niemals*, nahm sie sich vor.

„Bevor du mit Faulk vor den Traualtar trittst, solltest du dich vergewissern, dass dein Ehemann auch wirklich tot ist."

Bestürzt sprang sie vom Bett auf. „Was meinst du?"

„Versuch's doch herauszufinden." Hunter öffnete die Tür und spähte in den Gang.

„Wie kannst du so etwas sagen und einfach verschwinden?"

Sein geheimnisvolles Lächeln weckte wieder jene wehmütigen Erinnerungen und erschütterte sie zutiefst. Wie gelähmt stand sie da.

Als das Schloss klickte, fiel die Erstarrung von ihr ab, und sie rannte zur Tür, um Hunter zurückzuhalten. Aber er war bereits verschwunden. Bleischwer lasteten seine verwirrenden Worte auf ihrer Seele. Was wusste er von Guy?

So lautlos, wie er gekommen war, verließ er das Schiff, tauchte ins Wasser und schwamm unbemerkt zur *Predator*.

Bevor Bliss und Faulk in Mobile eintrafen, musste er seinen Sohn finden.

Er hatte geplant, Bliss zu verraten, wer er wirklich war, und sie von der *Southern Star* zu entführen, um mit ihr nach Mobile zu segeln. Aber Faulks Kuss hatte ihn eines Besseren belehrt. Er versuchte sich einzureden, er sei Bliss nur seines Kindes wegen nach Kuba gefolgt, doch er wusste, dass er sich selbst belog.

Himmel und Hölle würdest du in Bewegung setzen, um Bliss zurückzugewinnen, flüsterte eine innere Stimme. Weil sie deine Frau ist. Weil du nicht von ihr loskommst. Du hast sie verführt und wie eine Hure behandelt. Um dich zu rächen, wolltest du sie schwängern ... Seltsam, dachte er, während er zur Reling der *Predator* hinaufkletterte, ein Teil meines Gewissens existiert immer noch, und ich wünschte, ich hätte es vollends verloren.

Eine Woche später segelte die *Predator*, die jetzt *Boston Queen* hieß, in die Mobile Bay. An einem der Masten flatterte die amerikanische Flagge, eine der zahlreichen Flaggen aus aller Herren Länder, die Hunter für verschiedene Gelegenheiten bereithielt.

Bevor er an Land ging, zog er sein bestes schwarzes Seidenhemd, schwarze Breeches und einen schwarzen Leibrock an. Er nahm nur seinen Degen und eine Pistole mit. Die anderen Waffen ließ er an Bord der *Boston Queen* zurück. Unter seinem Rock verbarg er einen schweren Beutel voller Goldmünzen. Er erweckte den Anschein, er würde sich nach einer Fracht für sein Schiff umsehen. Doch er verfolgte ganz andere Absichten, als er einen Hafenarbeiter nach dem Weg zur Water Street fragte.

Er fand die Straße in einer zwielichtigen Gegend, nicht weit vom Hafen entfernt. Zwischen halb verfallenen Wohnhäusern und Pensionen sah er drittklassige Bordelle und Saloons. Hunter erkundigte sich in mehreren Läden nach der Familie Holmes. Obwohl einige Leute den Namen kannten, konnte niemand ihm die Adresse geben. Offensichtlich misstraute man dem mysteriösen schwarz gekleideten Fremden mit der Augenklappe.

Da ihm nichts anderes übrig blieb, beschloss er, an alle Türen zu klopfen, bis er Enos Holmes fand. Kurz nachdem er diese Entscheidung getroffen hatte, sah er einen kleinen Jungen einen Krug Bier aus einer Taverne schleppen. Beim Anblick dieses erbärmlich dünnen Kindes empfand er ungewohntes Mitleid. Vermutlich war sein Sohn ungefähr im selben Alter wie dieser Kleine. Hunter sprach ihn an. Als der Junge den schwarz gekleideten fremden Mann sah, wandte er sich hastig ab und rannte davon.

„Warte, ich will dir nichts tun. Ich suche jemanden, und ich dachte, du kannst mir vielleicht helfen."

Zögernd verlangsamte der Junge seine Schritte, blieb aber nicht stehen. Hunter holte ihn ein und legte eine Hand auf seine Schulter. „Keine Bange, ich werde dich nicht lange aufhalten."

„Was wollen Sie, Mister?" Der Junge hob den Kopf und starrte ihn angstvoll an. „Wenn ich das Bier nicht nach Hause bringe, wird Enos mich schlagen."

Nur vage drangen die Worte in Hunters Bewusstsein. Sobald er die strahlenden türkisblauen Augen sah, begann sein Herz wie rasend zu schlagen. Bliss' Augen ... Er sank vor dem schmutzigen Kind auf ein Knie, strich mit zitternder Hand über das dunkle Haar. Von Gefühlen überwältigt, konnte er kaum sprechen. „Wie heißt du?" würgte er hervor.

„Bryan."

„Hast du auch einen Nachnamen?"

„Nein. Enos und Meg sagten, dass ich ein Bastard bin. Deshalb hat mich niemand zu sich genommen. Nur Meg wollte mich haben. Aber dann wurde sie krank und starb. Jetzt gibt's nur noch Enos und mich."

Als Hunter Bryan über den Kopf strich, verriet ihm ein überwältigendes Gefühl, dass er sein Fleisch und Blut berührte. Einen anderen Beweis brauchte er nicht. Und was immer man dem Jungen erzählt haben mochte, er war kein Bastard, sondern ehelich geboren. Nun führte er ein armseliges Leben, weil ihn zwei elende Schurken aller Rechte beraubt hatten, um ihren eigennützigen Interessen zu dienen.

„Darf ich jetzt gehen, Mister? Enos zieht mir das Fell über die Ohren, wenn ich ihm sein Bier nicht bringe."

„Gib mir den Krug, Bryan. Wenn du mir den Weg zeigst, trag ich ihn zu dir nach Hause. Ich muss etwas mit Enos besprechen."

„Wirklich? Er kriegt nie Besuch." Sichtlich erfreut über die unverhoffte Gesellschaft, eilte Bryan die Straße hinab. Immer wieder spähte er über die Schulter, um sich zu vergewissern, dass Hunter ihm folgte. Schließlich blieb er vor einem heruntergekommenen einstöckigen Haus stehen. „Wir wohnen im ersten Stock. Wollen Sie wirklich und wahrhaftig mit raufkommen?"

„Natürlich. Geh voraus."

Im schmalen, dunklen Flur roch es nach fauligem Holz. Protestierend knarrte die Treppe unter Hunters Gewicht, während er Bryan zum ersten Stock hinauffolgte. Eine Stufe fehlte, das Geländer war zerbrochen. Von heißem Zorn erfüllt, registrierte Hunter, in welcher Umgebung sein Sohn aufgewachsen war.

Bryan blieb vor einer zerkratzten Tür stehen und drehte langsam den Knauf herum.

„Wurde auch langsam Zeit, kleiner Bastard!" begrüßte ihn eine raue Stimme. „Hoffentlich hast du kein Bier verschüttet. Sonst setzt es Hiebe." Ein großer dünner Mann mit schütterem Haar und schmalen Lippen erschien auf der Schwelle. Aus trüben Augen starrte er Bryan an und wischte seine rote Nase an einem schmutzigen Hemdsärmel ab. Ohne den Mann zu bemerken, der im dunklen Hausflur stand, packte er Bryan am Kragen und schüttelte ihn. „Wo ist mein Bier? Wenn du mein Geld verloren hast, wirst du's bitter büßen. Dieser knauserige Grenville schickt mir kaum genug für die Miete, geschweige denn für mein Bier!"

Hunter hatte genug gehört. Energisch schob er sich an Enos Holmes vorbei und stellte den Krug auf einen wackeligen Tisch.

„Wer zum Teufel sind Sie?" rief Enos verwirrt.

„Ihr schlimmster Feind", erwiderte Hunter in leisem, drohendem Ton.

Erbost wandte sich Enos wieder zu Bryan und hob eine Faust. „Wie oft soll ich dir noch sagen, dass du nicht mit Fremden reden darfst?"

Eiserne Finger umklammerten ein Handgelenk des Mannes. „Wenn Sie dem Jungen auch nur ein Haar krümmen, hat Ihre letzte Stunde geschlagen."

„Verdammt, wer sind Sie? Ich muss was mit meinem Sohn besprechen. Warum mischen Sie sich ein?"

„Er ist nicht Ihr Sohn. Das wissen Sie sehr gut." Am liebsten hätte Hunter den Kerl verprügelt. Aber nicht vor den Augen des Kindes. „Bring den Krug in die Küche, Bryan, und warte dort, während ich mit Enos rede."

„Nein, bleib hier, mein Junge!" stieß Enos in wachsendem Unbehagen hervor.

„Tu, was ich dir sage, Bryan." Hunters energischer Befehl duldete keinen Widerspruch, und Bryan gehorchte.

„Das wirst du noch bereuen!" rief Enos ihm nach.

„Wohl kaum." Mit einiger Mühe bezwang Hunter seine Wut, schaute sich um und musterte die schäbigen, verstaubten Möbel. Angewidert rümpfte er die Nase. „Ich möchte Ihnen einen Vorschlag machen, Holmes, den Sie gewiss nicht ablehnen werden."

„Was für einen Vorschlag?" fragte Enos argwöhnisch.

„Wie Sie vermutlich erraten haben, wird Claude Grenville die Zahlungen nicht erhöhen. Um die Wahrheit zu sagen – Sie dürfen überhaupt nichts mehr von ihm erwarten."

„Hat er Sie zu mir geschickt?"

„Nicht direkt."

„Und was zum Teufel führen Sie im Schilde?"

„Ich werde den Jungen mitnehmen und Sie für Ihre bisherige Mühe entschädigen."

„Sie nehmen mir das Kind ab und wollen auch noch dafür zahlen?" fragte Enos eifrig. „Wie viel?"

„Genügt das?" Verärgert über die Habgier des Mannes zog Hunter den Beutel unter seinem Jackett hervor, öffnete ihn und ließ die Goldmünzen klingeln.

Enos war sichtlich fasziniert. „Warum wollen Sie den Jungen haben?"

„Das geht Sie nichts an. Von jetzt an wird er in einem ordentlichen Zuhause leben. Mehr müssen Sie nicht wissen."

„Seit er ein Baby war, haben Meg und ich den Kleinen betreut", erklärte Enos und heuchelte väterliche Sorge. „Wenn's ihm schlecht geht, würde mich Megs Geist verfolgen."

„Seien Sie versichert, man wird Bryan gut behandeln.

Wenn Sie das Gold nehmen, sind Sie ein reicher Mann, können dieses Höllenloch verlassen und woanders ein neues Leben beginnen. Von jetzt an sind Sie nicht mehr auf Grenvilles Wohlwollen angewiesen."

„Ich wollte schon immer nach Boston ziehen. Da wohnt meine Schwägerin, eine Witwe. Die hat mir mal schöne Augen gemacht." Unschlüssig strich Enos über sein unrasiertes Kinn.

„Dann sollten Sie die Chance nutzen."

„Also, ich weiß nicht recht ... Wieso kennen Sie Claude Grenville? Und was wissen Sie über Bryan?"

„Alles, was mir wichtig erscheint. Er ist mein Sohn."

„Aber – Claude behauptete, Bryans Vater sei tot, und seine Mutter habe kein Interesse an dem Kind."

„Beides ist falsch. Nun, haben Sie sich entschieden?"

„Nehmen Sie den Jungen mit. Ohne Grenvilles Geld kann ich ihn ohnehin nicht ernähren."

„Ja, ich dachte mir, Sie würden zustimmen", erwiderte Hunter grimmig. „Allerdings muss ich Ihnen eine Bedingung stellen."

„Welche?" fragte Enos kampflustig. „Davon haben Sie bis jetzt nichts erwähnt."

„Verlassen Sie noch heute dieses Haus."

„Heute?" Holmes kratzte sich am Nacken. „So schnell?"

„Allzu schwer wird's Ihnen nicht fallen." Hunter schüttelte den Goldbeutel. „Bedenken Sie – da steckt ein Vermögen drin."

Holmes leckte über seine dünnen Lippen. „Übermorgen segelt ein Schiff nach Boston. Danach habe ich mich erkundigt, weil ich hoffte, Grenvilles Geld würde rechtzeitig eintreffen und ich könnte die Passage bezahlen."

„Und was sollte mit Bryan geschehen?" fragte Hunter leise.

„Nun ja, ich ..."

„Wollten Sie ihn auf die Straße setzen?"

„Er ist ja nicht *mein* Kind. Bis zu ihrem Tod hat Meg für ihn gesorgt. Leider starb sie vor zwei Jahren an Flecktyphus."

„Wie gern würde ich Sie umbringen, Holmes ..." Hunter umklammerte den Griff seines Degens. „Sagen Sie kein Wort mehr. Packen Sie einfach nur Ihre Sachen – sofort."

„Jetzt gleich?"

„Ja. Mieten Sie ein Zimmer in einer Pension am Hafen. Dort warten Sie, bis Ihr Schiff ausläuft. Um sicherzugehen, dass Sie sich an die Vereinbarung halten, werde ich Sie zum Kai begleiten."

Weder Hunter noch Holmes wussten, dass Bryan das Gespräch belauscht hatte. Jetzt kehrte er ins Zimmer zurück, unsicher und hoffnungsvoll zugleich. „Nehmen Sie mich wirklich mit, Mister?"

Als Hunter wieder in die türkisblauen Augen schaute, schluckte er krampfhaft. „Hast du alles gehört?"

„Oh ja. Sie sagten, dass Sie mein Papa seien. Aber Enos und Meg erzählten mir, ich hätte keinen Papa und meine Mama würde mich nicht lieben. Und weil ich ein böser Junge war, hat mein Großvater mich weggegeben."

Sekundenlang schloss Hunter die Augen und stöhnte. Wenn Grenville jetzt hier wäre, müsste ich mich sehr beherrschen, um ihn nicht zu erdrosseln, dachte er. „Das war ein Irrtum. Du hast einen Papa, der dich sehr liebt. Aber bis vor kurzem wusste ich nichts von dir."

„Warum wollte meine Mama mich nicht haben?" Bryan

schaute zu Hunter auf, mit viel zu ernsten Augen für sein Alter. „Bringst du mich zu ihr?"

„Auch sie wusste nichts von dir. Man hat ihr erzählt, du seist gestorben. Über das alles reden wir später. Nun begleitest du mich erst einmal auf mein Schiff. Sicher wird dir die *Boston Queen* gefallen."

„Soll ich dich Papa nennen?" fragte Bryan schüchtern. „So habe ich noch niemand angeredet."

Da nahm Hunter den kleinen Jungen in die Arme und drückte ihn fest an sich. In der dunklen Leere, wo früher sein Herz gewesen war, breitete sich beglückende Wärme aus. Konnte es Liebe sein? „Ja, es wäre wundervoll, wenn du mich Papa nennen würdest."

9. KAPITEL

Die *Southern Star* segelte mit der Flut in die Mobile Bay und steuerte einen Liegeplatz an. Ungeduldig wanderte Bliss an Deck umher und wartete, bis die Gangway hinabgelassen wurde. Faulk gesellte sich zu ihr.

„Wann gehen wir endlich von Bord?" fragte sie.

„In ein paar Minuten."

„Vielleicht kann uns jemand im Hafen den Weg zur Water Street beschreiben."

„Mach dir keine zu großen Hoffnungen. Wer weiß, was wir feststellen werden ... Womöglich ist der Junge schon tot – oder so schlecht erzogen, dass du ihn gar nicht zu dir nehmen willst. Wenn er keine anständigen Manieren besitzt, wird er dich in Verlegenheit bringen."

„Glaubst du, das würde mich stören? Bist du verrückt? Er ist mein Sohn. In seinen Adern fließt Guys Blut. Und deshalb wird er bei mir leben, ganz egal, welche Erziehung er genossen hat."

„Wie du meinst", seufzte Faulk. „Jetzt ist die Gangway hinabgelassen. Brechen wir auf?"

Wenig später erklärte ihnen der Hafenmeister, wo sie die Water Street finden würden. Bliss hatte sich die Adresse gemerkt. Nummer 71. Da ihr Ziel nur ein paar Häuserblocks vom Kai entfernt lag, wollte sie lieber zu Fuß gehen, statt zu warten, bis Gerald eine Kutsche mietete.

Während sie der Straße folgten, betrachtete Bliss die Schnapsläden, die zahlreichen Bordelle und verfallenen Häuser, und ihre Sorge wuchs. Kein Kind dürfte in einer so grässlichen Umgebung aufwachsen, dachte sie.

„Da sind wir", verkündete Faulk und zeigte auf ein einstöckiges Haus mit schadhaftem Schindeldach. „Soll ich mich nach dem Jungen erkundigen?"

„Nein, das mache ich selber." Bliss straffte die Schultern und wappnete sich für die erste Begegnung mit ihrem Sohn. Was hatte man ihm von seinen Eltern erzählt? Wie würde er sich verhalten, wenn er hörte, dass sie seine Mutter war?

Als sie die wenigen Stufen zum Eingang hinaufstieg, dicht gefolgt von Gerald, schlug ihr Herz wie rasend. Eine ältere Frau mit einer schmutzigen weißen Schürze öffnete die Haustür, einen Besen in der Hand. „Suchen Sie jemand?" Sie musterte Bliss von oben bis unten, dann grinste sie Faulk viel sagend an. „Falls Sie ein Liebesnest brauchen – hier sind Sie am richtigen Ort. Ich bin nicht so neugierig wie so manche andere Vermieterin."

Am liebsten hätte Bliss der unverschämten Person eine scharfe Antwort gegeben. Doch sie beschloss, die dreiste Bemerkung zu ignorieren. „Wir möchten mit einem Ihrer Mieter sprechen – Enos Holmes. Ist er zu Hause?"

„Nein."

„Wann erwarten Sie ihn?"

„Der kommt nicht mehr zurück."

„Was meinen Sie? Falls Sie Geld für Ihre Informationen verlangen ..."

„Oh, die würde ich Ihnen gern verkaufen, wenn ich welche hätte. Vorgestern zahlte er die Miete, die er noch schuldig war, und kündigte an, er würde für immer fortgehen."

„Wohin?" fragte Bliss atemlos. „Hat er den Jungen mitgenommen?"

„Keine Ahnung. Wie gesagt, ich bin nicht neugierig, und was meine Mieter tun, kümmert mich nicht, solange ich pünktlich mein Geld kriege. Aber wenn ich mich recht entsinne, hat Holmes erwähnt, er würde wieder heiraten."

„Kennen Sie die Frau?"

„Nein. Wissen Sie, die Mieter kommen und gehen." Offenbar hielt die Hausbesitzerin das Gespräch für beendet, denn sie begann ihren Besen zu schwingen, so heftig, dass sie die Besucherin beinahe vom Treppenabsatz fegte.

„Irgendetwas können Sie mir sicher erzählen", flehte Bliss. „Ich gebe Ihnen eine Goldmünze. Haben Sie den Jungen in letzter Zeit gesehen? Geht es ihm gut?"

„Wo ist die Münze?"

Bliss hielt Faulk ihre Hand hin, und er legte widerstrebend eine Goldmünze hinein. „Hier ... Nun, woran erinnern Sie sich?"

Die Frau entriss ihr die Münze und steckte sie in ihren Ausschnitt, zwischen die üppigen Brüste. „Als Enos verschwand, sah ich den Jungen nicht. Aber ich nehme an, es ist ihm nichts Schlimmes passiert. Er wurde fast nie krank. Eine liebevolle Familie war das nicht, wenn Sie verstehen, was ich meine. Bei Meg Holmes hatte er's recht gut. Doch dann starb sie, und Enos kümmerte sich um ihn. Der hat ihn ziemlich schlecht behandelt. Jedes Jahr bekam er Geld – wahrscheinlich für die Betreuung des Kindes. Mehr weiß ich nicht."

„Und Sie können mir wirklich nicht sagen, wo er jetzt ist?"

Die Frau schüttelte den Kopf. „Tut mir Leid. Hoffentlich müssen Sie nichts Wichtiges mit ihm besprechen, denn ich glaube, er wollte diese Gegend für immer verlassen."

„Vielleicht bringt er den Jungen zu deinem Vater nach New Orleans", warf Faulk ein. „Am besten segeln wir sofort hin. Da Holmes das Kind allein betreuen musste, möchte er's wahrscheinlich loswerden, bevor er wieder heiratet."

Diese Vermutung ergab einen Sinn und stimmte Bliss etwas zuversichtlicher. „Gibt es in dieser Stadt ein Waisenhaus, wo Mr. Holmes den Jungen vor seiner Abreise untergebracht haben könnte?"

„Nicht, dass ich wüsste", antwortete die Vermieterin und schwenkte wieder ihren Besen.

„Hier erfahren wir nichts mehr." Faulk führte Bliss mit sanfter Gewalt die Stufen hinab. „Sicher werden wir den Jungen in New Orleans antreffen. Davon bin ich fest überzeugt."

„Oder Holmes hat ihn einfach auf die Straße gesetzt."

„Wohl kaum. Offenbar braucht der Mann Geld und will deinen Vater um eine größere Summe erleichtern. Komm jetzt. Wenn wir uns beeilen, kann die *Southern Star* mit der Ebbe auslaufen."

„Nicht, bevor ich Mobile gründlich durchsucht habe", erwiderte Bliss entschieden. „Womöglich irrt mein Sohn irgendwo umher und bettelt um sein Essen."

„Also gut", stöhnte Faulk ungeduldig. „Diese gute Frau soll mir erklären, wie der Junge aussieht, dann werden meine Leute Nachforschungen anstellen."

Aufmerksam hörte Bliss zu, während die Vermieterin einen aufgeweckten Sechsjährigen beschrieb, etwas zu dünn für sein Alter, aber ansonsten gesund. Dichtes schwarzes Haar und türkisfarbene Augen waren die einzigen Merkmale, die ihn von anderen Kindern unterscheiden würden.

Schweren Herzens kehrte Bliss mit Faulk an Bord zurück. Etwas später begleitete sie einige Besatzungsmitglieder, durchstreifte die Straßen und hielt nach einem obdachlosen schwarzhaarigen Jungen mit türkisblauen Augen Ausschau. Die erfolglose Suche dauerte mehrere Tage, bis Bliss sich endlich geschlagen gab. Entmutigt zog sie sich in ihre Kabine zurück, während die *Southern Star* den Hafen verließ und Kurs auf New Orleans nahm. Nur die Hoffnung, das Kind im Haus ihres Vaters anzutreffen, tröstete sie ein wenig.

Plötzlich wurde ihr bewusst, dass sie nicht nach dem Namen des Kleinen gefragt hatte. Doch das spielte keine Rolle. Die besondere Bindung zwischen Mutter und Sohn würde ihr helfen, ihn überall zu erkennen.

Während der Reise von Mobile nach Pine Island erfuhr Hunter sehr viel über Bryans Vergangenheit, in eher beiläufigen Gesprächen. Wie sich allmählich herausstellte, besaß der Junge einen unbeugsamen Lebenswillen und einen starken Charakter. Von seiner Pflegemutter nur sporadisch betreut, hatte er die jahrelange Vernachlässigung ebenso verkraftet wie nach Megs Tod Enos' körperliche und seelische Grausamkeit.

Nur wenn nach Enos' Einkauf im Schnapsladen etwas Geld übrig blieb, durfte Meg Lebensmittel besorgen. Nachdem diese Vorräte verbraucht waren, gab es oft nichts mehr zu essen. Als Meg gestorben war, hatte Bryan hinter den Tavernen die Flaschen einsammeln müssen, in denen ein paar Tropfen übrig geblieben waren.

Hunter staunte über die tiefe Liebe, die er seinem Sohn entgegenbrachte. Nun fühlte er sich wie neugeboren, aber die Emotionen, die er so lange aus seinem Herzen verbannt hatte, verunsicherten ihn auch ein wenig. Bedrückt dachte er an die Vergangenheit. Hätte das Schicksal vor sechs Jahren nicht so unbarmherzig zugeschlagen, würde er seit damals mit seiner Familie zusammenleben. Vielleicht hätte Bliss ihm noch andere Kinder geschenkt.

In seiner Phantasie erschien ihr Bild. So wie er sie zuletzt an Bord der *Southern Star* gesehen hatte, die Lippen von seinen Küssen geschwollen, die Beine gespreizt, die Augen vor Leidenschaft verschleiert. Bei dieser Erinnerung schlug sein Herz schneller. Ihr Mund schmeckte unglaublich süß, und ihre Stimme klang so betörend, wenn sie vor Lust schrie.

Oh Gott, konnte er sie ihrem „Verlobten" überlassen? Verdammt, sie war *seine* Frau. Aber um das zu beweisen, musste er seine Identität enthüllen, und dann würde er eine neue Gefängnisstrafe riskieren. Falls die Behörden von seiner Freibeuterei erfuhren, würde er wahrscheinlich sogar am Galgen enden.

Diese Gedanken waren vergessen, als Bryan aufs Achterdeck kam und zu ihm rannte. Nach ein paar nahrhaften Mahlzeiten wirkte der Junge viel robuster. Sonnenschein und frische Meeresluft hatten seine Wangen gerötet.

„Wann sind wir da, Papa?" fragte Bryan und erwiderte Hunters Lächeln.

„Wenn du aufs Meer schaust, wirst du bald die Küste von Pine Island sehen."

„Ich war noch nie auf einer Insel. Bleiben wir für immer dort?"

„Das weiß ich nicht." Hunter hatte noch keine Zukunftspläne geschmiedet. In einer Piratenwelt wollte er seinen Sohn nicht großziehen. Er besaß genug Geld, um überall zu leben, wo es ihm gefiel, und er würde Bryan ein beträchtliches Erbe hinterlassen. Vielleicht würden sie nach St. Louis ziehen, in den Osten nach Boston, nach London oder Paris. Seine Vergangenheit würde ihm in keine dieser Städte folgen.

„Glaubst du, meine Mutter will mich jetzt haben?" fragte der Junge wehmütig. „Werde ich sie mal sehen?"

„Wenn's irgendwie möglich ist, mein Sohn ... In unserem Leben gibt es viele Schwierigkeiten. Um das alles zu verstehen, bist du noch zu klein." Zum Beispiel die Frage, warum Bliss mir diesen Schurken Faulk vorzieht und ihn zum Stiefvater meines Sohnes erkoren hat, dachte Hunter grimmig. Bevor das Kind seiner Mutter begegnen konnte, musste einiges geklärt werden.

„Schau, Papa, die Insel!" rief Bryan aufgeregt.

Hunter trat zu ihm an die Reling und beobachtete, wie Pine Island immer größer wurde.

„Da stimmt was nicht, Kapitän!" schrie der Mann im Ausguck, als das Schiff in den Fluss bog. Ty Greene, der Erste Maat, reichte Hunter ein Fernrohr.

Aufmerksam suchte Hunter das Ufer des Sees ab, dann fluchte er und gab Greene das Fernglas zurück.

„Hölle und Verdammnis!" fauchte Greene. „Wir wurden angegriffen – das ganze Dorf ist abgebrannt ..."

„Gasparilla", stieß Hunter zwischen zusammengebissenen Zähnen hervor. „Gib mir noch einmal das Glas!"

Er suchte das Ufer nach Überlebenden ab. Inzwischen war das Ausmaß der Verwüstung auch mit bloßem Auge zu erkennen. Entsetzt schrie die Besatzung auf. Die Familien einiger Piraten lebten auf der Insel, andere hatten Frauen gefunden, die ihnen viel bedeuteten.

„Siehst du jemanden, Kapitän?" fragte Greene angstvoll.

„Niemanden. Wir rudern an Land und suchen nach Überlebenden. Wahrscheinlich sind sie in den Wald geflohen, als Gasparilla den ersten Schuss abgefeuert hat." Er bat Greene, ein Dutzend Männer auszuwählen. Dann holte er seine Waffen. In der allgemeinen Aufregung unbeachtet, rannte Bryan hinter ihm her.

„Ist was passiert, Papa?"

„Nichts, was dich beunruhigen müsste, mein Sohn. Für einige Zeit muss ich an Land gehen. Aber ich komme bald zurück. Du wartest hier auf mich."

Bryan winkte ihm von der Reling aus nach, während Hunter mit den Männern die Strickleiter hinabkletterte und in ein Beiboot stieg, das sanft auf den Wellen schaukelte.

Schweigend ruderten sie zum Ufer und starrten die verkohlten Ruinen an. Keine einzige Hütte war unversehrt geblieben. Hastig zogen die Männer das Boot in den Sand und suchten nach Überlebenden. Da der Schutt teilweise immer noch schwelte, musste der Angriff erst vor kurzem erfolgt sein.

„Keine Leichen, Kapitän", meldete einer der Männer, nachdem sie die Suche beendet hatten.

Noch bevor Hunter die Ruine seines eigenen Hauses erreichte, stieg ihm der beißende Geruch verkohlten Holzes in die Nase. Was er sah, glich einem Albtraum. Alle seine kostbaren Schätze waren verbrannt. Über den verrußten Überresten hielten hohe Bäume Wache und schienen ihn zu verspotten. Verzweifelt wandte er sich ab. „Durchsucht den Wald", befahl er seinen Leuten, die auf Befehle warteten. „Es würde mich nicht wundern, wenn Gasparilla alle Bewohner der Insel mitgenommen hätte, um sie in die Sklaverei zu verkaufen."

Offenbar waren die Männer derselben Meinung, denn er las Kummer und Zorn in ihren Mienen.

Plötzlich stürmte ein Mann aus dem Wald, und Hunter griff nach seinem Degen. Aber dann erkannte er Caesar.

„Kapitän, ich habe auf Sie gewartet!" rief der Neger. „Wir haben gebetet, Gasparilla möge Sie nicht finden."

„Gott sei Dank, du bist unverletzt! Wo sind die anderen?"

„Am Nordende der Insel, bei den Indianern. Cleo und ich nahmen an, Gasparilla würde nach seinem ersten Besuch zurückkehren. Nach Ihrer Abreise trafen wir unsere Vorbereitungen. Wir ermahnten die Leute am See, die Flucht zu ergreifen, sobald die *Doña Rosalia* auftauchen würde. Dann trugen wir zusammen mit den Frauen alle Ihre Wertsachen ins Indianerdorf. Nachdem wir den Calusa erzählt hatten, was geschehen war, boten sie uns ihre Hilfe an. Lange bevor Gasparilla mit seinen großen Kanonen ankam, wurden Ihre Sachen im Dorf versteckt."

„Das alles habt ihr für mich getan?" fragte Hunter verblüfft.

„Natürlich, Kapitän, wo Sie uns doch immer gerecht behandelt haben."

„Sind unsre Familien in Sicherheit?" fragte einer der Männer.

„Ja, alle sind entkommen", antwortete Caesar. „Ich beobachtete, wie Gasparilla und seine Leute an Land kamen und das Dorf niederbrannten. Danach zündeten sie das Haus des Kapitäns an. Gasparilla war wütend, weil er Hunter nicht antraf, und ich hörte ihn schwören, er würde ihn verfolgen und die *Predator* in die Luft jagen. Einige seiner Männer wollten im Wald nach den Frauen suchen. Aber das verbot er ihnen, weil er die Calusa nicht aufscheuchen mochte. Er weiß, dass sie dem Kapitän freundlich gesinnt sind."

Gerührt hörte sich Hunter diesen Bericht an. So viel hatten Caesar, Cleo und die anderen für ihn getan. Diese Loyalität verdiente er nicht. Zum ersten Mal seit sieben Jahren empfand er Dankbarkeit. So lange war seine Seele leer gewesen, und er hatte geglaubt, er könnte nichts empfinden außer Hass und Bitterkeit. „Gehen wir wieder an Bord", sagte er mit halberstickter Stimme. „Wir segeln um die Insel herum zum Indianerdorf und holen die Leute ab. Wenn wir alle auf die *Boston Queen* gebracht haben, entscheiden wir, was zu tun ist. Gasparilla ist ein rachsüchtiger Mann. Und er wird weder ruhen noch rasten, ehe er mich für meinen Verrat bestraft hat."

„Kapitän, wir stehen dir bei!" rief ein bärtiger Pirat, und alle jubelten Hunter zu.

Während die anderen zum Ufer des Sees zurückkehrten, zog Caesar seinen Herrn beiseite. „Was soll mit der Beute geschehen, die Sie auf der Insel vergraben haben?"

„Das meiste Geld nehme ich mit und teile es mit meinen Männern. Der Rest bleibt hier. Wie meine Zukunft aussehen wird, weiß ich noch nicht. Jetzt muss ich an meinen Sohn denken. Komm, gehen wir zum Schiff. Wir müssen Schaufeln holen."

Drei Stunden später wurden vier große Kisten, mit Gold und Geld gefüllt, ins Boot gestellt. Nur zwei blieben zurück. Sobald die Kisten im Laderaum der *Boston Queen* verstaut waren, trat Hunter selbst ans Ruder und steuerte das Nordende von Pine Island an.

Als sie an Land gingen, wurden sie von Tamrah und Tomas begrüßt. Erleichtert umarmten die Piraten ihre Frauen und Kinder.

„Heute Abend feiern wir ein Fest, zu Ehren deiner Rückkehr, Hunter", verkündete Tamrah schüchtern.

„Vielen Dank für die Hilfe eures Stammes."

„Ich schulde Ihnen sehr viel – weil Sie mir Tamrah anvertraut haben", erwiderte Tomas in stockendem Englisch.

„Hoffentlich habe ich die richtige Entscheidung getroffen." Während Hunter mit dem jungen Mann sprach, musterte er Tamrah forschend.

„Oh ja", beteuerte sie. „Ich bin sehr glücklich mit Tomas. Verzeih mir, was ich deiner Frau angetan habe. In meiner Dummheit habe ich mir eingebildet, ich könnte dir mehr bedeuten als eine Freundin oder Schwester. Jetzt weiß ich, dass ich hierher gehöre, zu meinem Volk."

„Natürlich verzeihe ich dir. Dein Vater bat mich, dich zu beschützen, und ich tat mein Bestes. Nun wird Tomas für dich sorgen."

„Wo ist Bliss? Cleo sagte, du würdest sie zurückbringen. Ist es nicht grauenvoll, wie Gasparilla dein Haus zugerichtet hat?"

Ehe Hunter antworten konnte, rannte Bryan zu ihm, der in einem anderen Boot zur Küste gefahren war.

„Wem gehört das Kind?" fragte Cleo neugierig.

Voller Stolz hob Hunter den Jungen hoch. „Mein Sohn Bryan."

„Ihr Sohn? Aber ..." Abrupt verstummte Cleo, nachdem sie das Kind genauer betrachtet hatte. Türkisblaue Augen schauten sie ernsthaft an. Überrascht runzelte sie die Stirn.

„Ja, deine Vermutung ist richtig. Aber ich bitte dich, ihren Namen vor Bryan nicht zu erwähnen."

„Haben Sie's die ganze Zeit gewusst?" fragte Cleo, die sich nur mühsam von ihrer Überraschung erholte.

Hunter stellte Bryan auf die Füße und bat Tamrah, sie möge ihm etwas zu essen geben. Ohne die Aufregung zu bemerken, die er verursacht hatte, hüpfte der Junge neben der Indianerin her.

„Bis zu jener Nacht, in der ich in meinem Skiff nach Sanibel segelte, wusste ich nicht, dass ich einen Sohn habe", erklärte Hunter. „Diese Neuigkeit wühlte mich dermaßen auf, dass ich wegfahren musste, um ungestört meine Gedanken zu ordnen."

„Also kannten Sie Bliss schon vor ihrer Ankunft auf dieser Insel?"

„Wie ich in Wirklichkeit heiße, habe ich ihr nicht verraten. Sie weiß nicht, dass ich ihr Ehemann bin, den sie sechs Jahre lang für tot hielt. Seither habe ich mich sehr verändert. Das Kind wurde ihr bei der Geburt weggenommen, und ihr Vater behauptete, es sei tot zur Welt gekommen. Das glaubte sie ihm. Erst vor kurzem erfuhr sie, ihr Sohn würde noch leben. Als sie zu ihm fahren wollte, wurde ihr Schiff von Gasparilla angegriffen. Er nahm sie gefangen und brachte sie nach Captiva."

„Warum ist Bliss nicht hier, bei Ihnen und ihrem Sohn?"

„Das ist eine lange Geschichte, Cleo", erwiderte Hunter müde. „Im Augenblick möchte ich sie nicht erzählen. Nur eins noch – Bliss ist bei ihrem Verlobten."

„Bei ihrem Verlobten?" wiederholte Cleo entsetzt. „Und was werden Sie unternehmen? Gasparilla ist fest entschlossen, Sie zu töten. Wenn Sie ein Pirat bleiben, wird das Leben Ihres Sohnes ständig in Gefahr schweben. Wollen Sie das?"

„Nein, er soll ein besseres Leben führen als ich in den letzten Jahren und den Reichtum genießen, den ich erworben habe." Zwischen seinen Brauen erschien eine steile Falte. „Ich weiß, den Großteil meines Vermögens habe ich mir auf ungesetzliche Weise angeeignet. Doch ich kann die Vergangenheit nicht ungeschehen machen. Jetzt denke ich nur noch an die Zukunft."

An diesem Abend bot die fröhliche Feier eine willkommene Ablenkung von Kummer und Sorge. Die Piraten waren wieder mit ihren Frauen und Kindern vereint, und der Rum floss in Strömen. Fürsorglich brachte Hunter seinen Sohn in einer der Hütten aus Holz und Sumpfgras zu Bett. Wenig später verließ er das Fest und streckte sich neben Bryan aus. Es gab so viele Dinge, über die er nachdenken musste.

Um seinen Sohn zu schützen, musste er die Piraterie aufgeben. Er wusste, wie zielstrebig Gasparilla seine tückischen Pläne durchführte. Wenn Hunter in der Bruderschaft blieb, würde der Piratenkönig ihn gnadenlos verfolgen. Jetzt war Gasparilla sein erbitterter Feind, trotz allem, was sie früher miteinander verbunden hatte.

Bevor Hunter mit Bliss nach Pine Island gesegelt war, hatte er das Risiko erkannt, aber ignoriert und nur an die Frau gedacht, mit der er verheiratet gewesen war. Er wollte sie verführen, ihre Liebe erringen, um sie dann mit einem Piratenbaby im Bauch ihrem Verlobten zu übergeben. Erst jetzt wusste er, wie schmerzlich er sie die ganze Zeit vermisst hatte, wie sehr er sie immer noch liebte.

Seit Bliss in sein Leben zurückgekehrt war, lernte er sich selbst von Tag zu Tag besser kennen. Nun spürte er, wie verletzlich er immer noch war. Und er wusste, dass er nach wie vor eine Ehefrau hatte – und einen Sohn. In den frühen Morgenstunden stand sein Entschluss fest, was die Zukunft betraf. Mochte Bliss eine Rolle darin spielen – oder auch nicht.

Die *Predator*, die wieder ihren rechtmäßigen Namen trug

und unter schwarzer Flagge segelte, lichtete den Anker und fuhr nordwärts. An Bord befanden sich die Bewohner des Piratendorfs, Hunters Schätze, die sie vor dem Feuer gerettet hatten, und die Geldkisten. Das Schiff nahm Kurs auf Barataria, Jean Lafittes Festung.

In weitem Bogen umrundete die *Predator* Cayo Pelau und Gasparilla Island, um eine Konfrontation mit Hunters Feind zu vermeiden. Eine Woche nach der Abreise von Pine Island, an einem milden Herbsttag, ankerten sie vor Barataria. Als Hunter die Gangway hinabging und die steinerne Mole betrat, wurde er von Jean Lafitte persönlich begrüßt.

„Willkommen in Barataria! Was führt dich zu mir, *mon ami*? Bringst du mir reiche Beute für meine gierigen Kunden? Oder stimmt das Gerücht? Ich hörte, Gasparilla habe beschlossen, dich zu vernichten."

„Ja, es ist wahr, Jean", bestätigte Hunter. „Gasparilla zerstörte mein Dorf und mein Haus auf Pine Island." Nach einer kurzen Pause fuhr er fort: „Du hast mir schon einmal beigestanden, Jean. Jetzt bitte ich dich wieder um Hilfe. Aber wenn du Gasparilla fürchtest, möchte ich dich nicht mit meinen Problemen belasten."

Lachend warf Jean den Kopf in den Nacken. „Ein Lafitte fürchtet niemanden. Nicht einmal Gasparilla. Komm in mein Haus, dort können wir uns ungestört unterhalten."

„Mein Sohn ist bei mir. Würde sich jemand um ihn kümmern, während wir reden?"

Verwundert hob Jean die Brauen. „Dein Sohn? Von diesem Jungen musst du mir unbedingt erzählen. Pierres Frau wird ihn betreuen. Sicher spielt er gern mit ihren Kindern." Jean erklärte einer hübschen Frau, die in der Nähe stand, seine Wünsche, und Bryan wurde zu einer Kinderschar geführt, die übermütig Fangen spielte.

Wenig später saßen Hunter und Lafitte in einem eleganten Arbeitszimmer. An allen Wänden standen hohe Regale, die kostbare Lederbände enthielten. Jean füllte zwei Kristallschwenker mit Cognac, und die beiden Freunde prosteten einander zu.

Langsam ließ der Hausherr die bernsteinfarbene Flüssigkeit in seinem Glas kreisen. „Nun, was kann ich für dich tun?"

„Würdest du meine Männer und ihre Familien in deiner Gemeinde aufnehmen? Da Gasparilla auf Rache sinnt, wäre es nicht ratsam, das Dorf auf Pine Island wieder aufzubauen."

„Ziehst du mit deinem Sohn auch zu uns?"

„Nein, ich bringe ihn nach New Orleans. Diesem gefährlichen Leben, das ich sechs Jahre lang führte, will ich ihn nicht ausliefern. Seit ich ihn gefunden habe, ist alles verändert. Er hat genug für die Sünden anderer gelitten. Nun soll er in Sicherheit aufwachsen, in geordneten Verhältnissen."

„Wo ist seine Mutter?"

„Eine lange Geschichte ..."

„Oh, ich habe sehr viel Zeit."

Hunter holte tief Atem und erstattete Bericht. Als er schwieg, lehnte sich Lafitte in seinem Sessel zurück und starrte ihn an. „Erstaunlich, *mon ami*. Also bestrafst du die Mutter, indem du ihr das Kind vorenthältst."

„Sie wird einen anderen heiraten, denselben Mann, dem ich den Verlust meines rechten Auges verdanke und der meinen Sohn zu fremden Leuten geschickt hat."

„Da sie deine Frau ist, kann sie nicht heiraten", gab Lafitte zu bedenken.

„Guy DeYoung, ihr Ehemann, starb vor sechs Jahren."

„Aber wie wir beide wissen, ist er sehr lebendig. Was hast du vor?"

„Ich lasse mich mit meinem Sohn in New Orleans nieder. Mit meinem Vermögen und dem englischen Titel, den ich vor Jahren einem mittellosen Viscount namens Hunter abkaufte, werde ich mühelos Zugang zur Gesellschaft finden. Wie du dich vielleicht erinnerst, nahm ich den Viscount gefangen und fand heraus, dass wir denselben Namen trugen. Das faszinierte mich. Aus einer Laune heraus erwarb ich den Titel. Nun wird er mir gewisse Vorteile verschaffen. Darüber hinaus habe ich keine Pläne. Meine Leute brauchen ein Heim. Deshalb bitte ich dich, sie alle aufzunehmen. Sie können die *Predator* behalten und einen tüchtigen Kapitän aus ihren eigenen Reihen wählen. Zudem möchte ich dich ersuchen, meinem Sohn und mir eine Fahrt nach New Orleans zu ermöglichen. Sind deine Schiffe immer noch im Hafen willkommen?"

„Im Augenblick schon. Aber ich fürchte, das wird sich bald ändern. Gouverneur Claiborne macht mir gewisse Schwierigkeiten. Tut mir Leid, dass du die Piraterie aufgibst. Aber die Entscheidung liegt bei dir. Unsere Geschäftsverbindung war sehr profitabel, *mon ami*. Für mich stand der Tag, an dem ich dich nach Barataria brachte, unter einem Glücksstern. Selbstverständlich will ich alle deine Wünsche erfüllen. Wenn du jemals meine Hilfe brauchst – du weißt, wo du mich findest. Entweder auf Grande Terre, in ‚The Temple', wo die Auktionen stattfinden, oder im Absinthe House. Heutzutage halte ich mich niemals allzu lange in der Stadt auf. Dort begegnet man den Leuten aus Barataria mit wachsendem Argwohn."

„Danke, Jean, daran werde ich denken. Einmal hast du mich den Klauen des Todes entrissen. Hoffentlich musst du mich kein zweites Mal retten."

Hunter blieb eine Woche in Barataria und beschaffte sich eine Garderobe, die zu einem wohlhabenden, angesehenen Gentleman passte. Unglücklicherweise konnte er nicht auf die Augenklappe verzichten. Dafür musste er eine plausible Erklärung finden, und er hoffte, niemand würde in ihm den Piraten Hunter erkennen.

10. KAPITEL

Als Bliss mit Gerald Faulk in New Orleans ankam, wollte sie sofort zur Plantage fahren. Er mietete eine Kutsche, und sie stiegen ein. Während der kurzen Schiffsreise hatte sie die Begegnung mit ihrem Sohn ungeduldig herbeigesehnt. Aber sie freute sich keineswegs, ihren Vater wiederzusehen, dem sie immer noch grollte.

Auf dem Weg zur Plantage hüllte sich Gerald in mürrisches Schweigen, verärgert über Bliss' beharrliche Weigerung, ihn zu heiraten. Offenbar fand er, die Hochzeit wäre der gerechte Lohn für das Lösegeld, das er an Gasparilla gezahlt hatte. Das sah sie anders.

Kurz bevor sie ihr Ziel erreichten, begann er zu sprechen. „Ich habe alles getan, was du wolltest, Bliss. Nun musst du das Versprechen einlösen, das du mir vor der Fahrt nach Mobile gegeben hast, ganz egal, ob wir den Jungen im Haus deines Vaters antreffen oder nicht. Unsere Hochzeit *wird* stattfinden. So schnell wie möglich. Die Bank sitzt mir schon lange genug im Nacken, und deshalb brauche ich dein Geld."

„Gar nichts schulde ich dir, Gerald", erwiderte sie gleichmütig. „Du bist ebenso wie Vater für den Tod meines Mannes verantwortlich. Ohne eure tückischen Machenschaften wäre ich jetzt glücklich mit Guy verheiratet, und wir würden gemeinsam unseren Sohn aufziehen. Such dir doch eine andere Erbin und lass mich in Ruhe."

„Ich erlaubte deinem Vater nur, in meine Schifffahrtsgesellschaft zu investieren und am Profit zu partizipieren, weil er mir deine Hand versprach. Inzwischen habe ich lange genug gewartet. Für eine andere Frau interessiere ich mich nicht. Nenne es Besessenheit oder Beharrlichkeit – ich will *dich*. Meine Geliebten habe ich satt. Nun wünsche ich mir eine Ehefrau."

„Was wurde denn aus eurem Profit? Vater behauptet, ihr beide stündet am Rande des Ruins."

„Oh, wir haben hohe Gewinne erzielt, bis die Piraten anfingen, meine Schiffe zu überfallen." Er schüttelte den Kopf. „Warum sie's ausgerechnet auf mich abgesehen haben, während andere Frachter ungehindert die Wasserstraßen passieren, verstehe ich nicht. Jetzt werden wir von Gläubigern verfolgt. Aus diesem Grund brauche ich dein Erbe."

In diesem Moment hielt der Wagen vor dem Plantagenhaus, und vorerst blieb ihr eine Antwort erspart. Gerald wollte ihr aus der Kutsche helfen. Statt seine Hand zu berühren, stieg sie lieber ohne seinen Beistand aus und eilte die Eingangstreppe hinauf.

Die alte Sklavin Mandy, ihre Ersatzmutter, öffnete ihr die Tür. Bei Bliss' Anblick schimmerten Tränen in ihren Augen. „Oh, mein Schätzchen, wir haben uns solche Sorgen um Sie gemacht!" rief sie und drückte sie an ihren üppigen Busen. „Als Ihr Daddy die Lösegeldforderung bekam, war er außer sich vor Angst."

Sanft befreite sich Bliss aus den Armen der Negerin. „Keine Bange, Mandy, mir geht's gut. Ist mein Sohn hier?"

„Nein", entgegnete die Sklavin verwirrt. „Er ist vor sechs Jahren gestorben. Das wissen Sie doch."

Nicht hier ... Bliss glaubte, ringsum würde die Welt einstürzen. Hatte sie ihr Kind für immer verloren? Mühsam schluckte sie. „Er lebt, Mandy. Bei seiner Geburt brachte Vater ihn weg und behauptete, er sei tot zur Welt gekommen."

In herausforderndem Ton fügte sie hinzu: „Wo warst du damals? Hat Vater dich in seine Pläne eingeweiht?"

„Großer Gott, nein! Erinnern Sie sich nicht, Kindchen? Als Ihre Wehen begannen, schickte Master Claude mich zu einer kranken Sklavin, und die alte Mammy Adele betreute Sie bei der Niederkunft. Kurz danach wurde sie verkauft, weil der Master ihr die Schuld am Tod des Babys gab."

„Alles Lüge, Mandy! Wo ist mein Vater?"

„In seinem Arbeitszimmer."

„Lass mich vorausgehen." Faulk schob Bliss beiseite.

„Nein, das muss ich selbst erledigen", erwiderte sie.

Trotzdem folgte er ihr zum Arbeitszimmer. Ohne anzuklopfen, stürmte sie hinein, und er blieb ihr auf den Fersen.

Claude sah von seinen Papieren auf und erhob sich. „Meine Tochter! Gott sei Dank, du bist gerettet!" Er eilte um den Schreibtisch herum und versuchte sie zu umarmen, aber sie wehrte ihn ab. „Warum bist du davongelaufen? Und wohin wolltest du fliehen? War dir der Gedanke, Gerald zu heiraten, so unangenehm?"

„Sie weiß Bescheid, Claude", erklärte Faulk tonlos. „Deshalb beschloss sie, *ihn* aufzusuchen."

„Meinst du ..." Claude wurde blass.

„Genau, Vater. Ich las Enos Holmes' Brief. Seither weiß ich, dass mein Sohn lebt. All die vergeudeten Jahre!" klagte Bliss bitter. „Wie konntest du mich die ganze Zeit im Glauben lassen, der Junge wäre tot?"

„Mir ging es immer nur um dein Wohl, Bliss", schmeichelte Claude. „Du warst zu jung, um dich mit einem Kind zu belasten. Außerhalb dieser Plantage erfuhr kein Mensch von deiner heimlichen Ehe mit Claude DeYoung. Niemand bemerkte deine Schwangerschaft. Wenn jemand nach dir fragte, behauptete ich, du würdest Verwandte in Virginia besuchen. Auf diese Weise rettete ich deinen guten Ruf. Du solltest Gerald heiraten und von der Gesellschaft in New Orleans wohlwollend aufgenommen werden. Sicher verstehst du die Sorge eines Vaters um das Ansehen seiner Tochter."

„Und was hat's dir genützt? Ich war die Gefangene eines Piraten. Jetzt ist mein Ruf hoffnungslos ruiniert."

„Niemand weiß von deinem Missgeschick, weil Gerald und ich allen Freunden erzählten, wir müssten die Hochzeit wegen deiner plötzlichen Erkrankung verschieben. Jetzt bist du wieder daheim und wirst bald genesen. Du solltest gemeinsam mit Gerald an sämtlichen gesellschaftlichen Ereignissen der Saison teilnehmen. Wenn man euch miteinander sieht, werden die Klatschmäuler, die vielleicht irgendwelche albernen Geschichten ausposaunen, schnell verstummen."

„Tut mir Leid, dass ich dich enttäuschen muss, Vater. Ich werde mit Gerald nirgendwohin gehen und auch nicht mehr hier wohnen. Jetzt bin ich nicht mehr auf dein Geld angewiesen. Mein Erbe ermöglicht mir, woanders zu leben. Was du mir angetan hast, verzeihe ich dir niemals." Hoch erhobenen Hauptes eilte sie zur Tür. „Ich gehe jetzt nach oben und packe meine Sachen. Dann begebe ich mich zu der Bank, um die monatlichen Zahlungen in die Wege zu leiten. Sobald ich eine geeignete Unterkunft gefunden habe, ziehe ich aus."

Entsetzt starrte der Vater ihr nach, ehe sich sein Zorn gegen Faulk richtete. „Du warst wochenlang mit ihr zusammen. Konntest du sie nicht eines Besseren belehren? Was soll nun aus uns werden?"

„Mach dir keine Sorgen", erwiderte Gerald und heuchelte Zuversicht. „Jetzt ist sie wütend. Aber sie wird zur Vernunft kommen. Ich weiß, wie ich sie veranlassen kann, die Situation mit unseren Augen zu sehen." Entschlossen rannte er hinter Bliss her und holte sie auf dem Treppenabsatz im ersten Stock ein.

„Verschwinde!" schrie sie.

„Hör mir doch zu, Bliss."

„Aus deinem Mund habe ich schon genug gehört."

„Wie wird sich die Gesellschaft in dieser Stadt verhalten, wenn sie von deiner – eh – Affäre mit einem Piraten erfährt?"

„Für die Meinung der Gesellschaft interessiere ich mich nicht." Das stimmte nicht ganz, was sie ihm natürlich niemals gestehen würde. Sie wollte unter Menschen leben, die sie respektierten. Doch sie würde Gerald nicht heiraten, um dieses Ziel zu erreichen. „Außerdem sagte Vater, niemand sei über meine ... Tortur informiert."

„Nun, das könnte sich ändern."

„Drohst du mir, Gerald?"

„Wenn du's so nennen willst ... Denk darüber nach. Zieh getrost in dein eigenes Haus. Aber erwarte nicht, dass ich mich so leicht geschlagen gebe. Solltest du dich in vierzehn Tagen nicht anders besinnen, mache ich deine Schande publik, und alle Klatschbasen von New Orleans werden sich das Maul zerreißen."

Voller Hass starrte sie ihn an. Dies war keine leere Drohung. Trotzdem würde sie sich vorerst nicht darum kümmern. Könnte sie ihrem Vater oder Gerald doch das Geld geben, das sie sich mit aller Macht aneignen wollten ... Unglücklicherweise musste sie heiraten, um ihr gesamtes Erbe auf einmal zu erhalten. „Tu, was dir beliebt, und lass mich in Ruhe. Ich habe einiges zu erledigen."

„Also gut. Aber ich komme wieder zu dir. Zwei Wochen hast du Zeit, um zu entscheiden, ob du das Opfer bösartiger Klatschgeschichten oder die Frau eines angesehenen Unternehmers werden willst."

Wortlos beobachtete sie, wie er die Stufen hinabstieg. Wenn Blicke töten könnten, wäre er entseelt zu Boden gesunken.

Reibungslos wurden Bliss' Geschäfte mit dem Bankier abgewickelt. Nachdem sie einige Papiere unterzeichnet hatte, erhielt sie nicht nur die Zahlung für den laufenden Monat, sondern auch für die vier Monate, die seit ihrem fünfundzwanzigsten Geburtstag verstrichen waren. Danach ging sie auf die Suche nach einem neuen Heim. Sosehr sie die Plantage auch liebte, sie ertrug es nicht, noch länger unter dem Dach ihres Vaters zu leben.

Zwei Tage später mietete sie ein bescheidenes Haus an der St. Peter Street, in einem respektablen Stadtteil. Zu dem Gebäude gehörte ein schöner Garten, von dem eine Wendeltreppe an der Außenmauer zum schmiedeeisernen Balkon des Schlafzimmers hinaufführte. An der anderen Seite gingen die Fenster zur Straße hinaus. Bliss wusste die Privatsphäre des ummauerten Gartens zu schätzen.

Zu ihrem Leidwesen bot der Balkon an der Vorderfront einen Ausblick auf das Eisentor des Calaboso, wo Guy einen so schrecklichen Tod erlitten hatte. Trotzdem entsprach das Haus ihren Vorstellungen, und sie zog schon am nächsten Tag ein. Als sie Mandy mitnahm, protestierte ihr Vater nicht. Sie beauftragte die alte Frau, ein Dienstmädchen und eine Köchin einzustellen. Erfreut begrüßte Bliss wenig später zwei freigelassene Negerinnen, die jeden Morgen zur Arbeit erscheinen und nach dem Abendessen zu ihren Familien zurückkehren würden.

Kurz nach der Übersiedlung erneuerte Bliss ihre Bekanntschaft mit Freundinnen von der Akademie für junge Damen, die sie bis zu ihrem siebzehnten Lebensjahr besucht hatte. Die meisten waren inzwischen verheiratet. Obwohl sie ihr warmherzig zur Genesung von ihrer vermeintlichen Krankheit gratulierten, merkte sie bald, dass sie nichts mehr mit ihnen verband. Als sie mehrere Einladungen erhielt, nahm sie nur wenige an, von Familien, die sie nicht ignorieren mochte.

Eines Abends besuchte sie ein Hauskonzert und belauschte das Gespräch zweier älterer Damen, die sich über einen neuen Stadtbewohner unterhielten.

„Ein faszinierender Mann, meine Liebe", meinte die Mutter von drei heiratsfähigen Töchtern.

„Und was noch wichtiger ist, Esmeralda – angeblich ist er so reich wie Midas."

„Noch viel reicher, Fanny", gurrte Esmeralda. „Ein englischer Viscount. Dem Vernehmen nach ein Witwer. Hast du ihn schon gesehen?"

„Nein, aber meiner Amanda ist er zufällig begegnet. Danach schwärmte sie stundenlang von ihm und erklärte, er sei irgendwie mysteriös. Falls ihn in dieser Saison eine junge Dame einfängt, darf sie sich glücklich schätzen."

„Also, ich habe ihn bereits gesehen, meine liebe Fanny, und ich pflichte Amanda bei. Allerdings erscheint er mir etwas zu gefährlich für unsere naiven Töchter – was sie natürlich nicht daran hindert, um seine Aufmerksamkeit zu wetteifern. Ich bin schon gespannt, wer ihn erobern wird."

Fanny senkte die Stimme. „Weißt du, warum er so einzigartig und geheimnisvoll wirkt?" fragte sie und erschauerte wohlig. „Amanda meint, es liegt an ..."

Obwohl Bliss die Ohren spitzte, konnte sie nicht hören, was den einzigartigen und geheimnisvollen Reiz des Neuankömmlings ausmachte. Dann sah sie Gerald Faulk den Salon betreten und ergriff die Flucht. Seit sie in der Innenstadt wohnte, ging sie ihm aus dem Weg. Die zweiwöchige Frist, die er ihr zugebilligt hatte, war fast abgelaufen. Wenn sie sich danach immer noch weigerte, ihn zu heiraten, würde er ihren Namen zweifellos in den Schmutz ziehen.

Hastig verließ sie das Hauskonzert, verfolgt von einer wehmütigen Melodie, die sie unwillkürlich an Hunter erinnerte, an jene berauschenden Liebesnächte. Vermisste er sie ebenso schmerzlich wie sie ihn? Dachte er überhaupt noch an sie?

Am Straßenrand wartete ihre gemietete Kutsche, und der Fahrer half ihr hinein. Auf dem Heimweg kehrten ihre Gedanken wieder einmal zu der verblüffenden Ähnlichkeit zwischen Hunter und Guy zurück. Der Klang der Stimme, der schief gelegte Kopf und – oh Gott, die Küsse ... Sehnte sie sich immer noch so sehr nach Guy, dass sie Gemeinsamkeiten zwischen zwei grundverschiedenen Männern entdeckte?

Abrupt wurden die Reminiszenzen unterbrochen, als der Wagen vor ihrem Eingang hielt. Sie stieg aus, bezahlte den Fahrer und ging ins Haus. Drinnen herrschte tiefe Stille. Die Köchin und das Dienstmädchen hatten ihre Arbeit längst beendet, und Mandy schlief wahrscheinlich schon. Im Dunkel der schweigenden Räume spürte sie die Leere ihres Herzens noch deutlicher. Traurig wartete sie lange auf den Schlaf, der nicht kommen wollte.

Hunter betrat den Salon, wo das Hauskonzert stattfand, und sah Bliss fliehen. Eine Zeit lang erwog er, ihr zu folgen. Doch er besann sich anders. Noch war es nicht an der Zeit, ihr seine Anwesenheit in New Orleans zu demonstrieren. Er hatte noch immer nicht entschieden, ob er sie mit ihrem Sohn zusammenbringen sollte. Was er beschließen würde, hing davon ab, wie sich ihre Beziehung zu Gerald Faulk entwickelte. Und Hunters unmittelbare Pläne betrafen immer nur den nächsten Tag.

Nach seiner Ankunft in der Stadt hatte er ein elegantes Haus an der Toulouse Street gemietet, nicht weit vom Gouverneursgebäude entfernt, und sich der Gesellschaft als Guy, Viscount Hunter, präsentiert. Vor einigen Jahren war der echte Viscount nach England zurückgekehrt. Ironischerweise wurde Hunter nun von denselben Leuten bewundert, die Guy DeYoung verachtet hatten.

Da Grenvilles Stallmeister niemals in den vornehmen Häusern empfangen worden war, würde man Hunter nicht erkennen. Außerdem hatte man Guy DeYoung für tot erklärt. Viscount Hunter deponierte sein beträchtliches Vermögen auf der Bank. Sobald er in sein luxuriöses Haus gezogen war, erhielt er mehrere Einladungen.

Er hatte vergessen, wie schnell sich Neuigkeiten in der Stadt herumsprachen. Wahrscheinlich tratschte kurz nach seinem Besuch in der Bank ganz New Orleans über seinen Reichtum. Wäre er seinem Sohn nicht verpflichtet gewesen, hätte er die Gesellschaftsszene ignoriert. Aber Bryan sollte nicht unter der Vergangenheit seines Vaters oder irgendeinem Skandal leiden, den man vielleicht mit dem Namen Hunter in Verbindung bringen würde. Deshalb versuchte Guy, einen möglichst guten Eindruck zu erwecken.

Lächelnd schlenderte er zwischen den Gästen des Hauskonzerts hindurch und machte langweilige Konversation. Keine der Frauen, die ihm begegneten, konnte sich mit Bliss messen. Schmachtende Mädchen suchten seine Aufmerksamkeit zu erregen. Doch ihre Schönheit erschien ihm farblos, und ihr oberflächliches Geschwätz ermüdete ihn.

Wie sehr er sich nach Bliss sehnte ... Jahrelang hatte er sie für sein Leid verantwortlich gemacht. Nun wusste er, dass sie ein unschuldiges Opfer ihres Vaters und Gerald Faulks gewesen und ebenso grausam behandelt worden war wie er selbst. Sie hatte ihr Kind verloren, er seine Identität und den Traum von einer Zukunft an Bliss' Seite.

Als sie am Morgen nach dem Hauskonzert die Augen öffnete, erkannte Bliss, wie nachhaltig sich ihr Leben verändern würde. Noch war sie sich nicht ganz sicher. Aber sie wurde von heftiger Übelkeit erfasst, sprang aus dem Bett, hastete zur Waschkommode und erbrach sich in die Porzellanschüssel. Danach spülte sie zitternd und geschwächt ihren Mund aus, sank aufs Bett und wartete, bis sich das Zimmer nicht mehr drehte.

Schwanger ...

Eine andere Erklärung gab es nicht. Noch nie war ihr am Morgen übel geworden. Erst jetzt wurde ihr bewusst, dass ihre Monatsblutung zweimal ausgesetzt hatte. Es musste in jener Nacht geschehen sein, als Hunter heimlich an Bord der *Southern Star* gekommen war. Schützend legte sie die Arme über ihren Bauch und überließ sich ihrer heißen Freude. Ja, sie wünschte sich dieses Kind.

Die Verbindung zu ihrem Vater hatte sie bereits abgebrochen. Von ihm durfte sie keine Hilfe erwarten. Trotzdem war sie fest entschlossen, Hunters Kind zu behalten. Sie würde es liebevoll großziehen, und niemand würde sie jemals von ihm trennen. Aber wie sollte sie allein zurechtkommen, ohne von der Gesellschaft verdammt zu werden? Musste ihr Kind in Schande aufwachsen?

Die Lösung des Problems war ganz einfach. Obwohl sie sich verzweifelt dagegen wehrte. Sie musste heiraten. So schnell wie möglich.

Am nächsten Tag stand Gerald Faulk vor ihrer Tür. Das Zimmermädchen führte ihn ins gemütliche Esszimmer, wo Bliss gerade eine Tasse Tee trank und über ihre Zukunft nachdachte.

„Guten Morgen", grüßte er fröhlich und setzte sich, ohne eine Einladung abzuwarten. „Deine zweiwöchige Frist ist verstrichen, Bliss. Hast du das Hochzeitsdatum festgesetzt? Wie ich mehrmals erklärt habe, stehe ich am Rand des Ruins. Eine weitere sinnlose Verzögerung werde ich nicht dulden."

„Nimm doch Platz, Gerald", bat sie sarkastisch.

„Danke, ich sitze bereits." Ohne ihre sonderbare Stimmung zu beachten, schenkte er sich eine Tasse Tee ein. „Nun wollen wir die Einzelheiten erörtern. Natürlich werden wir eine große Hochzeit feiern – das Ereignis der Saison."

Diesen Augenblick hatte sie gefürchtet. Seit sie von ihrer Schwangerschaft wusste, dachte sie an nichts anderes. Alle Möglichkeiten hatte sie erwogen, die vernünftigen und unvernünftigen, und schließlich eine qualvolle Entscheidung getroffen. Sie begegnete Geralds prüfendem Blick und beschloss, das Problem sofort in Angriff zu nehmen. Was sie ihm vorschlagen wollte, war notwendig, um die Zukunft ihres Kindes zu schützen. Und so straffte sie die Schultern, wappnete sich gegen Geralds Verachtung und teilte ihm mit: „Ich bin schwanger."

Die Tasse glitt aus seiner Hand, heißer Tee ergoss sich in seinen Schoß. Fluchend sprang er auf und warf seinen Stuhl um.

„*Was* bist du?"

„Schwanger", wiederholte sie selbstzufrieden.

„Unmöglich!"

„Doch."

„Verdammt!" fluchte er wütend. „Wie konntest du es wagen, uns das anzutun? Was für eine Frau bist du? Nachdem du schon einen Bastard geboren hast ..."

Am liebsten hätte sie in sein verzerrtes Gesicht geschlagen. „Guys Kind ist kein Bastard", erwiderte sie langsam und berührte ihren Bauch. „Das Kind, das ich jetzt unter dem Herzen trage, stammt von einem Piraten. Was ich freimütig zugebe. Aber auf dieses Baby freue ich mich genauso wie damals auf mein erstes. Setz dich, Gerald. Ich möchte dir einen Vorschlag machen. Und ich glaube, du kannst es dir gar nicht leisten, ihn abzulehnen."

Zögernd richtete er den Stuhl auf und nahm wieder Platz. „Ich wusste schon immer, dass du eine H..."

„Wenn du das Wort aussprichst, wirst du niemals in den Besitz meines Erbes gelangen", warnte sie ihn.

„Nicht einmal, wenn du mir auf einem Silbertablett serviert wirst, würde ich dich jetzt noch nehmen. Niemals werde ich den Bastard eines Piraten als meinen Sohn anerkennen." Er wischte über seinen Ärmel, als müsste er ein ekelhaftes Insekt entfernen.

„Aber mein Geld interessiert dich noch immer? Du bist mir in tiefster Seele zuwider. Was ich dir anbiete, ist ein rein geschäftliches Abkommen. Du gibst mir deinen Namen und darfst über mein Erbe verfügen. Natürlich wird unsere Ehe nur auf dem Papier bestehen. Mein Kind soll nicht als Bastard geboren werden. Nur deshalb will ich dich heiraten. Wir werden nicht einmal zusammenleben. Stattdessen bleibe ich mit meinem Kind in diesem Haus. Natürlich kannst du dir eine Geliebte nehmen, da ich meine ehelichen Pflichten nicht erfüllen werde. Jeden Monat wirst du mir eine ausreichende Summe überweisen, damit ich meinen Lebensstandard in dieser Stadt halten kann. Ansonsten darfst du mein Erbe verwenden, wie es dir beliebt."

Während er über das großzügige Angebot nachdachte, verengten sich seine Augen. „Du willst meinen Namen mit deinem Vermögen kaufen?"

„Wenn du meinen Bedingungen zustimmst."

„Also brauchst du mich doch noch", betonte er und grinste spöttisch.

„Nur deinen Namen."

„Du überraschst mich, meine Liebe. Was für ein berechnendes Biest du bist ..."

Angriffslustig hob sie das Kinn. „Ich muss mein Baby schützen. Hätte ich auf mein erstes Kind besser aufgepasst, wäre es jetzt bei mir. Was meinem Sohn widerfuhr, wird *diesem* Kind niemals zustoßen. Das naive Mädchen, das ich damals war, gibt es nicht mehr. Bis aufs Blut werde ich für mein Baby kämpfen."

„Wäre mir bewusst gewesen, dass es einer Schwangerschaft bedarf, um dich zur Heirat zu bewegen, hätte ich schon längst dafür gesorgt – mit dem größten Vergnügen. Jetzt widert mich allein schon der Gedanke an, mit dir zu schlafen. Aber da du mir dein Erbe zur Verfügung stellst, kann ich dein großzügiges Angebot nicht ablehnen. Du wirst ebenso wie dein Kind meinen Namen tragen, Bliss. Setz den Hochzeitstermin fest." Viel sagend starrte er auf ihren Bauch. „Möglichst bald."

„Am Samstag in zwei Wochen." Beinahe wurde ihr schwarz vor Augen. Jahrelang hatte sie sich geweigert, Gerald Faulk zu heiraten. Obwohl sie wusste, dass sie Guy nicht wiedersehen würde, hatte sie seinen Tod nie akzeptiert. In gewisser Weise hatte sie all die Jahre gewartet ... Aber in zwei Wochen würde sie die Vergangenheit begraben, um ein neues Leben zu beginnen – mit ihrem Kind. Guys Sohn hatte sie verloren. Hunters Kind würde sie vor allen Gefahren schützen.

Faulk stand auf. „Dann werde ich jetzt die nötigen Arrangements treffen und die Bank informieren, damit sie die entsprechenden Papiere vorbereiten kann, die mir dein Erbe übertragen."

„Wenn du schon dabei bist – lass einen Vertrag aufsetzen, in dem meine Bedingungen festgehalten werden. Die Zeile, in der die Summe meiner monatlichen Zuwendung eingefügt wird, bleibt leer. Die werde ich ausfüllen, nachdem ich entschieden habe, wie viel Geld ich für ein komfortables Leben brauche."

Obwohl sich Geralds Augen vor Zorn verdunkelten, widersprach er nicht.

„Um den Schein zu wahren, sollten wir in den nächsten beiden Wochen möglichst oft gemeinsam in der Öffentlichkeit erscheinen", fuhr Bliss fort. „Partys, Bälle, Hauskonzerte – was immer nötig ist, um den Leuten unsere Verlobung vor Augen zu führen. Die Vaterschaft meines Kindes darf nicht in Frage gestellt werden."

„Diesen Wunsch will ich dir gern erfüllen. Hoffentlich bist du vernünftig genug, dich in deine vier Wände zurückzuziehen, wenn sich dein Zustand nicht mehr verheimlichen lässt."

„Das Baby wird zwei Monate zu früh auf die Welt kommen, was nicht ungewöhnlich ist. Glücklicherweise kann ich die Schwangerschaft noch ein paar Wochen lang verheimlichen."

„Wie schön!" höhnte Faulk.

„Für heute Abend habe ich eine Einladung zu einem Ball bei den Dubois", erklärte sie, ohne seinen Spott zu beachten, und fragte sich, wie sie seine Gesellschaft in den nächsten vierzehn Tagen ertragen sollte. „Bei dieser Gelegenheit können wir unsere Hochzeitspläne bekannt geben."

„Gut, dann hole ich dich heute Abend um neun ab", entgegnete er kühl. „Um mir dein Vermögen anzueignen, bin ich durch die Hölle gegangen. Wenn ich Glück habe, kann ich meine Gläubiger noch zwei Wochen hinhalten. Danach würden sie mein Haus und die Firma in Besitz nehmen."

Bliss machte sich nicht die Mühe, ihn zur Tür zu begleiten. Inständig wünschte sie, ihr Problem hätte sich auf andere Weise lösen lassen. Bei dem schrecklichen Gedanken, Gerald zu heiraten, wurde ihr erneut übel. Eine Hand auf den Mund gepresst, stürmte sie aus dem Zimmer.

Etwas später fand Mandy ihre Herrin im Schlafzimmer, über die Waschschüssel gebeugt. Zitternd erbrach Bliss ihr karges Frühstück. Die alte Frau brachte sie fürsorglich ins Bett. Dann trat sie zurück, stemmte ihre Hände in die breiten Hüften und musterte Bliss mit schmalen Augen. „Sind Sie in letzter Zeit etwas dicker geworden, Kindchen?"

„Oh Mandy, das wollte ich noch nicht verraten."

Liebevoll tätschelte die Negerin Bliss' Hand. „Dafür können Sie nichts, meine Liebe, und Sie haben keinen Grund, sich schuldig zu fühlen. Hoffentlich finden sie ihn und hängen ihn auf!"

Da begann Bliss zu weinen und konnte nicht mehr aufhören. Hunter – am Galgen ... Nein, der Vater ihres Kindes durfte niemals eines so unwürdigen Todes sterben! Aber welch anderes Schicksal erwartete einen Mann, der außerhalb des Gesetzes lebte?

11. KAPITEL

Auf dem Dubois-Ball herrschte ein heilloses Gedränge, und Bliss wäre all diesen Menschen lieber nicht begegnet. Bedauerlicherweise musste sie sich an Geralds Seite zeigen, damit sie den Eindruck eines glücklichen Paares erweckten.

Punkt neun Uhr war er vor ihrer Tür erschienen, in einem eleganten Abendanzug. Er sah sehr distinguiert aus, aber sie merkte ihm sein Alter an. An den Schläfen zogen sich graue Fäden durch sein Haar, und der enge Frackrock konnte den Spitzbauch nicht verbergen.

Bliss hatte ein smaragdgrünes Seidenkleid mit hoher Taille, kurzen Puffärmeln und jenem gewagten Ausschnitt gewählt, der gerade als letzter Schrei galt. Manche Frauen gingen sogar so weit, Napoleons Gemahlin zu imitieren und ihre Kleider zu befeuchten, so dass der Stoff fast durchsichtig wirkte. Von dieser Mode hielt Bliss jedoch nichts.

Mit einem gezwungenen Lächeln durchquerte sie an Geralds Arm den Ballsaal. Während sie sich einen Weg zu den Gastgebern bahnten, begrüßten sie Freunde und Bekannte.

„Wie schön, euch beide wieder vereint zu sehen!" rief Lily Dubois entzückt. „Wir waren tief betrübt, als wir von deiner Krankheit hörten, Bliss. Offensichtlich hast du dich gut erholt. Dürfen wir jetzt, nach deiner Genesung, mit der Ankündigung einer Hochzeit rechnen?"

Ehe Bliss antworten konnte, erklärte Gerald: „Sie sind die Erste, die es erfährt, Mrs. Dubois. Am Samstag in zwei Wochen werden wir vor den Traualtar treten. Demnächst erhalten Sie eine Einladung. Natürlich findet die Hochzeit in der Kathedrale statt. Hoffentlich haben Sie an diesem Tag Zeit."

„Ein solches Ereignis würden wir uns niemals entgehen lassen", versicherte George Dubois und schlug Gerald grinsend auf die Schulter. „Erlauben Sie mir, die wundervolle Neuigkeit heute Abend bekannt zu geben."

„Oh, es wäre uns eine Ehre." Gerald schenkte Bliss ein Lächeln, das seine Augen nicht erreichte. „Bist du einverstanden, meine Liebe?"

„Oh ja, das ist sehr freundlich von Ihnen, George", murmelte sie und bekämpfte die Übelkeit, die in ihr aufstieg.

Dann schlenderte sie an Geralds Seite weiter, ohne den Mann mit der schwarzseidenen Augenklappe zu bemerken, der sie beobachtete, halb verdeckt von einer Säule.

Guy hatte Bliss und ihren Begleiter eintreten sehen und seinen Zorn nur mühsam gezügelt. Auf verschiedenen Partys und Bällen hatte er Bliss schon gesehen, aber noch nie in Faulks Gesellschaft, und seine heftigen Gefühle überraschten ihn selbst. Bevor er überlegen konnte, was dieser gemeinsame Auftritt bedeuten mochte, wurde er von mehreren Gästen umringt und verlor das Paar aus den Augen.

Bliss entschuldigte sich bei Gerald und suchte den Ruheraum für die Damen auf, um ihre strapazierten Nerven zu besänftigen und ihre Frisur zu überprüfen. Allmählich war sie es müde, unentwegt zu lächeln und Konversation zu machen. Was sie noch mehr beunruhigte – sie hatte das seltsame Gefühl, irgendjemand würde sie unverwandt anstarren. Sicher war das lächerlich. Aber sie konnte sich dieses Eindrucks nicht erwehren.

In dem Ruheraum traf sie mehrere Frauen an. Zwei junge

Mädchen, die sie kannte, unterhielten sich gerade über den geheimnisvollen Fremden. Bisher war Bliss ihm noch nicht begegnet.

Sie wurde enthusiastisch begrüßt. „Wie wundervoll, dass Sie sich nach Ihrer langen Krankheit endlich wieder blicken lassen, Miss Grenville!" meinte eine lebhafte Blondine. „Sie sehen phantastisch aus. Wie ich höre, sind Sie und Mr. Faulk immer noch ein Paar. Haben Sie schon ein Hochzeitsdatum festgesetzt?"

„Ja, Becky, nachdem ich endlich genesen bin ..." Becky Durbin, fünf Jahre jünger als Bliss, war ihr stets sympathisch gewesen. „Am Samstag in zwei Wochen findet die Trauung statt. Hoffentlich nehmen Sie daran teil."

„Bin ich auch eingeladen?" fragte die andere junge Dame, eine hübsche Rothaarige.

„Selbstverständlich, Amanda, zusammen mit Ihrer ganzen Familie."

„Vielleicht feiere ich die nächste Hochzeit", bemerkte Becky.

„Ich wusste gar nicht, dass Sie einen Verehrer haben", erwiderte Bliss. „Kenne ich ihn?"

Dunkle Röte kroch an Beckys Hals empor. „Oh, ich habe viele Verehrer. Aber keiner gefällt mir so gut wie Viscount Hunter." Sie erschauerte wohlig. „Haben Sie ihn schon gesehen, Bliss? So ein attraktiver Mann! Er ist der interessanteste Mann der Gesellschaft in New Orleans."

„Hunter?" wiederholte Bliss tonlos. Der mysteriöse Fremde hieß Hunter? Nein, unmöglich, *ihr* Hunter konnte nicht hier sein. Das wäre zu gefährlich. Und er schmückte sich gewiss nicht mit dem Titel eines Viscounts.

„Kennen Sie ihn?" fragte Amanda neugierig. „Er sieht

verwegen aus. Und *sooo* romantisch. Alle ledigen Frauen in New Orleans sind hinter ihm her."

„Nein, ich hatte noch nicht das Vergnügen, dem Viscount zu begegnen", antwortete Bliss.

„Sogar die verheirateten Damen stellen ihm schamlos nach", entrüstete sich Becky. „Aber ich werde ihn einfangen. Wartet's nur ab! Er hat mich um einen Tanz gebeten."

„Lüg nicht, Becky!" mahnte Amanda. „Er tanzt niemals. Stattdessen redet er mit den Männern über Geschäfte und flirtet mit den Damen."

„Nun, das werde ich ändern."

Bliss beobachtete, wie Becky vor dem Spiegel posierte. Was faszinierte die Frauen so sehr an diesem Viscount? Immer noch von der Angst erfasst, er könnte ihr Pirat sein, erkundigte sie sich: „Trägt er eine Augenklappe?"

Erstaunt hob Becky die Brauen. „Ich dachte, Sie kennen ihn nicht."

Von einer plötzlichen Schwäche befallen, musste Bliss nach einer Sessellehne greifen und sich festhalten. „Also trägt Viscount Hunter eine Augenklappe? Hat er schwarzes Haar und ein graues Auge?"

„Oh Bliss, Sie haben uns an der Nase herumgeführt!" rief Amanda ärgerlich. „Offenbar wissen Sie ganz genau, wie Guy Hunter aussieht. Komm, Becky, versuchen wir mal, ihn von seinen geschäftlichen Diskussionen wegzulocken."

Ohne zu bemerken, welchen Aufruhr der Gefühle sie entfesselt hatten, verließen die beiden Mädchen den Ruheraum.

Guy? Guy Hunter? Verwirrt runzelte Bliss die Stirn. Hatte er sich den Namen Guy absichtlich zugelegt, um sie zu kränken? Und warum war er in New Orleans aufgetaucht, wenn es sich tatsächlich um *ihren* Hunter handelte? Das ergab keinen Sinn. Andererseits fand sie alles, was er getan hatte, ziemlich unsinnig. Nun, diese Überlegungen würden die entscheidende Frage nicht beantworten. Sie kehrte zu Faulk zurück, der sie voller Ungeduld erwartete.

„Da bist du ja! Ich habe mir schon Sorgen gemacht." Viel sagend musterte er ihren Bauch. „Fühlst du dich unwohl?"

„Nein, ich bin nur müde. Vielleicht sollten wir uns von den Gastgebern verabschieden. Dieses Gedränge ist grauenhaft."

„Jetzt können wir noch nicht gehen. Dubois will gerade unsere Hochzeit ankündigen. Das wolltest du doch, oder?"

Inzwischen nicht mehr. Nicht in Gegenwart Hunters, der sie spöttisch beobachten würde. Aber Gerald konnte nicht wissen, dass der Pirat zu den Gästen zählte. Falls der Viscount *ihr* Hunter war, würde niemand seine wahre Identität kennen. „Ja, das wollte ich."

Widerstrebend folgte sie Gerald zum Podium, wo das Orchester spielte und Dubois um Aufmerksamkeit bat. Alle Blicke richteten sich auf Bliss und Faulk, während der Hausherr die bevorstehende Hochzeit bekannt gab. Danach brach frenetischer Applaus los, und das Paar wurde von Gratulanten bestürmt.

„Tanzen wir, Bliss?" fragte Gerald, als die Musiker wieder zu spielen begannen.

„Ich würde lieber gehen. Diesen Wirbel ertrage ich nicht mehr."

„Keine Bange, in ein paar Minuten bringe ich dich nach Hause. Vorher möchte ich dir jemanden vorstellen." Gerald nahm ihren Arm. „Da drüben steht er, bei der Säule. Er ist erst vor kurzem in die Stadt gezogen, und man weiß nie, wozu man neue Bekannte mal brauchen wird. Vor allem die wohlhabenden."

Bliss schaute zu der Säule hinüber und sah nur dichtes Gedränge. Plötzlich wusste sie es ... Doch es war zu spät, die Flucht zu ergreifen, denn Faulk führte sie durch die Menge. Und dann sah sie ihn.

In elegantem Schwarz und blütenweißem Leinen, strahlte er jene mysteriöse Energie aus, die man nur als gefährlich bezeichnen konnte. Durchdringend starrte er Bliss an. Sie hörte, wie Gerald sie mit dem Viscount bekannt machte. Eine Sekunde später schien sich der Ballsaal zu drehen, und sie glaubte in einem dunklen Abgrund zu versinken.

Guy sprach gerade mit dem Bankier Sanders, während Dubois um die Aufmerksamkeit seiner Gäste bat, um Miss Grenvilles und Mr. Faulks Hochzeit anzukündigen. So gut er es vermochte, unterdrückte er seinen Zorn. Das gelang ihm nicht, wie Sanders' seltsamer Blick verriet.

„Geht es Ihnen nicht gut, Lord Hunter?" fragte der Bankier besorgt. „Sie sehen aus, als hätten Sie soeben etwas Grässliches gegessen."

„Tut mir Leid, Sanders, ich wusste nicht, dass ich's so deutlich zeige. Manchmal meldet sich meine alte Verletzung, und ich kann meine Reaktion auf den Schmerz nicht immer kontrollieren." Die Lüge erregte unverdientes Mitgefühl.

„Soviel ich weiß, haben Sie beim Kampf gegen Napoleon ein Auge verloren", wiederholte Sanders eines der völlig aus der Luft gegriffenen Gerüchte.

„Das stimmt", bestätigte Guy, der diese Erklärung einigermaßen plausibel fand. „Was sagten Sie vorhin?"

Nur mit halbem Ohr hörte er dem Bankier zu. Bis zur Verlautbarung der bevorstehenden Hochzeit war er sich nicht sicher gewesen, wie oder ob er Bliss mit ihrem Sohn zusammenbringen sollte. Jetzt stand sein Entschluss fest. Er liebte Bryan, und er würde ihn nicht einmal kurzfristig einer Frau anvertrauen, deren Ehemann Gerald Faulk hieß.

Wenn sie den Schurken so sehr hasst, wie sie's behauptet hat – warum heiratet sie ihn dann, überlegte er. Irgendetwas musste dahinter stecken, und das würde er herausfinden.

Aus dem Augenwinkel sah er Faulk auf sich zukommen, eine sichtlich widerwillige Bliss im Schlepptau. Verdammt, musste die erste Begegnung in New Orleans zu einem öffentlichen Spektakel ausarten? Aber Guy konnte nichts dagegen unternehmen. Er unterbrach sein Gespräch mit Sanders so abrupt, dass es beinahe unhöflich wirkte.

Und dann stand sie vor ihm, schön wie eh und je. Er holte tief Luft, atmete ihren süßen Duft ein, der Erinnerungen an heiße Liebesnächte in den Tropen weckte. Als er ihr Gesicht musterte, sah er ihre Lippen zittern. Was Faulk sagte, hörte er kaum. Alle seine Sinne konzentrierten sich auf Bliss, die ihre türkisblauen Augen schloss und langsam zu Boden sank.

Hastig schob er Faulk beiseite und fing sie auf, ehe die Umstehenden ihre Ohnmacht bemerkten. Sogar Faulk schien der Anblick seiner Verlobten, die schlaff in Hunters Armen hing, zu überraschen. Glücklicherweise erschien Mrs. Dubois und meisterte die Situation.

„Folgen Sie mir", befahl sie dem Viscount und bahnte ihm einen Weg durch die Menschenmenge. Erleichtert gehorchte er. Zu seinem Leidwesen blieb Faulk ihm auf den Fersen, während er die Bewusstlose in einen kleinen Nebenraum trug. „Legen Sie Bliss auf das Sofa", sagte Mrs. Dubois. „Ich hole Riechsalz." Energisch schloss sie die Tür hinter sich, um alle Neugierigen fern zu halten.

„Offenbar hat sie die Hitze und das Gedränge nicht verkraftet", meinte Faulk. „Meine Verlobte besitzt eine sehr zarte Konstitution. Übrigens, ich bin Gerald Faulk. Als dieses Missgeschick passierte, wollte ich mich gerade vorstellen."

Guy ignorierte die ausgestreckte Hand. „Fällt Ihre Verlobte oft in Ohnmacht?" Bisher hatte er nicht bemerkt, dass Bliss an einer solchen Schwäche litt. Sonderbar, dachte er. Es sei denn ... Hatte sie Guy DeYoung endlich erkannt?

„Machen Sie sich keine Sorgen", erwiderte Faulk unbekümmert. „Bald wird sie wieder zu sich kommen. Können wir uns irgendwann in nächster Zeit ungestört unterhalten? Ich würde Sie gern über meine Geschäfte informieren. Vielleicht möchten Sie in meine Firma investieren."

„Im Augenblick interessiere ich mich eher für das Wohl Ihrer Braut", entgegnete Guy.

Zum Glück blieb ihm eine weitere Diskussion erspart, denn Lily Dubois kehrte zurück und hielt Bliss ein Fläschchen Riechsalz unter die Nase. „Das müsste sie zur Besinnung bringen."

Als Bliss nach Luft schnappte, atmete Guy auf und wandte sich von dem beißenden Geruch ab.

„Was ... was ist geschehen?" stammelte sie und schob das Fläschchen beiseite.

„Du hast das Bewusstsein verloren", erklärte Faulk.

„Wie fühlst du dich jetzt, meine Liebe?" fragte Mrs. Dubois.

„Viel besser, danke." Bliss richtete sich auf dem Sofa auf.

„Keine Ahnung, was mit mir los war ... Ich falle nie in Ohnmacht."

„Wahrscheinlich lag's an der Hitze", erwiderte Lily. „Oder du hast dich noch nicht vollends von deiner Krankheit erholt. Wenn alles wieder in Ordnung ist, werde ich den besorgten Gästen Bescheid geben."

„Ja, es geht mir großartig. Um Himmels willen, kümmere dich um deine Gäste."

„Sicher wird dein Verlobter gut für dich sorgen", bemerkte Lily und verließ das Zimmer.

„Du solltest sie begleiten und dich für die unerfreuliche Szene entschuldigen, Gerald", schlug Bliss vor.

„Eine ausgezeichnete Idee. Ruh dich noch ein wenig aus. Ich verabschiede mich von unseren Freunden, und dann komme ich wieder zu dir. Sagen wir – in zwanzig Minuten?"

„Ja", wisperte sie, von Hunters Nähe beunruhigt. Warum verschwand er nicht?

„Kommen Sie mit, Lord Hunter?" fragte Gerald.

„Natürlich", antwortete Guy und folgte ihm zur Tür.

Sobald Bliss allein war, seufzte sie erleichtert. Sie fühlte sich zu schwach für eine Konfrontation. Nie zuvor hatte sie die Besinnung verloren. Ihre Ohnmacht hing zweifellos mit ihrer Schwangerschaft und Hunters unerwartetem Anblick zusammen. Was hatte ihn nach New Orleans geführt? Warum posierte er als englischer Aristokrat und brachte sich in Gefahr? Ihretwegen? Durfte sie hoffen, ihr Schicksal würde ihn interessieren?

Oh Gott, sie war so verwirrt.

Plötzlich hörte sie ein leises Geräusch, schaute zur geschlossenen Tür und sah Hunter am Rahmen lehnen. Nach einer Weile ging er langsam zu ihr. Seine geschmeidigen

Schritte erinnerten sie an einen Panther, arrogant und selbstsicher. Zu ihrer Bestürzung dauerte es einige Sekunden, bis ihr die Stimme gehorchte. „Was machst du hier? Bist du wahnsinnig? Weißt du, was dir droht, wenn man dich erkennt?"

„Wirst du meine Identität preisgeben?" Sie schüttelte den Kopf. „Dann habe ich nichts zu befürchten. Warum bist du in Ohnmacht gefallen?"

Betont gleichgültig zuckte sie die Achseln. „Ich glaube, unser Wiedersehen hat mich erschreckt. Ausgerechnet in New Orleans! In einer so großen Stadt muss es jemanden geben, der dem Piraten Hunter schon einmal begegnet ist – zum Beispiel auf einem der geplünderten Schiffe. Und wie kommst du zu diesem Adelstitel?"

„Den habe ich vor einigen Jahren rechtmäßig erworben. Ich bin gerührt, weil du dich um mein Wohlergehen sorgst. Aber dazu besteht kein Grund." Er hielt ihren Blick fest. „Übrigens, ich gratuliere dir zur baldigen Hochzeit."

„Mach dich nicht über Dinge lustig, die du nicht verstehst, Hunter."

„Nenn mich doch Guy. Jetzt bin ich Guy, Viscount Hunter."

Zitternd rang sie nach Atem. „Diesen Namen hast du nur angenommen, um mich zu verletzen", beschuldigte sie ihn. „Du weißt, wie der Mann hieß, den ich über alles liebte. Warum tust du mir das an? Was willst du von mir?"

„Nur ein kleines bisschen Ehrlichkeit."

„Ich habe dich nie belogen."

„Vor einigen Wochen hast du behauptet, dein jahrelang totgeglaubter Sohn sei das Wichtigste in deinem Leben. Und jetzt willst du einen der Männer heiraten, die dir das Kind bei der Geburt wegnahmen. Siehst du keinen Widerspruch darin?"

„Gerald segelte mit mir nach Mobile. Dort suchten wir den Jungen. Aber wir kamen zu spät. Offenbar ist er mit Enos Holmes verschwunden. Ich war völlig verzweifelt und weigerte mich, die Stadt zu verlassen, bevor sie gründlich durchsucht wurde. Doch wir fanden keine Spur von meinem Sohn. Wohl oder übel mussten wir ohne ihn nach New Orleans fahren – was keineswegs bedeutet, ich hätte ihn vergessen."

Nachdenklich starrte er sie an, als versuchte er, eine Entscheidung zu treffen. „Warum heiratest du Faulk?"

„Was kümmert dich das?" fauchte sie. „Hätte Gasparilla, dein elender Anführer, damals mein Schiff nicht überfallen, wäre ich rechtzeitig in Mobile angekommen und längst mit meinem Kind vereint. Und danach hast du mich auch noch endlos lange auf deiner Insel festgehalten! Das werde ich dir nie verzeihen."

„Wie schnell du dich von deiner Ohnmacht erholt hast!" meinte er sarkastisch. „Deine Wangen glühen geradezu."

Ohne seine Worte zu beachten, fuhr sie fort: „Und jetzt ist es an mir, Fragen zu stellen. Wieso bist du in New Orleans? Weißt du, dass die ganze Stadt über dich spricht? Dein Reichtum gibt Anlass zu verschiedenen Spekulationen. Und die Frauen schmelzen dahin, sobald sie deinen Namen hören."

Sein Lächeln nahm ihr den Atem. „Nun, das ist *ihr* Problem. Ich habe die Piraterie aufgegeben. Wenn's Gasparilla auch nicht wahrhaben will – diese Ära ist beendet. Die Marine ist fest entschlossen, den Golf von Piraten zu befreien. Sollte ich mein Handwerk in diesen gefährlichen Gewässern weiterhin betreiben, würde ich ein tragisches Ende finden. Dafür ist mir mein Hals zu wertvoll."

Schweren Herzens nahm sie seine Erklärung zur Kenntnis. Sie hatte gehofft, Guy – oh Gott, wie konnte sie ihn Guy nennen, obwohl dieser Name so viele schmerzliche Erinnerungen heraufbeschwor? – wäre ihretwegen in die Stadt gekommen. Weil er sie vermisste und begehrte. Weil er sie liebte.

Aber sie hatte ihm nie etwas bedeutet, oder? Würde sie jemals erfahren, warum er sie auf seiner Insel gefangen gehalten hatte? „Wie stellst du dir deine Zukunft vor?"

„Ich möchte eine Plantage kaufen. Zweifellos werden wir uns noch oft begegnen, da wir zu denselben gesellschaftlichen Ereignissen eingeladen werden. Vielleicht solltest du besser auf deine Gesundheit achten. Es wäre peinlich, wenn du auf allen Partys oder Bällen in Ohnmacht fallen würdest."

Mangels einer passenden Antwort starrte sie schweigend auf seinen Rücken, als er das Zimmer verließ. Hatte er Verdacht geschöpft? Mit seinem durchdringenden Blick erweckte er manchmal den Anschein, er würde alle ihre Gedanken lesen und in die Tiefen ihrer Seele schauen. Wie auch immer, eins stand nach diesem Gespräch fest: Sie wäre verrückt, wenn sie ihm von dem Baby erzählte. Und sie würde ihn niemals Guy nennen!

Wenig später verließ Guy den Ball, zur bitteren Enttäuschung aller Damen, die seine Aufmerksamkeit erringen wollten. Die kichernden, heiratswilligen jungen Mädchen oder die wagemutigen älteren Ehefrauen, die eine Affäre anstrebten, interessierten ihn kein bisschen. Stattdessen ärgerte er sich über Bliss' bevorstehende Hochzeit.

Was denkt sie sich eigentlich, überlegte er. Wie konnte sie ausgerechnet einen der Männer heiraten, der ihr das Kind weggenommen hatte? Das ergab keinen Sinn. Gnadenlos quälte ihn sein wachsender Groll. Er hatte geglaubt, Bliss zu kennen. Und er gab ihr nicht mehr die Schuld am Verlust seines Auges und seiner Identität, an dem Leid, das er im Gefängnis erduldet hatte. Aber dass sie nun mit seinem schlimmsten Feind vor den Traualtar treten würde, war unerträglich.

Um Mitternacht erreichte er sein Haus und ging sofort ins Bett. Kurzfristig hatte er erwogen, ein erstklassiges Bordell zu besuchen, und den Gedanken verworfen. Seit jener Nacht in Bliss' Kabine an Bord der *Southern Star* hatte er mit keiner Frau mehr geschlafen, und es widerstrebte ihm, eine andere zu umarmen.

In dieser Nacht träumte er von einem tropischen Sandstrand, an dem er Bliss unter einem leuchtenden Vollmond leidenschaftlich liebte.

Während der nächsten Tage konnte sie ihm anscheinend nicht entrinnen. Wohin sie auch ging, sah sie ihn überall – auf jeder Party, bei jedem Hauskonzert. Sogar, wenn sie an Geralds Arm über die Place d'Armes schlenderte. Hunter begrüßte sie jedes Mal freundlich. Aber sein herausforderndes Lächeln strafte die höfliche Fassade Lügen und raubte ihr den Seelenfrieden. Allmählich fürchtete sie die Begegnungen. Als sie Gerald eines Abends auf einen Ball begleitete, fiel ihm ihre Nervosität auf.

„Ah, da ist Viscount Hunter", bemerkte er nach einem Tanz. „Ich glaube, die schöne Brünette an seiner Seite kenne ich noch gar nicht. Komm, unterhalten wir uns mit den beiden."

„Lieber nicht." Bliss bemühte sich, das Zittern in ihrer Stimme zu unterdrücken. War dieses attraktive Mädchen Hunters Geliebte? Würde sie jemals die Gefühle überwinden, die sie für ihn empfand?

Gerald musterte sie forschend. „Wann immer wir den Viscount treffen, wirst du ganz blass. Hoffentlich fällst du nicht wieder in Ohnmacht."

„Sei nicht albern. Warum musst du den Mann dauernd umschmeicheln?"

„Weil er reich ist und weil ich die Freundschaft mit gut situierten Gentlemen zu kultivieren pflege. Vielleicht muss ich mir eines Tages wieder Geld leihen."

„Wenn du mein Erbe verschleudert hast?"

Gerald fand keine Zeit für eine bissige Antwort, denn jetzt kam Guy auf sie zu. „Guten Abend. Gefällt Ihnen die Party?"

„Nun, ich habe schon nettere Abende erlebt", erwiderte Gerald und hielt gähnend eine Hand vor den Mund.

„Kennen Sie meine Begleiterin?" fragte Guy und schaute Bliss direkt in die Augen.

„Nein, dieses Vergnügen hatten wir noch nicht", entgegnete Gerald und setzte sein charmantestes Lächeln auf.

„Miss Carmen Delgado, eine Besucherin aus Kuba. Sie wohnt bei ihrer Tante und ihrem Onkel. Vorhin war sie so freundlich, mit mir zu tanzen. Miss Delgado, darf ich Ihnen Miss Bliss Grenville und ihren Verlobten, Mr. Gerald Faulk, vorstellen?"

Nach einer kurzen Konversation bat Guy: „Würden Sie uns jetzt entschuldigen? Wir wollten gerade in den Garten gehen, weil Miss Delgado frische Luft schnappen möchte."

Als die beiden sich entfernten, starrte Bliss ihnen nach.

„So schwierig war's doch gar nicht, oder?" fragte Gerald. „Warum regt dich dieser Mann so auf? Das verstehe ich nicht. Er war doch immer nett zu dir."

„Ich möchte nach Hause."

„Obwohl wir eben erst angekommen sind?"

„Tut mir Leid, ich fühle mich nicht gut."

Verächtlich glitt sein Blick über ihren Bauch. „Bereitet dir der Bastard irgendwelche Schwierigkeiten?"

„Nenn mein Kind nie wieder Bastard!" zischte sie wütend. Dann kehrte sie ihm abrupt den Rücken, eilte in den Garten und ließ Faulk stehen, der sofort das Interesse aller Klatschbasen auf sich zog. Glücklicherweise folgte er ihr nicht. Die Wangen brennend gerötet, floh sie zu einer abgeschiedenen Bank und nahm Platz, um sich abzukühlen. Wäre sie nicht schwanger, würde sie die Farce dieser Hochzeit niemals verkraften. Oh Gott, warum musste Hunter ausgerechnet in New Orleans wohnen? Hatte er ihr Leben nicht schon genug kompliziert?

„Was ist da drin vorgefallen?"

Erschrocken zuckte sie zusammen, als sie seine Stimme erkannte, und hob den Kopf. „Nichts. Wo ist Miss Delgado?"

„Im Salon, umringt von ihren Bewunderern."

„Aber ich dachte – du und sie ..."

„Da irrst du dich. Womit hat Faulk deinen Zorn erregt?"

„Oh – es war nichts ..."

„Was hat er gesagt?" Guy setzte sich neben Bliss und strich über ihre Wange. Fluchend wischte er ihre Tränen weg.

„Warum verfolgst du mich unentwegt?" klagte sie. „Was willst du denn nur von mir?"

„Die Wahrheit. Wieso heiratest du Faulk? Offensichtlich ist er dir in tiefster Seele zuwider. Das scheinen die anderen Leute nicht zu bemerken. Aber ich kenne dich besser. Du hast geweint."

Verzweifelt versuchte sie, den Kopf abzuwenden. Doch er hielt ihr Kinn fest. „Bitte, lass mich gehen, Hunter!"

„Fällt es dir so schwer, mich Guy zu nennen?"

„Ja, oh Gott – ja!"

„Weißt du, wie verzweifelt ich war, als ich aus Sanibel zurückkehrte und dich nicht auf Pine Island antraf?"

Sie traute ihren Ohren nicht. „Was? *Du* warst verzweifelt?"

„Zwischen uns blieb so vieles ungesagt."

„Ich bat dich, mit mir nach Mobile zu segeln. Und du ranntest wie ein Feigling davon. Natürlich hatte ich keine Ahnung, was du dachtest – was du plantest. Dann erschien Gasparilla auf der Insel, und es war zu spät für uns beide."

Sein Auge schimmerte wie mattes Silber und zog Bliss in einen unwiderstehlichen Bann. Atemlos betrachtete sie sein Gesicht, las Emotionen darin, die sie nicht deuten konnte. Verwirrt senkte sie die Lider. Noch bevor sie seinen Mund auf ihrem spürte, hatte sie gewusst, was geschehen würde. Es war kein sanfter Kuss, sondern eine bezwingende Erinnerung an die Leidenschaft, die sie geteilt hatten – an die Sehnsucht, die nie erloschen war. Immer fester presste er Bliss an seine Brust und küsste sie mit verzehrender Glut.

Langsam wanderten seine Lippen an ihrem Hals hinab, zum tiefen Dekolletee. Er schob den Ausschnitt nach unten und entblößte ihre Brüste. In wachsendem Verlangen küsste er eine rosige, harte Knospe und leckte daran, bis Bliss stöhnend protestierte und ihn wegzuschieben versuchte.

„Nicht!" flehte sie. „Dazu hast du kein Recht. Jemand könnte uns beobachten ... Bald werde ich heiraten."

„Natürlich, dies ist nicht der richtige Ort." Er bedeckte ihren Busen, erhob sich und zog sie auf die Beine. Dann ergriff er ihren Arm und führte sie zum Gartentor.

„Warte! Wohin bringst du mich?"

„Was immer zwischen dir und Faulk geschehen war, schien ihm keinen Kummer zu bereiten, weil er dir nicht in den Garten folgte. Und ich nehme an, du willst nicht ins Haus zurückkehren."

„Nein, ich bin's leid, zu lächeln und vorzugeben ..."

„Vorzugeben? Was?"

„Nichts. Vergiss es."

„Ich bringe dich in meiner Kutsche nach Hause. Dann musst du nicht in den Salon zurückkehren."

Da ihr nichts anderes übrig blieb, ließ sie sich von ihrem Piraten zu einer luxuriösen Karosse führen und stieg mit seiner Hilfe ein.

„Wo wohnst du, Bliss?"

Sie nannte ihre Adresse in der St. Peter Street, und er befahl dem Kutscher, dorthin zu fahren. Als der Wagen hielt, sprang Guy heraus und reichte ihr die Hand.

„Wirklich, du musst mich nicht zur Tür begleiten."

„Willst du mich loswerden?" fragte er belustigt.

Bei dem Gedanken, er könnte ihr ins Haus folgen, wurde ihr ganz heiß. „Du darfst nicht mit hineinkommen."

„Wie du willst."

Normalerweise gab er sich nicht so leicht geschlagen. Was führte er im Schilde? „Gute Nacht, Hunter."

„Ich heiße Guy."

Das ertrug sie nicht mehr – keine Sekunde länger. Blindlings rannte sie die Eingangsstufen hinauf, öffnete die Tür, eilte nach oben und betrat den Balkon. Als sie die Kutsche davonfahren sah, seufzte sie erleichtert. Die ständigen Begegnungen mit Hunter zerrten an ihren Nerven. Noch nie hatte sie sich so verletzlich gefühlt. Warum übte er eine so übermächtige Faszination auf sie aus? Wenn er beschloss, in New Orleans zu bleiben, musste sie um ihren Verstand bangen.

Mechanisch kleidete sie sich aus, ohne Mandys Hilfe, und schlüpfte in ein dünnes Batistnachthemd. Dann zog sie die Nadeln aus ihrem Haar und ließ es auf die Schultern fallen. Ehe sie ins Bett gehen konnte, hörte sie ein leises Geräusch auf dem Balkon, drehte sich um und sah eine schemenhafte Gestalt. Der Mann kam durch die offene Glastür herein, und als Bliss ihn erkannte, lief ein Schauer über ihren Rücken.

„Hunter!"

„Hast du geglaubt, ich würde so leicht aufgeben?"

„Was willst du?"

„Dich lieben. Es ist unvermeidlich."

12. KAPITEL

Zielstrebig ging er auf sie zu. Sein Gesicht blieb im Schatten. Doch der flackernde Kerzenschein enthüllte breite Schultern, eine entschlossene Haltung.

Bliss wich zurück, um zu flüchten – wohin? Im Nachthemd? Außer Mandy und ihr selbst war niemand im Haus. Und sie brachte es nicht übers Herz, die alte Frau zu erschrecken.

„Keine Angst, ich werde dir nicht wehtun", versprach er leise.

„Warum bist du ausgerechnet nach New Orleans gezogen, Hunter? Jetzt bin ich nicht mehr deine Gefangene, und ich versuche, irgendwie weiterzuleben. Bitte, geh!"

„Erst wenn du einige Fragen beantwortet hast."

Er umfasste ihre Schultern, zog sie an sich, und sie konnte kaum atmen. Obwohl er ihr die Schwangerschaft nicht anmerken würde, fühlte sie sich ausgeliefert und verwundbar. Im Zimmer herrschte eine vertraute knisternde Spannung, eine Hitze, die sie zu überwältigen drohte.

Mit Daumen und Zeigefinger hob er ihr Gesicht hoch. Sie wollte dem Kuss ausweichen. Doch dazu fehlte ihr die Kraft. Fordernd presste er seinen Mund auf ihren, und ihr letzter klarer Gedanke galt den Frauen, die ihn reizvoll und zugleich gefährlich fanden. Wie Recht sie damit hatten, wusste niemand besser als sie selbst.

Seine Zunge liebkoste ihre weichen Lippen, bis sie am ganzen Körper zitterte, bis sie den Kuss erwiderte und die Arme um seinen Nacken legte, bis sie sich voller Hingabe an ihn schmiegte. Leise stöhnte sie, während er die Schleife an ihrem Ausschnitt löste und das Nachthemd über ihren Kopf streifte.

Ohne ihren halbherzigen Protest zu beachten, hob er sie hoch und sank mit ihr aufs Bett. Er schlang die Finger in ihre seidigen Locken, küsste den heftigen Puls an ihrem Hals, leckte an ihren Brustwarzen. Voller Verlangen klammerte sie sich an ihn. Dann glitt sein Mund tiefer hinab, über ihren noch flachen Bauch. Er streichelte die Innenseiten ihrer Schenkel, intime Liebkosungen zwangen sie, nach Luft zu ringen, sich aufzubäumen. Als seine Zungenspitze die rosige Perle ihrer Lust berührte, hörte sie sich selbst schreien. Die Hände unter ihren Hüften, hob er sie seinen Lippen entgegen.

Bliss konnte kaum atmen, nicht denken, nur fühlen. Gefangen von fieberheißer Leidenschaft und unaussprechlicher Sehnsucht, geriet sie in wilde Ekstase. Sie glaubte zu sterben, im Himmel zu landen. Wie aus weiter Ferne drang Hunters sanftes Gelächter zu ihr, und sie starrte ihn verwirrt an. Während sie ins Paradies ihres Entzückens geschwebt war, hatte er sich ausgezogen. Im Kerzenlicht schimmerte seine Haut wie Gold.

Obwohl sie sein umschattetes Gesicht nur undeutlich sah, wusste sie, dass ihn ihre schnelle Kapitulation amüsierte. Sie wollte sich aufrichten. Aber er warf sich wie ein anmutiger Panther über ihren Körper. „Warum so eilig, mein Engel?" flüsterte er. „Der Morgen graut noch lange nicht." Prüfend schaute er in ihre Augen, und seine Stimme nahm einen heiseren Klang an. „Hast du Faulk schon in deinem Bett empfangen?"

„Bastard!" fauchte sie und funkelte ihn wütend an. „Warum musst du alles verderben?"

„Nein, ich glaube, er hat dein Bett nicht geteilt", beantwortete er seine Frage selbst. „Wenn du regelmäßig mit ihm schlafen würdest, hätte ich deine Begierde nicht so mühelos entfacht."

Er bewegte die Hüften, und sie spürte ihn heiß und hart zwischen ihren Schenkeln. Noch hatte er seine Lust nicht gestillt, und der Gedanke, er würde in ihrem Schoß Erfüllung finden, ließ ihr Herz schneller schlagen. Als sie protestierte, verschloss er ihr den Mund mit einem Kuss, der ihren Verstand erneut benebelte. Dann stützte er sich auf seine Ellbogen, beobachtete ihr Gesicht und verschmolz mit ihr. Jetzt sah sie das ungezügelte Verlangen in seinem Blick. Vor Lust schreiend schlang sie die Beine um seine Taille und nahm ihn in sich auf. Immer tiefer drang er in sie ein, steigerte den Rhythmus, entführte sie in süßes Selbstvergessen. Und dann wusste sie nichts mehr.

Langsam öffnete sie die Augen, begegnete Hunters Blick und blinzelte verwundert. Das Letzte, woran sie sich erinnerte, war sein Stöhnen, die Anspannung seines Körpers, kurz nachdem sie ihren überwältigenden Höhepunkt erreicht hatte. „Was ist geschehen?" fragte sie atemlos.

„Ich glaube, man nennt es *la petite morte*, den kleinen Tod. Bist du ein kleines bisschen für mich gestorben, Bliss? So wie ich für dich?"

Verlegen wandte sie den Kopf zur Seite.

„Schon gut, eine andere Frage ... Glaubst du, Faulk wird dir jemals das Glück schenken, das du eben genossen hast? Wie kannst du den Schurken heiraten? Das begreife ich nicht."

„Es geht um *mein* Leben, Hunter. Und wie meine Zukunft aussehen soll, entscheide ich ganz allein. Was weißt du denn über Gerald? Nur was ich dir erzählt habe. Trotzdem benimmst du dich so, als würdest du einen persönlichen Groll gegen ihn hegen."

„Nun, das wäre möglich."

„Wie meinst du das?"

„Vielleicht erklär ich's dir eines Tages. Jetzt nicht. Willst du ihn immer noch heiraten?"

Sie dachte an Hunters Kind, das unter ihrem Herzen wuchs, und empfand schmerzliche Trauer. Kein einziges Mal hatte er von Liebe gesprochen oder eine Heirat erwähnt. Wenn er doch ... Nein, sinnlose Träume waren gefährlich. Und sie wartete vergeblich auf ein erlösendes Wort. Schließlich erwiderte sie: „Meine Pläne haben sich nicht geändert."

Was sollte sie sonst sagen? Sie hatte ihm eine Gelegenheit gegeben, ihr seine Liebe zu erklären und einen Antrag zu machen. Stattdessen protestierte er nur unentwegt gegen ihre Heiratsabsichten. Beinahe hätte sie gestanden, sie würde Gerald ihr Erbe überlassen, weil sie kein uneheliches Kind gebären wollte.

Guy war zu wütend, um die Worte auszusprechen, die diese unselige Hochzeit verhindern würden. Warum blieb Bliss so beharrlich bei ihrem Entschluss? Sie mochte den Mann nicht einmal. Wie konnte er ihr von Bryan erzählen, wenn sie den Jungen hin und wieder in das Haus des Schurken holen würde, der so viel Leid verursacht hatte? Nein, Faulk darf niemals in die Nähe meines Sohnes geraten, entschied er.

Dann erwog er die Alternative – seine Identität zu enthüllen, Bryan zu erwähnen. Immerhin waren sie verheiratet, nach wie vor. Würde Bliss ihn als ihren Ehemann willkommen heißen oder den Piraten entlarven und an den Galgen bringen? Er hatte sie gefangen gehalten und verführt. Würde sie sich rächen?

„Woran denkst du?" unterbrach sie seine Überlegungen.

Das konnte er ihr nicht verraten, bevor er genug Zeit gefunden hatte, um seine nächsten Schritte zu planen. Noch wusste er nicht, ob er Bliss die beiden kostbarsten Dinge seines Lebens anvertrauen durfte – seinen Sohn und sein Herz. Vielleicht sollte er ihr einfach gestatten, Faulk zu heiraten, und den Rest seiner Tage in tiefer Verzweiflung verbringen. Und dann wurden die Gedanken von Emotionen verdrängt, als er Bliss in seinen Armen spürte, ihre nackte Haut an seiner.

„Ich denke, die Nacht ist noch lang genug für neue Liebesfreuden. Findest du nicht auch?"

„Oh Hunter, ja, ja!" Er hörte sie seufzen, den gepressten Klang ihrer Stimme. „Weißt du nicht, wie sehr ich ... Schon gut, küss mich einfach nur. Wenn wir nie mehr zusammen sind, muss die Erinnerung an diese letzte Nacht für ein ganzes Leben reichen."

Beinahe hätte er die Worte ausgesprochen, die sie hören wollte. Aber alte Zweifel und Ängste hinderten ihn daran. „Ja, erinnere dich an diese Nacht, wenn du in den Armen des Mannes liegst, der dir dein Kind weggenommen hat."

Wie grausam ... Kein Tag verging, ohne dass sie an ihren Sohn und seinen toten Vater dachte. Sie war nahe daran gewesen, Hunter von seinem Baby zu erzählen, das in ihr wuchs. Und nun hatte er mit seinem Spott die wehmütige, romantische Stimmung zerstört. „Verschwinde! Lass mich in Ruhe! Verdammt, du hast kein Recht, in mein Haus einzudringen und mich zu beleidigen."

„Ich habe nichts getan, was du nicht wolltest."

„Oh, da irrst du dich. Ich dachte ... Nein, vergessen wir's. Ich muss verrückt gewesen sein, als ich mir eingebildet habe, du würdest etwas für mich empfinden. Nenn mir einen einzigen vernünftigen Grund, warum ich dich in meinem Bett willkommen heißen sollte!"

Guy öffnete den Mund, schloss ihn wieder und schüttelte den Kopf.

„Natürlich, dir fällt keiner ein. Bitte, geh jetzt, Hunter. Ich bin zu müde. Es sei denn, du erklärst mir, warum ich Gerald in einer knappen Woche *nicht* heiraten dürfte."

Sag es, bitte sag es, flehte sie stumm. Wie kann ich dir von dem Baby erzählen, wenn du mir nicht versicherst, du würdest mich lieben? Wenn sie jetzt von ihrem Zustand sprach, würde sie niemals wissen, ob er ihretwegen bei ihr bliebe oder um seines Kindes willen. Oh Gott, ihr Leben war ein einziger Scherbenhaufen, und Hunter half ihr nicht, das zu ändern. Er tat nichts, außer mit ihr zu schlafen und ihre Schwäche zu verhöhnen.

„Also gut, ich gehe", erwiderte er. „Unter einer Bedingung – du musst mich Guy nennen."

„Da verlangst du zu viel von mir. Dieser Name ist für den Mann reserviert, den ich von ganzem Herzen liebte."

„Morgen früh wird deine Dienerin einen Schock erleiden, wenn sie uns zusammen im Bett findet", meinte er selbstzufrieden. „In dieser Stadt sprechen sich Klatschgeschichten sehr schnell herum. Überleg mal, was dann aus deinen Hochzeitsplänen wird."

„Nein, das würdest du nicht tun!"

„Doch. Wie du dich vielleicht entsinnst, bin ich ein Pirat. Sag es oder ich bleibe."

Erbost runzelte Bliss die Stirn. Welches Spiel trieb er mit ihr? Nun, wenn sie ihn auf andere Weise nicht loswurde, würde sie eben die Zähne zusammenbeißen und ihn Guy nennen. „Meinetwegen. Würdest du bitte gehen – Guy?"

„Noch mal. Nenn mich nie wieder Hunter. Es sei denn, du sprichst zu anderen von mir und erwähnst meinen Nachnamen."

„Guy! Bist du jetzt zufrieden? Macht's dir Spaß, mich zu quälen? Niemals wirst du so sein wie mein Guy."

Abrupt stieg er aus dem Bett, starrte sie an, und sie glaubte, ein geheimes Wissen in seinem Blick zu lesen. „Meinst du? Nun, vielleicht werde ich dich eines Tages überraschen."

Sie beobachtete, wie er sich anzog, und suchte einen Sinn in seinen rätselhaften Worten. Bevor er den Balkon betrat, wandte er sich noch einmal zu Bliss um und warf ihr einen unergründlichen Blick zu. Dann verschwand er in den nächtlichen Schatten.

Enttäuscht senkte sie die Lider. Hunters – nein, Guys letzte Bemerkung verwirrte und erschütterte sie zutiefst. In ihrer Phantasie erschienen Bilder von Guy DeYoung, der viel zu früh den Tod gefunden hatte. Mit einundzwanzig ... Im Lauf der Jahre waren die geliebten Züge verblasst, die Erinnerungen nicht. Sie versuchte sich vorzustellen, wie er jetzt aussehen würde, wenn er noch lebte.

Stattdessen tauchte Hunters Gesicht auf. Manchmal kam er ihr so vertraut vor. Sein Lachen, die betörenden Küsse ... erschauernd seufzte sie, ließ ihre Gedanken schweifen. Dann schüttelte sie den Kopf. Nein, was sie sich da zusammenreimte, war ungeheuerlich. Guy würde ihr niemals einen so grausamen Streich spielen.

Vor ihrem geistigen Auge schwebten zwei Gesichter. Und ehe sie in einen unruhigen Halbschlaf sank, verschmolzen sie zu einem.

Am nächsten Morgen war sie erschöpft. Als Gerald in ihr Haus kam, um Hochzeitspläne zu erörtern, konnte sie sich nicht darauf konzentrieren.

„Also wirklich, Bliss, diese Heirat war deine Idee", tadelte er. „Du könntest wenigstens ein *bisschen* Interesse zeigen. Auch dein Vater möchte mit dir reden. Warum hast du ihn nicht auf der Plantage besucht?"

„Weil ich ihn nicht sehen will. Ihr wisst beide, was ich empfinde – und warum. Nach unserer Hochzeit werde ich dich nur treffen, um die Klatschbasen zu besänftigen."

„Claude lässt fragen, ob er dich zum Altar führen soll."

Bliss presste die Hände an ihre schmerzenden Schläfen. Nach einer fast schlaflosen Nacht und beunruhigenden Träumen war sie unfähig, irgendwelche Entscheidungen zu treffen. „Tut mir Leid, jetzt kann ich nicht nachdenken, Gerald. Ich habe grässliche Kopfschmerzen."

„Versuch bloß nicht, dich da herauszulavieren!" mahnte er und warf ihr einen scharfen Blick zu. „Claude und ich rechnen mit deinem Erbe."

„Bitte, geh und komm morgen wieder, wenn ich in besserer Stimmung bin. Sag Vater, er soll mich besuchen."

Seufzend stand er auf. „Also gut. Eigentlich hatte ich vor, diesen Nachmittag mit dir zu verbringen. Aber ich glaube, meine neue Geliebte wird mir die Zeit auf angenehmere Weise vertreiben. Auf Wiedersehen, Bliss."

Sie beobachtete schweigend, wie er das Zimmer verließ. Allmählich fiel es ihr immer schwerer, seine Gesellschaft zu ertragen. Das Pochen in ihren Schläfen verstärkte sich. Nun brauchte sie dringend frische Luft. Sie eilte in die Küche und erklärte Mandy, sie würde ausgehen, dann holte sie ihren Hut und floh aus dem Haus.

Ziellos wanderte sie zur Place d'Armes. In der Luft lag herbstliche Kühle, die Bliss bald erfrischte. Sie holte tief Atem. Langsam verebbten die Kopfschmerzen. Während sie um den Platz herumschlenderte, nickte sie Bekannten zu. Nach einiger Zeit fühlte sie sich viel besser und beschloss, nach Hause zurückzukehren.

Und da entdeckte sie ihn. Guy Hunter saß mit einem kleinen Jungen, der ihm aufmerksam zuhörte, auf einer Bank unter dem Balkon des Rathauses. Seltsam, wie ähnlich ihm das etwa sechsjährige Kind sah – geradezu unheimlich ... Bliss blieb stehen und starrte die beiden an.

„Angeblich ist der Viscount ein Witwer. Und dieser Junge soll sein Sohn sein." Verwirrt wandte sie sich zu Amanda, die neben sie getreten war und Lord Hunter nicht aus den Augen ließ. „Gehen Sie spazieren, Bliss?"

„Ja ... Der Viscount hat einen Sohn?"

„Darüber sind nur ganz wenige Leute informiert. Er fragte meine Eltern, ob sie ihm einen guten Hauslehrer für das Kind empfehlen könnten. Manchmal sieht man Lord Hunter und den Jungen durch die Stadt wandern. Ich versuche möglichst viel über den Viscount herauszufinden. Leider bleibt seine Vergangenheit ein Rätsel. Niemand scheint zu wissen, woher er stammt, wie er sein Vermögen erworben und warum er sein rechtes Auge verloren hat."

Unverwandt betrachtete Bliss den kleinen Jungen. Wie sein Vater hatte er schwarzes Haar. Um die Augenfarbe zu erkennen, war sie zu weit entfernt. Ein hübsches Kind, dachte sie, und sein Lächeln erinnerte sie an ... Plötzlich schwankte sie.

„Sind Sie wieder krank?" Amanda hielt ihren Arm fest. „Sie sehen elend aus."

„Oh Gott, das ist – mein Sohn", stammelte Bliss.

„Wer?" fragte Amanda neugierig. „Meinen Sie den Jungen da drüben? Das Kind des Viscounts? Unmöglich, wo Sie doch in ein paar Tagen Gerald Faulk heiraten."

„Was? Nein, nein ... Entschuldigen Sie mich, Amanda", bat Bliss. „Jetzt muss ich gehen. Ich fühle mich nicht gut." Hastig überquerte sie den Platz, und das Mädchen schaute ihr verblüfft nach.

Wie konnte er es wagen, ihren Sohn als seinen auszugeben? Was bezweckte er damit? Bliss überlegte, ob sie Hunter sofort zur Rede stellen sollte. Doch sie besann sich anders. Es widerstrebte ihr, in aller Öffentlichkeit eine Szene zu machen. Außerdem verließ er gerade die Place d'Armes, den Jungen an der Hand, und sie wollte erst einmal ihre Gedanken ordnen, ehe sie ihn mit ihrer soeben gewonnenen Erkenntnis konfrontierte.

Warum tat er ihr so etwas an? Jetzt wusste sie, was geschehen war. Er hatte Mobile vor der *Southern Star* erreicht, Enos Holmes Geld gegeben und ihn veranlasst, spurlos zu verschwinden. Aus reiner Bosheit! Weil sie sich im Hafen von Havanna geweigert hatte, mit ihm nach Pine Island zurückzukehren! In jener Nacht hatte er ihr geraten, sie solle sich vergewissern, dass ihr Ehemann auch wirklich tot war, bevor sie Faulk heiratete.

Bei dieser Erinnerung blieb sie abrupt stehen. Wie gern hätte sie daran geglaubt ... Aber solche Wunder gab es nicht. Nein, Hunter hatte ihr den Sohn aus niedrigen Beweggründen gestohlen. Es sei denn ... Der quälende Zweifel ließ sich nicht verscheuchen. Die sonderbare Ähnlichkeit, die subtilen Anspielungen ... Nein, unmöglich. Guy DeYoung lag seit sechs Jahren auf dem Armenfriedhof, und es war völlig verrückt, etwas anderes zu glauben. Wenn er noch lebte, wäre er längst zu ihr gekommen.

Vor der Haustür wurde sie von Mandy erwartet. „Kindchen, ich habe mir solche Sorgen um Sie gemacht. Wo waren Sie denn so lange? Großer Gott, Sie sind ja so bleich wie ein Gespenst!" Die dunklen Augen verengten sich, als könnte sie den Aufruhr in Bliss' Seele beobachten. „Kommen Sie herein, meine Liebe, setzen Sie sich und erzählen Sie der alten Mandy, was geschehen ist."

„Das kann ich nicht, Mandy. Noch nicht. Erst muss ich die ganze Wahrheit herausfinden. Und bevor ich mich meiner – Vergangenheit stelle, will ich in aller Ruhe nachdenken."

„Ich bringe Ihnen eine Tasse Tee und was zu essen. Heute Morgen sind Sie aus dem Haus gestürmt, ohne anständig zu frühstücken. Denken Sie doch an Ihr Baby!"

Bestürzt legte Bliss eine Hand auf ihren Bauch. Über ihrer verwirrenden Entdeckung hatte sie das neue Leben, das in ihr entstand, beinahe vergessen. Dies war *ihr* Kind. Genauso wie Hunters „Sohn". Und sie liebte beide von ganzem Herzen. Wenn sie sich ein wenig ausgeruht hatte, würde sie das Haus des Viscounts aufsuchen und den Löwen in seiner Höhle herausfordern.

Hunter wohnte in einem viel vornehmeren Stadtteil als Bliss. Beklommen stand sie vor dem imposanten steinernen Gebäude. Ihr Herz hämmerte heftig gegen die Rippen. Viel zu schnell strömte das Blut durch ihre Adern, und ihr Mund war staubtrocken. Wenn ihre Vermutung den Tatsachen entsprach – und es gab kaum einen Grund, daran zu zweifeln –, würde sie in wenigen Minuten das Kind erblicken, das sie geboren und bis vor kurzem für tot gehalten hatte. Sie *musste* die Wahrheit erfahren. Über Hunter und ihren Sohn. Sonst würde ihr die Ungewissheit für immer den inneren Frieden rauben.

Langsam stieg sie die Eingangsstufen hinauf. Mit zitternden Fingern ließ sie den Messingklopfer gegen das Schallbrett fallen. Einmal, zweimal, dreimal. Dann wartete sie.

Eine Negerin mit einem Tuch über dem grauen Haar öffnete die Tür. "Kann ich Ihnen helfen, Ma'am?" Neugierig starrte sie Bliss an.

"Ich würde gern Lord Hunter sprechen."

"Leider ist er nicht da, Miss. Soll ich ihm etwas ausrichten?"

"Sind Sie die Haushälterin?"

"Ich bin Lizzy, die Kinderfrau des jungen Masters. Erwartet Sie der Viscount, Miss?"

"Nein." Entschlossen ging Bliss an Lizzy vorbei und betrat die Halle. "Ich werde warten."

Verwundert runzelte Lizzy die Stirn. Dann erinnerte sie sich an ihre Manieren. "Folgen Sie mir, bitte, Ma'am." Sie führte Bliss in einen kleinen Salon und entfernte sich.

Viel zu erregt, um Platz zu nehmen, wanderte Bliss umher. Sie musste sich sehr beherrschen, um hier auszuharren, statt das Haus zu durchsuchen, ihren Sohn aufzuspüren, ihn an sich zu pressen und nie mehr loszulassen.

Im Schneckentempo schleppten sich die Minuten dahin –

Minuten, die ihr wie eine Ewigkeit erschienen. Sie wusste nicht, wie lange sie auf und ab ging, bis sie plötzlich merkte, dass sie nicht mehr allein war. Als sie sich zur Tür wandte, stockte ihr Atem. Türkisblaue Augen erwiderten ihren Blick, und der kleine Neuankömmling musterte sie, halb neugierig, halb vorsichtig. Offenbar entschied er, dass sie ungefährlich war, denn er eilte zu ihr. „Warten Sie auf meinen Papa?"

Es dauerte eine Weile, bis ihr die Stimme gehorchte. „Ist Lord Hunter dein Papa?" Wie gern hätte sie den Jungen umarmt ...

„Ja. Kennen Sie ihn?"

„Sogar sehr gut. Weißt du, wann er nach Hause kommt?"

„Er hat mir versprochen, er würde nicht lange wegbleiben." Aufmerksam sah er sie an. „Sie sind sehr schön."

Da konnte sie nicht anders – sie sank auf die Knie. „Und du bist ein hübscher Junge. Wie heißt du?"

„Bryan. Kennen Sie meine Mama? Papa sagt, sie ist auch sehr schön."

Tränen verschleierten ihren Blick. Um Himmels willen, was hatte Guy dem Jungen alles erzählt? „Wo ist deine Mama?"

„Keine Ahnung. Papa will sie in New Orleans suchen. Aber ich glaube, sie ist schwer zu finden."

Während sie das traurige kleine Gesicht betrachtete, krampfte sich ihr Herz zusammen. Sie wollte weinen, singen, lachen, vor Freude springen. Alles auf einmal. Aber sie starrte Bryan nur an. Ihr Kind. Ihr Sohn. Es gab keinen Zweifel, sie spürte es in der Tiefe ihrer Seele. Und sie hasste Hunter, weil er ihr den Jungen vorenthielt. Er war um keinen

Deut besser als Gerald und ihr Vater, die ihr Bryan bei der Geburt weggenommen hatten.

Zögernd streckte sie eine Hand aus und fürchtete, ihn zu erschrecken, wenn sie die Dinge überstürzte. Doch er schien ihren Wunsch zu verstehen, denn er ergriff ihre Hand. Wie es geschehen war, wusste sie später nicht. Jedenfalls lag er plötzlich in ihren Armen und umschlang ihren Hals. Über ihre Wangen strömten heiße Freudentränen. Sie stand auf, hob ihn hoch, tanzte mit ihm durchs Zimmer – bis sie Hunter entdeckte. Nein, Guy. Wie vom Donner gerührt, stand er da.

Auch Bryan entdeckte ihn. „Papa!" rief er fröhlich. „Schau mich an! Ich tanze mit der hübschen Dame."

„Stell meinen Sohn auf die Füße, Bliss", befahl Guy.

Da sie vor dem Jungen keine Szene machen wollte, gehorchte sie.

„Lauf zu Lizzy, Bryan, und sag ihr, sie soll dir Kekse und Kuchen geben. Ich will mich mit der Dame allein unterhalten."

„Darf ich nicht hier bleiben?" fragte Bryan enttäuscht.

„Nein."

„Kann ich mich von der netten Dame verabschieden, bevor sie geht?"

Bliss bückte sich und nahm ihn wieder in die Arme. „Bald werden wir uns wiedersehen, Bryan. Das verspreche ich dir. Weißt du, du bist für mich sehr wichtig. Und ich will dich nie wieder aus den Augen verlieren."

Erleichtert drückte er ihre Hand und grinste Guy an. „Ich mag sie, Papa. Hoffentlich besucht sie uns bald wieder." Dann rannte er flink aus dem Salon, und Hunter schloss schnell die Tür hinter ihm.

Ohne eine Erklärung abzuwarten, stieß Bliss hervor: „Wie kannst du es wagen! Was für ein grausamer Bastard du bist, Guy Hunter. Du fährst vor mir nach Mobile, stiehlst meinen Sohn, und zu allem Überfluss gibst du ihn auch noch als *dein* Kind aus. Warum musst du mich so schmerzlich verletzen?"

„Das lag nicht in meiner Absicht. Was glaubst du, wieso ich Bryan nach New Orleans gebracht habe? Ich wollte ihn mit seiner Mutter vereinen. Nur deshalb. Und während ich überlegte, wie ich dir die Neuigkeit am besten beibringen sollte, erfuhr ich, du würdest Gerald Faulk in wenigen Tagen heiraten. Natürlich wollte ich diesen Schurken nicht in die Nähe meines Sohnes lassen."

Verwirrt hob sie die Brauen. „Bryan ist *mein* Sohn, was du geflissentlich ignoriert hast. Und wann, wenn überhaupt, wolltest du mich informieren?"

„Setz dich, Bliss. Nun kann ich dir die Wahrheit nicht länger verschweigen."

„Danke, ich stehe lieber. Und wenn ich dieses Haus verlasse, nehme ich meinen Sohn mit."

„*Mein* Sohn wird dieses Haus nicht verlassen", entgegnete Guy, in ruhigem, entschiedenem Ton. Prüfend musterte er ihr Gesicht. Seine nächsten Worte würden sie schockieren. Aber sie musste alles erfahren, es war höchste Zeit. „Glaub mir, ich bin Bryans Vater. Vermutlich hast du's längst erraten – und nicht gewagt, den Tatsachen ins Auge zu blicken."

Entgeistert starrte sie ihn an. Dann stürzte sie sich auf ihn, hämmerte mit beiden Fäusten gegen seine Brust. Geduldig wartete er, bis ihr Zorn schließlich verflog, bis sie schluchzend in seine Arme sank.

„Ich weiß, was du jetzt empfindest", flüsterte er. „Natürlich bist du zutiefst erschüttert. Dein Guy DeYoung lebt."

„Und warum hast du so lange geschwiegen?" fragte sie bitter, riss sich los und wich vor ihm zurück. Anklagend schaute sie ihn an. „Deine Grausamkeit überrascht mich. Manchmal warst du mir so schmerzlich vertraut. Wenn ich dich ansah, hatte ich das Gefühl, Guy wäre von den Toten auferstanden. Und ich fürchtete den Verstand zu verlieren. Um an Wunder zu glauben, bin ich schon zu alt."

„In all den Jahren versuchte ich, dich zu hassen", erklärte er. „Ich gab dir die Schuld an allem Leid, das mir widerfahren war. Niemals konnte ich vergessen, wie du unter den Duell-Eichen neben Faulk auf die Knie gesunken bist und ihn schluchzend angefleht hast, nicht zu sterben. Als ich im Calaboso gefangen saß, kamst du kein einziges Mal zu mir. Natürlich musste ich annehmen, du hättest mich skrupellos einem schrecklichen Schicksal ausgeliefert. Eines Tages verriet mir ein befreundeter Wärter, meine Feinde würden einen Meuchelmörder zu mir in die Zelle schicken. Ich dachte, du wüsstest Bescheid, wolltest es nicht verhindern, und unsere Ehe wäre bereits annulliert."

„Ein Meuchelmörder?" flüsterte Bliss entsetzt. „Keine Ahnung, wovon du redest ... Und nach dem Duell bat ich Gerald, am Leben zu bleiben, weil ich Angst hatte, sein Tod könnte dich in Gefahr bringen."

„Das habe ich inzwischen erkannt. Leider konnte ich damals nicht klar denken."

„Was geschah mit dem Meuchelmörder?"

„Ich tötete ihn. Bei jenem Kampf verlor ich mein rechtes Auge. Er wurde an meiner Stelle auf dem Armenfriedhof begraben. Damals ist Guy DeYoung in gewisser Weise gestorben."

„Und dann hast du mich vergessen und dein Leben der Piraterie geweiht", warf sie ihm vor. „Wie dumm ich war! All die Jahre trauerte ich um meinen Mann, dem ich nichts bedeutete, der mich sogar verabscheute. Nun weiß ich, warum du mich gefangen gehalten hast. Um dich zu rächen."

„Nicht nur das!" schrie er. Ihr Zorn entfachte auch seinen. „Ich wollte dich schwängern, mit einem Piratenbaby im Bauch zu Faulk und deinem Vater zurückschicken. Und ich tat mein Bestes, um dich zu verführen, dein Herz für einen Piraten zu erwärmen. Du solltest am eigenen Leib spüren, wie es ist, verraten und verschmäht zu werden."

Gegen seinen Willen hatte sie ihn zu dieser brutalen Ehrlichkeit herausgefordert. Nun wünschte er inständig, er könnte die Worte zurücknehmen. Bestürzt sah er Bliss erbleichen. Sie taumelte, und er eilte zu ihr, hielt sie gerade noch rechtzeitig fest, ehe sie zusammenbrach.

13. KAPITEL

Er trug sie die Treppe hinauf, nahm immer zwei Stufen auf einmal und befahl einem verdutzten Dienstmädchen, einen Arzt zu holen. Behutsam legte er Bliss auf sein Bett, setzte sich zu ihr und musterte sie voller Sorge. Nun hatte sie schon zum zweiten Mal in seiner Gegenwart die Besinnung verloren. Wie oft wurde sie ohnmächtig, wenn niemand in ihrer Nähe war? Dieser Gedanke erschreckte ihn.

Womöglich hatte sie sich in den Tropen mit einer gefährlichen Krankheit angesteckt. Viele Piraten waren von solch mysteriösen Leiden hinweggerafft worden. Wenn er Bliss' bedenklichen Zustand unwissentlich verschuldet hätte, würde er sich niemals verzeihen.

Keuchend schleppte Lizzy eine Schüssel mit kaltem Wasser ins Zimmer. „Was fehlt dem armen Kind?" fragte sie mitfühlend.

„Das wird der Arzt bald feststellen." Guy nahm ihr einen Lappen aus der Hand. „Das mache ich schon, Lizzy. Geh wieder hinunter und warte auf den Doktor."

„Wie kann ich die junge Dame mit einem Mann im Schlafzimmer allein lassen!" protestierte sie entrüstet. „So etwas schickt sich nicht."

Vorsichtig legte er das feuchte Tuch auf Bliss' Stirn. „Beruhige dich, Lizzy, das ist schon in Ordnung. Ich werde diese Dame heiraten."

„Nun, wenn Sie meinen, Mr. Guy ..." entgegnete sie, immer noch skeptisch.

„Geh jetzt. Wenn der Doktor kommt, schick ihn bitte sofort zu ihr herauf."

Während Lizzy das Zimmer verließ, beobachtete er Bliss. Sie begann sich zu bewegen. Allmählich kehrte etwas Farbe in ihre Wangen zurück. Ihre Lider flatterten, dann öffnete sie die Augen. „Was ist geschehen?"

„Du bist wieder einmal in Ohnmacht gefallen. Verschweigst du mir irgendetwas, Bliss? Leidest du an einer Krankheit?"

Jetzt erinnerte sie sich, warum sie das Bewusstsein verloren hatte. Auf einen Ellbogen gestützt, starrte sie ihn erbost an. „Nein, mir geht's großartig. Und sobald du mich von deiner Gesellschaft befreit hast, werde ich mich noch besser fühlen, Guy DeYoung. Wie konntest du mir monatelang verheimlichen, wer du bist? Du musst mich abgrundtief hassen. Hat es dich amüsiert, mich zu verletzen? Sogar meinen Sohn hast du mir gestohlen!"

„Weil mir nichts anderes übrig blieb. Du hast beschlossen, Faulk zu heiraten, und ich wollte Bryan von diesem Schurken fern halten."

„Aber warum hast du mich die ganze Zeit belogen? Ich liebte dich, Guy. Sechs Jahre lang habe ich um dich getrauert, wie eine Nonne gelebt und keinen anderen Mann angeschaut."

„Ich hielt es besser, für tot zu gelten. Nach meiner Flucht aus dem Calaboso verdrängte meine Bitterkeit alle anderen Gefühle. Wie ein Tier war ich dort behandelt worden. Daran gab ich Faulk und deinem Vater die Schuld, zu Recht – und dir zu Unrecht. Ich habe mich verändert. Jetzt bin ich nicht mehr der liebe, gute Guy DeYoung, den du geheiratet hast. Hunter ist ein kaltherziger, rachsüchtiger Mann. Als Pirat hat er Taten begangen, die du weder verstehen noch verzeihen würdest. Ich lebte nur für meine Rache. Hast du dich nie gefragt, warum Faulks Schiffe immer wieder überfallen wurden, während so viele andere unbeschadet ihr Ziel erreichten? Ich legte es darauf an, Faulk zu ruinieren. Und ich genoss meinen Erfolg in vollen Zügen. Dann fielst du in meine Hände, und ich plante eine noch viel süßere Rache ..."

„Ja, du wolltest mich schwängern und erniedrigen", unterbrach sie ihn, „und mich für die Missetaten meines Vaters und Geralds bestrafen – obwohl ich unschuldig war ... Oh Gott, du hast dich wirklich verändert. Jetzt bist du ein grausamer, skrupelloser Mann, Guy DeYoung."

Ehe er sich verteidigen konnte, klopfte es an der Tür. „Hier ist Dr. Lafarge, Sir."

Sofort sprang Guy auf und ließ einen distinguierten Gentleman mit schütterem grauen Haar eintreten. „Kommen Sie, Doktor! Offenbar hat sich die Patientin schon erholt. Aber Sie sollten sie trotzdem untersuchen. Nun ist sie schon zum zweiten Mal innerhalb weniger Tage in Ohnmacht gefallen, und ich mache mir Sorgen."

Dr. Lafarge stellte seine schwarze Tasche ab und musterte Bliss mit freundlichen, etwas kurzsichtigen Augen. „Wenn die junge Dame krank ist, werde ich die Ursache bald feststellen, Lord Hunter. Würden Sie uns jetzt allein lassen?"

„Du hast einen Arzt gerufen?" fauchte Bliss. „Warum hast du mich vorher nicht gefragt? Ich brauche keinen Doktor."

„Beruhige dich", bat Guy. „Vielleicht bist du ernsthaft krank und weißt es gar nicht. Vor der ärztlichen Untersuchung erlaube ich dir nicht, aufzustehen. Also musst du dich in dein Schicksal fügen."

Er verließ den Raum und ging nervös im Flur auf und ab. Die Angst, Bliss könnte in Lebensgefahr schweben, trieb ihm kalten Schweiß auf die Stirn. Sollte er sie ein zweites Mal verlieren? Das würde er nicht ertragen. Welch ein Narr war er gewesen, als er sich eingebildet hatte, er würde sie hassen ...

Sein Kind brauchte einen Vater *und* die Mutter. Und er brauchte seine Frau. Seiner Familie zuliebe würde der einst berüchtigte Pirat von nun an ein respektables Leben führen.

Eine halbe Stunde später öffnete sich die Schlafzimmertür, und Dr. Lafarge kam heraus. Erleichtert sah Guy ihn lächeln. „Alles in Ordnung?"

„Was bedeutet Ihnen die junge Dame? Irgendwie gewann ich den Eindruck, sie würde meine Fragen nur widerstrebend beantworten."

„Bliss ist – meine Frau", erwiderte Guy zögernd.

Der Doktor atmete auf. „Nun, das erklärt einiges."

Beunruhigt hob Guy die Brauen. „Was meinen Sie?"

„Sorgen Sie sich nicht. Die Schwangerschaft Ihrer Gemahlin verläuft problemlos. Vielleicht sollte sie sich etwas mehr schonen. Sie scheint unter einem gewissen seelischen Druck zu stehen. Darauf reagiert der Körper mit Ohnmachtsanfällen. Ich habe ihr ein Stärkungsmittel gegeben. Halten Sie alle Aufregungen von ihr fern, Lord Hunter. In ihrem Zustand ist sie nicht besonders belastbar. Wenn alles gut geht, dürfen Sie sich in sechs Monaten über ein gesundes Kind freuen."

Guy konnte nicht sprechen und kaum klar denken. Das hätte er merken müssen. Sie hatten sich oft genug geliebt. Anfangs war er nur von dem Wunsch besessen gewesen, Bliss zu schwängern und sich auf diese Weise zu rächen. Dann hatte sie ihm ein unbeschreibliches Glück geschenkt. Und schließlich war ihm bewusst geworden, dass er trotz aller Bitterkeit niemals aufgehört hatte, sie zu lieben. Nun würde sie noch einem Kind das Leben schenken, ein Brüderchen oder Schwesterchen für Bryan.

Als Dr. Lafarge den Viscount geistesabwesend ins Leere starren sah, räusperte er sich. „Ich glaube, vorerst werde ich hier nicht mehr gebraucht. Wenn die Niederkunft beginnt, würde ich Ihrer Frau gern beistehen – es sei denn, sie bevorzugt eine Hebamme. Wie Sie mich erreichen, wissen Sie ja, Sir."

Guy nickte ihm zu. „Bitte schicken Sie die Rechnung meinem Anwalt, Mr. Charles Branson in der Royale Street. Ich begleite Sie hinaus."

„Nicht nötig. Gehen Sie zu Ihrer Frau, die braucht Sie viel dringender."

Nachdem der Arzt die Treppe hinabgestiegen war, wanderte Guy noch eine Weile im Flur umher und versuchte, seinen Zorn zu zügeln. Wie kann sie beschließen, mit Faulk vor den Traualtar zu treten, obwohl sie ein Kind von mir erwartet, fragte er sich. Und warum hat sie mir die Schwangerschaft verheimlicht? Nur über meine Leiche wird sie den Schuft heiraten!

Entschlossen kehrte er ins Schlafzimmer zurück. Das Bett war leer, und er hielt erschrocken den Atem an. Dann sah er Bliss am Fenster stehen, mit hängenden Schultern. „Ich nehme an, du weißt es", sagte sie leise, ohne sich umzudrehen.

„Warum hast du mich nicht informiert? Dafür gab es weiß Gott mehrere Gelegenheiten."

Kampflustig wandte sie sich zu ihm. „Und warum hast du mir nichts von meinem Sohn erzählt?"

„Das wollte ich, aber ... Um Himmels willen, wie konntest du dich bereit erklären, Faulk zu heiraten – obwohl du mein Kind unter dem Herzen trägst?"

„Weil du kein Interesse an mir gezeigt hast. Wie sollte ich ahnen, dass du in New Orleans auftauchen würdest? Natürlich musste ich irgendetwas unternehmen, um meinem Kind das Leben eines Bastards zu ersparen. Also gestand ich Gerald meine Schwangerschaft und schlug ihm ein Abkommen vor. Wenn er mir seinen Namen gibt, darf er über mein Erbe verfügen, und die Ehe wird nur auf dem Papier bestehen. Das gefiel ihm nicht. Aber mein Vermögen bedeutete ihm mehr als sein Stolz, und so stimmte er zu."

„Bliss, ich bin immer noch dein Mann", betonte Guy und versuchte, ihre Schulter zu berühren.

Erbost schlug sie seine Hand beiseite. „Mein Gemahl ist vor sechs Jahren gestorben. Und den Mann, der jetzt seinen Platz einnimmt, kenne ich nicht."

Er ignorierte ihre Worte. „Aus nahe liegenden Gründen kann ich meine Identität nicht enthüllen. Aber da du ein Kind von mir erwartest, wirst du Faulk nicht heiraten."

„Und was schlägst du vor?" fragte Bliss sarkastisch. „Soll ich einen Bastard zur Welt bringen – oder das Baby weggeben?"

Sein wilder Fluch trieb ihr die Schamröte ins Gesicht. „Was Bryan erleiden musste, wird diesem Kind nicht widerfahren. Während der Niederkunft weiche ich nicht von deiner Seite. Ich werde der Erste sein, der das Baby im Arm hält und sein Herz schlagen hört. *Mir* wird man nicht einreden, es sei tot geboren worden."

„Sprich es nur aus!" zischte sie. „Du gibst mir die Schuld an Bryans Unglück! Was meinst du, wie oft ich mir schon Vorwürfe gemacht habe? Aber damals warst du nicht da, und bei der Geburt stellten sich Probleme ein. Danach fühlte ich mich schwach und elend. Und ich trauerte immer noch um meinen verstorbenen Mann."

„Ich beschuldige dich nicht. Was geschehen ist, lässt sich nicht mehr ändern. Jetzt geht es um Bryan und das neue Leben, das in dir heranwächst. Beide sind mein Fleisch und Blut, und ich beanspruche sie für mich."

„Willst du mir die Kinder wegnehmen?" rief sie entsetzt. „Oh Gott, das ertrage ich nicht! Mein Leben war so lange leer ..." Mit einer zitternden Hand berührte sie ihren Bauch. „Jetzt habe ich etwas, das ich lieben kann – Bryan und das Baby."

„Und ich, Bliss?"

„Was ist mit dir?"

„Bedeute ich dir nichts?"

„Ha! Und das aus dem Mund eines Mannes, dem nichts heilig ist! Es fällt mir sehr schwer, meinen Guy in dir zu sehen, denn er war herzensgut und liebevoll."

„Was mich verändert hat, könnte ich dir erzählen. Aber die Einzelheiten würden dich erschrecken. Äußere Narben heilen, die Wirkung der inneren bleibt bestehen. Im Calaboso habe ich meine Seele verloren. Guy DeYoung starb an jenem Tag, an dem er der Klinge des Meuchelmörders entkam. Aus seiner Asche stieg Hunter, der Pirat – ein verstümmelter, einäugiger Mann, der nur noch auf Rache sann. Gerald Faulk und deinen Vater zu ruinieren, war mein einziges Ziel. Dann bist du in mein Leben zurückgekehrt. Ganz langsam tauchte Guy DeYoung wieder auf, den ich vor so langer Zeit begraben hatte. Ich wollte dich als Werkzeug meiner Rache benutzen und dann fallen lassen. Doch dann durchbrachen die scheinbar abgetöteten Gefühle den Panzer, hinter dem sich mein Herz verschanzt hatte. Schließlich spielte meine Rache keine Rolle mehr. Ich wollte *dich*. Und ich entdeckte, dass ich immer noch ein Herz besaß, wenn es auch lange vernachlässigt worden war."

Während dieser verblüffenden Geständnisse suchte sie in seinem Gesicht nach der Wahrheit. Versuchte er ihr zu sagen, sie würde ihm etwas bedeuten? Das genügte nicht. „Wohin soll das alles führen, Guy?"

„Du wirst nicht Faulk heiraten, sondern mich – schon morgen, sobald ich die Formalitäten erledigt habe."

„Aber wir sind schon verheiratet", erinnerte sie ihn.

„Bliss, du warst mit Guy DeYoung verheiratet, mit einem Mann, der in den Augen des Gesetzes nicht mehr existiert. Jetzt heiße ich Viscount Hunter, und zwar legal. An der legitimen Geburt deines Kindes wird es keinen Zweifel geben."

„Und dein Beruf? Wirst du weiterhin Schiffe überfallen?"

„Nein, die Freibeuterei habe ich für immer aufgegeben. Inzwischen ist dieses Handwerk zu gefährlich geworden. Die Marine wird den Golf bald von allen Seeräubern befreien. Was Gasparilla und die Bruderschaft noch nicht wahrhaben wollen – die ruhmreichen Tage der Piraterie sind vorbei. Man hat mir eine schöne Plantage zum Kauf angeboten, und ich muss nur noch die Papiere unterzeichnen. Also werden unsere Kinder ein reiches Erbe antreten."

Obwohl er nicht der Mann war, den sie vor sieben Jahren gekannt und geliebt hatte, protestierte sie nicht. Sie hoffte, mit der Zeit würde sich der Pirat Hunter in eine vage Erinnerung verwandeln, der echte Guy würde wieder auftauchen und sie lieben. „Habe ich eine Wahl?"

„Nein. Vielleicht klingt das hart und kompromisslos –

aber du darfst nicht erwarten, dass ich mich über Nacht ändere. Die Umstände haben den Mann geformt, der ich heute bin. Dagegen kann ich nichts tun. Vergiss Guy DeYoung. So wie er werde ich nie mehr sein."

„Niemals werde ich ihn vergessen", erwiderte sie nachdenklich. „Aber ich weiß nicht, ob ich ihn wiederhaben möchte. Jetzt finde ich dich – interessanter. Vor sieben Jahren waren wir noch sehr jung. Nun sind wir Erwachsene, die gelitten und aus ihren Erfahrungen gelernt haben. Unseren Kindern zuliebe müssen wir das Beste aus unserem Leben machen. Ich akzeptiere den Mann, der du heute bist, solange du mir hin und wieder den alten Guy zeigst."

„Immerhin fällt's dir nicht schwer, den neuen Guy im Bett zu akzeptieren", meinte er belustigt.

Auf diese Bemerkung ging sie nicht ein. „Ich heirate dich, weil ich meinen Sohn haben will, und wegen des ungeborenen Babys. Da du der Vater beider Kinder bist, kann ich nichts gegen unsere Ehe einwenden."

„*Unsere* Ehe wird nicht nur auf dem Papier bestehen. Wenn wir uns in der Öffentlichkeit zeigen, sollen die Leute den Eindruck gewinnen, es wäre eine Liebesehe und wir hätten so schnell geheiratet, weil wir's gar nicht erwarten konnten."

„Ist es denn eine Liebesehe, Guy?" fragte Bliss leise.

Er zögerte und wählte seine Worte sehr vorsichtig. „Nicht einmal, als ich dich hasste, hörte ich auf, dich zu lieben." Ein wenig unsicher breitete er die Arme aus, und sie sank an seine Brust.

„Und ich habe niemals aufgehört, Guy DeYoung zu lieben", seufzte sie. „Aber es fällt mir schwer zu glauben, dass Guy und Hunter ein und derselbe sind. Obwohl du dich so verändert hast, lernte ich Hunter schätzen. Doch die Liebe ist ein sehr starkes Gefühl. Guy DeYoung liebte ich von ganzem Herzen, auch später, nachdem ich mich mit seinem Tod abgefunden hatte. Ob ich den Mann, der du jetzt bist, genauso lieben kann, weiß ich nicht."

„Warum zweifelst du daran? Guy DeYoung steht vor dir, er ist nicht tot. Nur sein Name hat sich geändert."

„Trotzdem ist es schwierig, den Mann zu akzeptieren, der aus dir geworden ist. Und ich bin dir immer noch böse, weil du mir Bryan gestohlen hast. Außerdem war es niederträchtig, mich all die Jahre in dem Glauben zu lassen, du würdest auf dem Armenfriedhof liegen. Bis ich wieder Vertrauen zu dir fasse, wird es gewiss eine Weile dauern."

„Aber du liebst mich, nicht wahr?" Er drückte sie noch fester an sich. „Gib's zu, Bliss. Du hast dich in *Hunter* verliebt."

Das vermochte sie nicht zu bestreiten. „Ich verliebte mich in jenen Teil von Hunter, der gut und freundlich war."

„Nichts an Hunter war gut und freundlich", entgegnete er und lachte freudlos.

„Doch – du wolltest diese Eigenschaften nur nicht wahrhaben."

„Wollen wir unsere Verlobung mit einem Kuss besiegeln?" flüsterte er. Sein Atem streichelte ihr Gesicht, und er hielt sie ganz fest in den Armen, als fürchtete er, sie könnte sich sonst in Luft auflösen. Lächelnd bot sie ihm ihre Lippen. Ein verzehrender Kuss nahm ihr den Atem, ihre Sinne drohten zu schwinden. Schließlich hob er den Kopf, und sie musste sich an ihn klammern, um das Gleichgewicht nicht zu verlieren. „Wie sehr ich dich begehre, weißt du, Bliss. Aber jetzt müssen wir uns beherrschen. Jeden Augenblick könnte Bryan ins Zimmer stürmen. Und alle Dienstboten wissen, wo wir sind. Ich habe Lizzy erklärt, wir würden heiraten. Sonst weiß es niemand. Bryan soll es von mir erfahren. Fühlst du dich stark genug, um ihm zu begegnen?"

„Oh ja. Sagen wir ihm endlich, dass ich seine Mutter bin. Bis vor kurzem glaubte er, niemand würde ihn lieben. Jetzt will ich die Einsamkeit und das Leid wieder gutmachen – alles, was er die letzten sechs Jahre erduldet hat."

„Gehen wir zu ihm", schlug Guy vor und ergriff ihre Hand.

Sie fanden Bryan im Garten, wo er ein kleines Boot im Fischteich schwimmen ließ. Lächelnd wandte er sich zu ihnen, als sie an seiner Seite im Gras niederknieten. Dann schaute er Bliss prüfend an. „Lizzy hat gesagt, Sie sind krank. Und vorhin sah ich den Doktor weggehen. Hoffentlich fühlen Sie sich jetzt besser."

Mühsam zwang sie sich zur Ruhe. Am liebsten hätte sie den Jungen in die Arme genommen, um ihn nie wieder loszulassen. „Viel besser", versicherte sie.

„Müssen Sie jetzt gehen?" Seine Stimme klang so traurig, dass ihm ihr Herz entgegenflog.

Ehe sie antworten konnte, begann Guy: „Wir müssen dir etwas sagen, Bryan. Komm, setzen wir uns auf die Bank." Nachdem sie Platz genommen hatten, fuhr er fort: „Weißt du noch, dass wir deine Mutter suchen wollten?" Eifrig nickte der Junge. „Nun habe ich sie endlich gefunden. Hoffentlich bist du glücklich."

„Wo ist sie, Papa?" rief Bryan aufgeregt. „Bitte, darf ich sie sehen?"

„Sie sitzt neben dir, mein Sohn, und sie heißt Bliss."

Ungläubig runzelte er die Stirn. „Das ist meine Mama?"
„Oh ja", bestätigte Guy.

Bryan starrte sie kampflustig an. „Warum hast du mich weggegeben? Liebst du mich nicht?"

In ihrer Verzweiflung brachte sie kein Wort hervor. Ihr Sohn hasste sie. Wie sollte sie das ertragen? Glücklicherweise blieb ihr eine Erklärung erspart.

„Deine Mutter hat dich nicht weggegeben, mein Junge. Nach deiner Geburt war sie sehr krank, und man erzählte ihr, du seist gestorben. Sie sah keinen Grund, daran zu zweifeln. Erst viele Jahre später erfuhr sie, dass du noch lebst."

„Und warum wusstest *du* nichts von mir, Papa?"

„Ich – wurde fortgeschickt, und ich sah deine Mutter erst vor kurzem wieder. Da erzählte sie mir, du seist am Leben. Den Rest der Geschichte kennst du. Ich fuhr nach Mobile, um dich zu suchen. Jetzt sind wir alle wieder beisammen, für immer."

„Glaub mir, Bryan, meine Liebe zu dir ist niemals erloschen." Bliss lächelte unter Tränen. „Obwohl ich dich für tot hielt, liebte ich dich. Und du siehst genauso aus, wie ich mir mein Kind immer vorgestellt habe. Ich möchte so gern deine Mutter sein. Wirst du es mir erlauben?"

„Ich hatte nie eine richtige Mutter", erwiderte Bryan wehmütig. „Und ich möchte verstehen, warum ich weggebracht wurde. Aber es ist so schwierig."

„Wenn wir dir jetzt alles erklären, würden wir dich nur verwirren", sagte Guy. „Du sollst alles erfahren, sobald du alt genug bist, um die Zusammenhänge zu begreifen."

„Kann ich immer bei euch bleiben? Versprecht ihr mir das?"

„Oh Gott!" stöhnte Bliss und konnte die Tränen nicht

länger zurückhalten. „Niemand wird uns je wieder trennen. Das schwöre ich dir."

„Weine nicht, Mama", bat Bryan und streichelte ihren Arm. „Ich glaube dir. Eigentlich habe ich's nie ernst genommen, als Enos behauptete, meine Mama und mein Papa wollten nichts von mir wissen."

„Jetzt hast du mich Mama genannt", wisperte Bliss. Noch nie hatte sie ein süßeres Wort gehört. „Oh, du ahnst nicht, wie glücklich du mich machst. Darf ich dich umarmen?"

Sie breitete die Arme aus, und er schmiegte sich an sie. Liebevoll hielten sie einander fest, bis Guy sich räusperte. „Jetzt muss ich gehen. Aber deine Mama bleibt bei dir, Bryan. Zum Dinner komme ich wieder nach Hause. Bald wird dein Hauslehrer eintreffen, und dein Unterricht fängt an."

„Muss das sein?"

„Natürlich. Lauf jetzt zu Lizzy."

„Also gut ..." Nur widerstrebend rannte er ins Haus, und Bliss schaute ihm nach, die Augen immer noch voller Tränen.

„Wie gut du mit ihm umgehen kannst! Du musst ihn sehr lieben, Guy."

„Mehr als mein Leben. Wann immer ich mir vorstelle, was er bei Holmes durchgemacht hat, packt mich die Wut. Wärst du nach seiner Geburt bloß nicht so vertrauensselig gewesen!"

„Das habe ich mir hundertmal gesagt, seit ich weiß, dass Bryan nicht gestorben ist. Wirst du es mir bis zum Ende meiner Tage verübeln?"

Er seufzte müde. „Damit würde ich die letzten sechs Jahre nicht ungeschehen machen. Jetzt zählt nur mehr unsere gemeinsame Zukunft. Ich setze eine Annonce in die Zeitungen, um unsere Heirat bekannt zu geben. Morgen wird ganz New Orleans Bescheid wissen. Wenn ich die nötigen Arrangements getroffen und einige Geschäfte erledigt habe, komme ich sofort zurück."

Plötzlich erschrak Bliss. „Und Gerald? Sobald er es herausfindet, wird er vor Zorn außer sich geraten – und Himmel und Hölle in Bewegung setzen."

„Da wir ihn vor vollendete Tatsachen stellen, kann er nichts unternehmen."

„Und Mandy ... Sie war immer wie eine Mutter zu mir. Wenn ich nicht nach Hause komme, wird sie sich furchtbar aufregen."

„Sorg dich nicht, ich kümmere mich um alles. Bis ich die Plantage gekauft habe, wohnen wir in diesem Haus. Dein Personal soll hierher ziehen."

„Nur Mandy wird bei uns leben. Die beiden anderen sind Zugehfrauen. Aber ich möchte ihnen eine großzügige Abfindung zahlen, falls sie mir nicht hierher folgen wollen."

„Gut, alle deine Wünsche werden erfüllt. Mandy soll die Sachen packen. Möchtest du sonst noch jemanden verständigen?"

„Nein. Es gibt niemanden, der mir wirklich nahe steht. Hoffentlich wirst du mit Gerald fertig."

„Das schaffe ich schon. Je weniger er weiß, desto besser."

Aber Bliss ließ sich nicht so leicht beruhigen. Gerald brauchte ihr Erbe, um seine Gläubiger zu befriedigen und seine Firma zu retten. Wenn er sich um seine Hoffnung betrogen sah, könnte er zu unberechenbaren Maßnahmen greifen.

„Gehen wir hinein", schlug Guy vor und ergriff ihren

Arm. „Wenn Bryans Unterricht beendet ist, könnt ihr euch unterhalten."

„Das alles geschieht so schnell ..."

„Nicht schnell genug. Bei der Geburt unseres Kindes wird's sicher Gerede geben. Mach dir deshalb keine Sorgen. In den Augen des Gesetzes wird unser Kind ehelich zur Welt kommen. Nur darauf kommt's an." Er nahm sie in die Arme und lächelte aufmunternd. „Keine Bange, Liebste, alles wird gut. Den Mann, den du vor sieben Jahren geheiratet hast, kann ich dir nicht bieten. Auch nicht die Ehe, die du dir vielleicht mit Guy DeYoung erträumt hast. Aber was wir besitzen, ist viel aufregender – und tausendmal leidenschaftlicher." Er küsste sie und flüsterte an ihren Lippen: „Vorhin hast du gesagt, du würdest mich lieben. War das eine Lüge?"

Entschieden schüttelte sie den Kopf, als wollte sie ihre Zweifel verscheuchen. Sie liebte Guy, und das Problem lag nur darin, die Unterschiede zwischen den beiden Männern zu vereinen, die im Grunde ein und derselbe waren. Wen liebte sie? Guy oder Hunter? Und plötzlich wusste sie die Antwort. Sie liebte beide. „Nein, es war keine Lüge. Ich liebte Guy DeYoung. Und ich liebe Hunter, obwohl er einige Eigenschaften besitzt, die mir missfallen. Aber mit der Zeit hätte ich sicher auch an Guy DeYoung ein paar Fehler entdeckt. Außerdem bist du der Vater meiner beiden Kinder. Wie könnte ich dich *nicht* lieben?"

„Dann ist ja alles in bester Ordnung, weil ich dich immer geliebt habe. Sorg dich nicht mehr, ich werde sämtliche Schwierigkeiten meistern."

Trotz seiner zuversichtlichen Worte ließ sich Bliss' Angst nicht verscheuchen. Wenn jemand den Piraten Hunter erkannte, würde er ihn womöglich anzeigen, um das Kopfgeld zu kassieren. Und sobald die fragwürdige Vergangenheit des Viscounts ans Licht kam, würde die Gesellschaft von New Orleans seiner Familie wohl kaum ein friedliches Leben gestatten.

14. KAPITEL

Pater Pierre nahm die schlichte Hochzeitszeremonie in der Kathedrale vor, und Guys Anwalt fungierte als einziger Trauzeuge. Während Bliss vor demselben Priester stand, der sie am Samstag mit Gerald Faulk vermählt hätte, wurde sie von seltsamen Gefühlen erfasst. Was Guy dem Geistlichen erzählt hatte, um ihn zur Eheschließung zu veranlassen, wusste sie nicht. Und sie wollte es auch gar nicht erfahren. Die neugierigen Blicke, die ihr der gute Mann unter buschigen Brauen zuwarf, waren schlimm genug. Davon schien Guy nichts zu merken, oder er ignorierte es.

Als sie die Kirche verließen, wurden auf den Straßen bereits die Zeitungen mit der Heiratsanzeige verkauft. Guy half seiner Frau in die Kutsche. Ehe er selbst einsteigen konnte, eilten Amanda und Becky herbei.

„Ist das wahr?" rief Amanda atemlos. „Gerade traf ich Madame Lange, und sie erzählte mir von der Zeitungsannonce."

„Falls Sie die Verlautbarung meiner Trauung mit Bliss Grenville meinen, Miss Amanda – ja, das stimmt", antwortete Guy. Eine Hand auf dem Herzen, schaute er Bliss schmachtend an. „Was soll ich sagen? Es war Liebe auf den ersten Blick."

„Aber – aber ..." stammelte Amanda verdutzt. „Bliss war doch mit Gerald Faulk verlobt. Gestern bekamen wir die Einladung, und meine ganze Familie wollte an der Hochzeit teilnehmen."

„Wir haben aber doch sogar schon schöne neue Kleider gekauft", klagte Becky.

„Wie Sie sehen, müssen Sie Ihre Pläne ändern. Entschuldigen Sie uns jetzt, meine Damen. Meine Frau und ich können es kaum erwarten, unsere Flitterwochen zu beginnen."

Am liebsten wäre Bliss im Erdboden versunken. Brennende Röte färbte ihre Wangen, als Guy dem Fahrer zunickte und in die Kutsche stieg, die sofort davonrollte.

„Bliss!" rief Amanda ihr nach. „Warum haben Sie sich nicht mit Mr. Faulk begnügt und den Viscount *uns* überlassen?"

„Hör nicht auf sie", riet Guy. „Um diese albernen Mädchen brauchst du dich nicht zu kümmern."

„Oh Gott, die ganze Stadt wird sich das Maul zerreißen", jammerte Bliss.

„Bis sie einen sensationelleren Gesprächsstoff findet. Stört's dich?"

„Eigentlich nicht. Die Gesellschaft hat mich jahrelang kaum interessiert. Nach Guys Tod verließ ich die Plantage nur selten." Hastig verbesserte sie sich. „Das heißt, nachdem ... Du weißt schon, was ich meine."

„Natürlich, mein Schatz. Sorg dich nicht. Konzentriere dich einfach nur darauf, ein gesundes Kind zur Welt zu bringen, und vergiss alles andere. Fahren wir nach Hause zu Bryan?"

„Oh ja. Ich kann noch immer nicht glauben, dass ich endlich mit ihm vereint bin."

Wenig später stiegen sie vor dem Haus aus dem Wagen, und der Fahrer brachte ihn zu den Stallungen. Als sie sich zum Eingang wandten, stürmte ein Mann aus dem Gebüsch neben den Stufen und versperrte ihnen den Weg.

„Gerald!" flüsterte Bliss erschrocken. Schützend legte Guy einen Arm um ihre Schultern.

„Du falsches kleines Biest!" schrie Faulk. „Wie hast du den Viscount eingefangen? Vor knapp zwei Wochen hast du mich angefleht, dem Bastard in deinem Bauch einen Namen zu geben." Voller Bosheit starrte er Guy an. „Weiß dein frisch gebackener Ehemann, dass du von einem nichtswürdigen Piraten geschwängert wurdest?"

Guy stellte sich vor Bliss, um sie gegen Geralds Zorn abzuschirmen. Am liebsten hätte er die Kehle des Schurken durchschnitten. „Jetzt haben Sie genug gesagt, Faulk. Bliss ist meine Frau und steht unter meinem Schutz. Wenn Sie mich zum Duell fordern wollen – die Entscheidung liegt bei Ihnen. Aber ich warne Sie. Mein Rapier ist tödlich. Und obwohl mir ein Auge fehlt, bin ich ein ausgezeichneter Schütze."

„Soll ich mich wegen einer Hure duellieren?" fauchte Gerald verächtlich. „So tief würde ich niemals sinken. Ich war ohnehin nur an ihrem Geld interessiert. Wenn ich sie auch sehr gern in mein Bett geholt hätte ..."

Diese Bemerkung war ein Fehler gewesen. Im nächsten Moment lag er am Boden, starrte zum Himmel hinauf und berührte sein gebrochenes Nasenbein. Guy stieg achtlos über ihn hinweg.

„Dafür werden Sie büßen! Alle beide!" Faulk richtete sich auf und schüttelte seine Faust. „Hoffentlich wirst du glücklich, Bliss, nachdem du deinen Vater und mich ruiniert hast!"

Mit diesen Worten gelang es ihm, in Bliss die Befürchtung zu wecken, sie hätte ein abscheuliches Verbrechen begangen. Guy musste ihr Unbehagen gespürt haben, denn er flüsterte ihr zu: „Bedenk, was dein Vater dir angetan hat, dann wird dich dein Gewissen nicht quälen. Er verdient sein schlimmes Schicksal ebenso wie dein ehemaliger Verlobter."

„Ja, das weiß ich", erwiderte sie, den Tränen nahe. „Aber – er ist nun mal mein Vater."

„Keine Bange, Männer wie Grenville landen immer wieder auf den Füßen", erklärte er und führte sie ins Haus.

Bryan lief ihnen entgegen und begrüßte sie so enthusiastisch, dass Bliss die Drohungen vergaß, die Faulk ausgestoßen hatte. Später musste sie wieder daran denken. Doch sie sagte sich, ihre Angst sei unbegründet. Da Gerald nichts von Guys Vergangenheit wusste, konnte er ihm nichts anhaben.

Am Abend bereitete die Köchin ein Festessen für die Frischvermählten zu, das der Viscount im Schlafzimmer servieren ließ. Zuvor hatten sie zusammen mit Bryan ihre Vermählung gefeiert.

Gegen neun ging Bliss ins Schlafzimmer, um sich auf die Hochzeitsnacht vorzubereiten, während Guy im Salon einen Brandy trank. Mandy erwartete ihre Herrin. Bisher hatte Bliss keine Gelegenheit gefunden, mit der alten Frau zu sprechen, und nun machte sie sich auf die unvermeidlichen Fragen gefasst.

„Was haben Sie bloß getan? Dieser Viscount sieht gefährlich aus. Dass Sie Mr. Gerald heiraten wollten, war schon schlimm genug. Warum mussten Sie die Frau eines Mannes werden, den Sie kaum kennen? Und wie wird er sich verhalten, wenn er von Ihrer Schwangerschaft erfährt?"

„Setz dich, Mandy", seufzte Bliss. „Du bist meine Vertraute, und ich schulde dir eine Erklärung. Vermutlich fällt es dir schwer, das alles zu verstehen – wo ich es doch schließlich selber kaum begreife. Aber ich schwöre, es ist wirklich die Wahrheit."

Beklommen sank Mandy in einen Sessel. „Oh Gott, was werde ich jetzt hören?"

Bliss kniete vor ihr nieder und umfasste ihre Hände. „Hast du Bryan schon kennen gelernt?"

„Meinen Sie den Sohn des Viscounts? Der Kleine behauptet, Sie seien seine Mama. Wie schmerzlich muss er seine Mutter vermissen, wenn er Sie auf Anhieb in sein Herz schließt ... Haben Sie den Viscount wegen des Jungen geheiratet?"

„Teilweise. Bryan ist wirklich mein Sohn – das Baby, das Papa mir bei der Geburt wegnahm."

Verwundert hob Mandy die Brauen. „Das verstehe ich nicht. Und warum gibt ihn Viscount Hunter als sein Kind aus?"

„Erinnerst du dich an Guy DeYoung, den Mann, den ich vor sieben Jahren gegen Papas Willen geheiratet habe? Den Stallmeister auf unserer Plantage?"

„Natürlich, er war der Daddy Ihres Sohnes. Ein Jammer, dass er so jung sterben musste!"

„Er ist nicht tot, Mandy. Was ich dir jetzt erzähle, darfst du niemandem verraten. Sonst würden die Menschen, die ich liebe, ein schreckliches Schicksal erleiden. Guy floh damals aus dem Gefängnis. An seiner Stelle wurde ein anderer begraben. Zuvor hatte er im Caloboso gegen einen Meuchelmörder gekämpft und dabei ein Auge verloren. Der Angreifer war von Gerald Faulk beauftragt worden. Ob mein Vater seine Hand im Spiel hatte, weiß ich nicht. Das werde ich herausfinden. Nach seiner Flucht verschrieb sich Guy der Piraterie. Wie du weißt, wurde ich auf der Schiffsreise nach Mobile von Gasparilla gefangen genommen. Sobald das Lösegeld bezahlt war, sollte Guy mich nach Kuba bringen. Ich erkannte meinen totgeglaubten Ehemann nicht. In der Bruderschaft hieß er Hunter."

„Nicht einmal seine eigene Mutter hätte ihn erkannt... Aber ich begreife noch immer nicht, wie Sie Bryan gefunden haben." In knappen Worten schilderte Bliss die Ereignisse, und Mandy schüttelte verblüfft den Kopf. „Was für eine Geschichte! Also ist der Viscount der Pirat Hunter und in Wirklichkeit Guy DeYoung. Heute haben Sie denselben Mann zum zweiten Mal geheiratet ... Für eine alte Frau ist das alles ziemlich verwirrend."

„Ich kann es ja selbst kaum fassen", gestand Bliss und tätschelte Mandys Hand. „Jedenfalls erwarte ich jetzt das Kind meines Ehemanns, und unser erster Sohn ist wieder da, wo er hingehört."

„Und Mr. Gerald? Das wird ihm gar nicht gefallen. Und Ihrem Papa auch nicht. Ich weiß, dass er Ihr Erbe braucht, um seine Steuern zu zahlen – und die Schulden bei der Bank. Großer Gott, er wird vor Wut toben! In Ihren Schuhen möchte ich nicht stecken. Sagen Sie Mr. Guy, er soll sich bloß in Acht nehmen."

„Sicher wird er auf sich aufpassen. Vergiss nicht, Stillschweigen zu bewahren. Auf Guys Kopf ist ein Preis ausgesetzt. Wenn man den Piraten Hunter in ihm erkennt, wäre sein Leben bedroht."

„Vertrauen Sie mir, Kindchen. Sie wissen doch, wie sehr ich Sie liebe. Und jetzt lassen Sie sich aus dem Kleid helfen und ziehen Sie Ihr Nachthemd an. Mr. Guy sieht nicht so aus, als wäre er ein geduldiger Mann."

„Danke, Mandy." Bliss umarmte die alte Negerin. „Solange du mit Lizzys Hilfe für Bryan und das Baby sorgst, muss ich nichts befürchten."

Das Dinner wurde auf einem Tisch im Schlafzimmer angerichtet. Bald danach trat Guy ein. Bei Bliss' Anblick reizte ihn das köstliche Essen nicht mehr. Sie trug das weiße Spitzennachthemd, das er ihr am Vortag gekauft hatte. Darin erschien sie ihm zunächst rein und unschuldig. Doch der erste Eindruck täuschte. Das tief ausgeschnittene, ärmellose Hemd schmiegte sich verlockend an ihre weiblichen Rundungen, und er gab der Verkäuferin im Modegeschäft Recht, die ihm versichert hatte, er würde keine Enttäuschung erleben.

Durch den zarten Spitzenstoff schimmerte rosige Haut. „Wie schön du bist ...", stöhnte Guy. Ausgiebig betrachtete er die wohlgeformten langen Beine, die sanft geschwungenen Hüften, die runden, von der Schwangerschaft vergrößerten Brüste. Der Bauch wölbte sich kaum merklich.

Langsam ging sie zu Guy, und seine Erregung wuchs. „Bist du hungrig?" fragte sie und zeigte zum gedeckten Tisch hinüber.

„Aufs Essen habe ich keine Lust ... Erinnerst du dich an unsere erste Hochzeitsnacht?"

„Wie könnte ich sie vergessen? Wir brannten im Morgengrauen durch, heirateten in einer kleinen Dorfkirche und liebten uns in einem Heuschober. Damals waren wir so jung ..." Sie seufzte wehmütig. „An die Konsequenzen verschwendeten wir keinen Gedanken. Und dann lernten wir, wie grausam die Welt ein Paar behandeln kann, dessen Liebe unter einem schlechten Stern steht. Obwohl ich meinem Vater und Gerald stets vertraut hatte, hintergingen sie mich."

„Vergiss die beiden, Bliss, und gräm dich nicht mehr ihretwegen. Das sind sie nicht wert." Guy nahm sie in die

Arme. „Möchtest du etwas essen? Ich habe keinen Appetit, aber wenn du ..."

„Nein, jetzt würde ich keinen Bissen hinunterbringen."

Forschend schaute er in ihr Gesicht. „Stimmt etwas nicht, Liebes? Bereust du die Hochzeit?"

Als sie den Blick senkte, sah er ihr an, dass sie bedrückt war. Er hob sie hoch, legte sie aufs Bett und streckte sich neben ihr aus. „Sag mir, was dich quält, Liebste. Wenn wir uns lieben, soll nichts zwischen uns stehen."

„Ich glaube zu träumen. Und ich fürchte, irgendetwas wird mein Glück zerstören. Das alles ist so schnell geschehen und hat mich überwältigt. Erst fand ich Bryan, dann erfuhr ich, wer du bist, und wenig später wurde ich deine Frau. Natürlich müsste ich mich freuen. Aber ich verstehe nicht, wieso du mich so lange getäuscht hast."

„Habe ich dir meine Gründe nicht erklärt?"

„Doch. Trotzdem sehe ich immer noch zwei verschiedene Männer in dir, und ich habe das Gefühl, keinen wirklich zu kennen. Du bist so unberechenbar, Guy."

„Habe ich dir jemals wehgetan?"

„Nicht körperlich. Aber dass du Bryan von mir fern gehalten und deine Identität so lange verschwiegen hast, verletzt mich in tiefster Seele. Es war das Schlimmste, was mir je angetan wurde."

„Ich dachte, du würdest mein Verhalten begreifen. Jetzt ist es zu spät für solche Diskussionen. Wir sind Mann und Frau, zweifach verheiratet. Um Himmels willen, dies ist unsere Hochzeitsnacht!"

„Tut mir Leid. Wahrscheinlich bin ich einfach nur nervös – nach der unangenehmen Begegnung mit Gerald. Ich weiß, wozu er fähig ist. Gleichsam in letzter Sekunde hast du ihm mein Erbe weggenommen. Dafür wird er sich rächen, und das macht mir Angst."

„Vergiss ihn. Mit diesem Schurken werde ich mühelos fertig." Sie wollte antworten, aber er legte einen Finger auf ihre Lippen. „Sag nichts mehr. Lass dich lieben. So lange habe ich mich nach dir gesehnt." Um ihr sein Verlangen zu zeigen, küsste er sie fordernd und leidenschaftlich. Dass sie an ihm zweifelte, nahm er ihr nicht übel. Dazu hatte er ihr allen Grund gegeben.

Erst jetzt merkte Bliss, wie schmerzlich sie ihn vermisst hatte. Mit seiner drängenden Zungenspitze öffnete er ihre Lippen. Dieser süßen Verlockung konnte sie nicht widerstehen. Seit er sie als Hunter verführt hatte, war sie seiner Anziehungskraft hilflos ausgeliefert. Die Erfüllung, die er ihr schenkte, erschien ihr so lebenswichtig wie das Essen und das Atmen. Nun wusste sie endlich, warum. Ihr Herz musste ihn von Anfang an wiedererkannt haben, trotz ihrer Überzeugung, Guy wäre tot.

Stöhnend erwiderte sie den Kuss, während er ihr Nachthemd nach oben streifte. Sie spürte seine Hände auf ihrer nackten Haut, zwischen ihren Beinen, und sie spreizte willig die Schenkel.

„Liebste, du bist ganz heiß und bereit für mich", flüsterte er an ihrem Mund. „Zieh dein Hemd aus, ich möchte dich nackt in den Armen halten."

Sie gehorchte, dann half sie ihm ungeduldig, sich auszukleiden. Mit Händen und Lippen erforschte einer den Körper des anderen. Schließlich hob Bliss ihrem Mann die Hüften entgegen, eine stumme Einladung. Er saugte an ihren Brustwarzen und schürte ihr Verlangen nach der Verschmelzung. Doch er hatte es nicht eilig. Langsam wanderte sein

Mund über ihren Bauch hinab, küsste das Zentrum ihrer Weiblichkeit, und sie bäumte sich atemlos auf. "Guy! Das ertrage ich nicht! Ich will dich in mir spüren."

"Noch nicht. Erst möchte ich dich auf diese besondere Weise lieben." Seine Zunge spielte mit der winzigen Perle, jener Stelle, wo die Ekstase begann. Lustvoll schrie sie auf, während sie zur Schwelle der Erfüllung getrieben wurde – aber nicht darüber hinaus. Sie schlang die Finger in sein dunkles Haar, als wollte sie verhindern, dass er die betörenden Zärtlichkeiten beendete. Doch das musste sie nicht befürchten.

Nun drang er mit einem Finger in sie ein, ohne die aufreizenden, flatternden Bewegungen seiner Zungenspitze zu unterbrechen. In süßer Qual wand Bliss sich umher. Zitternd und schluchzend strebte sie nach der Erlösung. Sobald Guy das Beben ihres Höhepunkts fühlte, vereinte er sich mit ihr. "Noch einmal – begleite mich zum Gipfel der Lust", bat er heiser.

Nach so kurzer Zeit? Unmöglich ... Aber dann bewegte er seine Hüften, immer schneller, und ringsum schienen erneut Sterne hinter ihren geschlossenen Lidern zu bersten.

Nach einer kurzen Pause aßen sie ein wenig und liebten sich wieder. Diesmal übernahm Bliss die Kontrolle und bedeckte Guys Körper mit Küssen. Als ihre Lippen ihn intim umschlossen, biss er die Zähne zusammen und musste seine ganze Willenskraft aufbieten, um seine Erfüllung hinauszuzögern. Bald ertrug auch er den übermächtigen Reiz nicht mehr und bereitete schließlich dem erotischen Spiel ein jähes Ende.

„Genug – ich bin bereit ..." stöhnte er und zog Bliss nach oben, so dass sie über seinen Hüften kniete. Sie nahm ihn in ihrem Schoß auf und begann sich zu bewegen. Immer tiefer drang er in sie ein.

So wie zuvor erreichten sie gemeinsam das höchste Entzücken, und Bliss' genoss ein vollkommenes Glück. Wenn Guy auch nicht der Mann war, der sieben Jahre lang in ihrer Erinnerung weitergelebt hatte – er konnte sie immer noch ins Paradies entführen.

Zufrieden lag sie in seinen Armen und schaute ihn an. Sein Auge war geschlossen. Doch seine Atemzüge verrieten, dass er noch nicht schlief. Nun wollte sie endlich sein ganzes Gesicht sehen.

„Nimmst du deine Augenklappe niemals ab?" fragte sie und berührte den schwarzen Seidenstoff.

„Nur wenn ich allein bin", erwiderte er und hielt ihr Handgelenk fest, um sie von genaueren Nachforschungen abzuhalten.

„Jetzt sind wir verheiratet, Guy, und ich will wissen, wie du aussiehst."

„Das würde dir nicht gefallen. In jener Nacht hat der Meuchelmörder mit seiner scharfen Klinge ganze Arbeit geleistet und mich schrecklich entstellt."

„Eines Tages wirst du dich nicht mehr vor mir verstecken."

„Doch, bis zum Ende meiner Tage", entgegnete er grimmig.

Bliss verfolgte das Thema nicht weiter. Offenbar beschwor es schmerzliche Erinnerungen herauf. Wenig später hörte sie Guys gleichmäßige Atemzüge. Er war eingeschlafen. Bevor auch sie ins Reich der Träume hinüberglitt, bat sie den Allmächtigen, das Glück ihrer Familie zu schützen und ihr ein Leben ohne Feinde und Gefahren zu schenken.

Einer der Feinde, die ihr Sorgen bereiteten, saß mit zwei zerlumpten Piraten in einer Hafenkneipe. Leise und eindringlich sprach er auf sie ein. Der Gestank von billigem Rum und Schweiß erfüllte die verräucherte Luft. Am Boden kündete die Spucke auf dem Sägemehl von den schlechten Manieren der Gäste. Aber Gerald Faulk und seine Gefährten nahmen die unerfreuliche Umgebung nicht wahr.

„Wie können wir uns denn drauf verlassen, dass Sie für unsere Informationen zahlen, Faulk?" fragte der schielende bärtige Seemann, der eine Strickmütze trug.

„Faulk Shipping steckt in großen Schwierigkeiten", betonte der andere Mann, ein hässlicher kleiner Bursche mit schwarzen Zähnen und scharfen Gesichtszügen.

„Das haben Squint und ich gehört. Die meisten Ihrer Schiffe wurden von den Piraten überfallen. Jetzt liegen sie auf dem Meeresgrund. Das ist kein Geheimnis."

„Sorgt euch nicht um euer Geld", erwiderte Faulk. „Und nennt mich nicht beim Namen. Je weniger Leute mich erkennen, desto besser. Ich bin nur hierher gekommen, weil ihr einen Boten zu mir geschickt habt und der Mann behauptete, ihr könntet mir einiges über einen gewissen Viscount Hunter erzählen. Vor über einer Woche ließ ich in den Straßen verlauten, ich würde gutes Geld für solche Informationen zahlen."

Seufzend kratzte sich Squint am Kopf. „Also, ich weiß nicht recht, Mr. ... Unsere Auskünfte sind nicht billig. Was meinst du, Monty?"

Ausdrucksvoll verdrehte Monty die Augen. „Wenn wir

reden, gefährden wir unsere Gesundheit – falls Sie verstehen, was ich meine. Sollte Hunter erfahren, wer ihn verraten hat, sind wir so gut wie tot."

„Hunter?" wiederholte Faulk und beugte sich interessiert vor. „Sprechen Sie von Viscount Hunter? Neulich erinnerte ich mich an einen Piraten, der Hunter heißt. Erzählen Sie mir alles, was Sie wissen. Jetzt haben Sie mich verdammt neugierig gemacht."

„Zeigen Sie uns erst mal das Geld", verlangte Monty.

Darauf war Faulk vorbereitet. Vor einigen Tagen hatte er Claude Grenville besucht, von Bliss' Hochzeit mit dem reichen Engländer berichtet und sich bitter über den Betrug seiner Verlobten beklagt. Als er eine Entschädigung forderte, übergab Claude ihm widerstrebend sein letztes wertvolles Gemälde, das Faulk sofort verkaufte. Gleichzeitig sprach sich herum, er würde sich Informationen über Viscount Hunter einiges kosten lassen.

Nach Geralds Ansicht war Guy Hunter nicht der Mann, für den er sich ausgab. Man wusste nicht viel über den englischen Aristokraten, der plötzlich in New Orleans aufgetaucht war. Hätte er Gerald nicht die Braut abspenstig gemacht, würde seine Identität keine Rolle spielen. Aber nun war Faulk fest entschlossen, der Sache auf den Grund zu gehen.

„Genügt das?" Er zog einen kleinen Goldbeutel aus seiner Westentasche und öffnete ihn. Gierig wollte Squint danach greifen. Aber Faulk hielt den Beutel eisern fest. „Zuerst die Information."

Nachdem die Piraten einen kurzen Blick gewechselt hatten, nickten sie. Als Faulk sich noch weiter vorbeugte, stiegen ihm übel riechende Alkoholfahnen in die Nase.

„Als der Viscount auf Jean Lafittes Schiff in New Orleans ankam, waren wir im Hafen", begann Squint. „Wie er sich nennt, wussten wir damals noch nicht. Aber wir erkannten ihn sofort an der Augenklappe."

„Da wurden wir neugierig", setzte Monty den Bericht fort. „Wir erkundigten uns und erfuhren, das sei Viscount Hunter. Natürlich wussten wir, dass das nicht sein richtiger Name ist. Vor etwa einem Jahr gehörten wir zur Besatzung seines Schiffs, der *Predator*. Wir nahmen nur, was uns zustand. Aber er warf uns vor, wir hätten ihm seine Beute gestohlen. Da gibt's gewisse Gesetze, an die sich alle Piraten halten müssen. Gegen die haben wir angeblich verstoßen. Hunter setzte uns auf einer verlassenen Insel aus und dachte, wir würden verhungern."

Faulks Augen glitzerten. „Behauptet ihr tatsächlich, der Viscount sei ein Pirat?"

„Allerdings", bestätigte Squint. „Hunter, Gasparilla und die Brüder Lafitte sind Mitglieder der Bruderschaft. Mit ihren schnellen Brigantinen greifen sie arglose Handelskapitäne an und versenken deren Schiffe, natürlich ohne die Fracht. Und auf Captiva Island halten sie Frauen gefangen, bis das Lösegeld bezahlt wird."

„Angeblich hat Hunter den Piratenkönig Gasparilla hintergangen und ist kurz danach verschwunden", erklärte Monty. „Manche Leute halten Hunter für tot. Und andere meinen, er würde von seinem gestohlenen Geld wie ein König leben." Grinsend stieß er seinen Kumpel zwischen die Rippen. „Nur wir beide kennen die Wahrheit, was, Squint? Hunter versteckt sich hier in New Orleans hinter einem englischen Adelstitel."

„Warum habt ihr die Behörden nicht verständigt?" fragte

Faulk. „Immerhin wurde ein Preis auf Hunters Kopf ausgesetzt."

„Verdammt, wir können nichts beweisen", antwortete Squint. „Außerdem sind wir selber keine gesetzestreuen Bürger und in New Orleans nicht willkommen. Aber ein Aristokrat übt einen beträchtlichen Einfluss aus. Gegen den hat ein aufrechter Bürger wie Sie bessere Chancen."

Faulk lehnte sich zurück, um zu überdenken, was er soeben erfahren hatte. Zweifellos wäre es ein Fehler, Guy Hunter von diesen beiden Piraten ermorden zu lassen. Nein, er würde die Informationen besser nutzen. Hunter war der Mann, der seine, Faulks, Schiffe versenkt, Bliss gefangen halten und geschwängert hatte. Dafür sollte er jetzt büßen. Der Tod wäre eine viel zu milde Strafe. Zudem wollte Faulk Mittel und Wege finden, um an Hunters Vermögen heranzukommen.

„Geben Sie uns endlich unser Geld!" drängte Monty.

Faulk warf den Beutel auf den Tisch, und Monty steckte ihn in die Tasche seiner schmutzigen Jacke. „Dann gehen wir jetzt."

„Wollt ihr die Stadt verlassen?"

„Warum fragen Sie?" Montys Augen verengten sich.

„Vielleicht habe ich noch einen Auftrag für euch. Wo seid ihr zu erreichen?"

„Aber wir sind nicht billig", warnte Squint.

„Natürlich werde ich euch angemessen entlohnen. Dessen könnt ihr euch sicher sein."

„Meistens finden Sie uns hier in dieser Taverne. Wenn wir genug Geld haben, mieten wir ein Zimmer im Oberstock. Und wenn wir niemanden bestehlen können, schlafen wir vor der Tür."

„Gut, ich werde euch finden." Faulk stand auf. „Besten Dank für die aufschlussreichen Informationen."

Nicht nur aufschlussreich, dachte er, als er auf seine Karriole stieg und die Zügel ergriff. Sogar sensationell. Nun musste er entscheiden, wie er die größten Vorteile aus seinen neuen Erkenntnissen ziehen konnte.

15. KAPITEL

Zwei Wochen nach der Trauung glaubte Bliss allmählich, ihre Angst vor der Zukunft wäre unbegründet. Guy tat sein Bestes, um sie und Bryan glücklich zu machen. Offenbar vermisste er sein Piratenleben nicht. Seit jener Konfrontation am Hochzeitstag hatte sich Gerald Faulk nicht mehr blicken lassen.

Die überraschende Heirat war immer noch das Stadtgespräch, und das junge Ehepaar wurde oft eingeladen. Vor allem aus Neugier, vermutete Bliss, und weil Guys Adelstitel die Leute beeindruckte. Aber sie hatte mit Guy nur zwei gesellschaftliche Ereignisse besucht, ein Hauskonzert und einen Empfang zu Ehren des neuen Gouverneurs. Auf beiden Partys gerieten sie in Verlegenheit. Immer wieder wurden sie nach intimen Einzelheiten ihrer überstürzten Vermählung gefragt. Danach beschlossen sie, nur noch wenige Einladungen anzunehmen.

Fast täglich hielt Guy Besprechungen mit prominenten Stadtbewohnern ab, die ihn veranlassen wollten, in ihre Geschäfte zu investieren. Wie Bliss wusste, traf er gelegentlich seine alten Freunde Jean und Pierre Lafitte im Absinthe House. Demnächst wollte er den Kaufvertrag für die Plantage unterschreiben, und er erklärte seiner Frau, sie würden bald übersiedeln. Als sie fragte, wo sein neuer Grundbesitz liege, lächelte er und erwiderte, das sei eine Überraschung.

An diesem Tag hatte er das Haus schon am frühen Morgen verlassen, um die Lafittes aufzusuchen. Lizzy ging mit Bryan im Park spazieren, Mandy erledigte Einkäufe auf dem Markt, und Bliss war allein. Diese Zeit wollte sie nutzen, um einen Brief an ihren Vater zu schreiben und ihn über ihre

Heirat zu informieren. Unglücklicherweise wanderten ihre Gedanken unentwegt zur letzten Liebesnacht zurück. Guy erfand immer neue Methoden, um sie zu beglücken. Und so unglaublich es auch erscheinen mochte – jede Nacht verlief aufregender als die vorangegangene.

Seufzend beugte sie sich wieder über den Brief. Es war an der Zeit, Frieden mit Papa zu schließen. Doch das würde nicht so einfach sein und auch nicht von heute auf morgen geschehen. Während sie überlegte, welche Worte sie wählen sollte, klopfte ein Dienstmädchen an die Tür der Bibliothek und meldete einen Besucher. Bliss fand keine Zeit, nach seinem Namen zu fragen. Unaufgefordert trat Gerald Faulk ein.

„Du wirst mich sicher empfangen", begann er, schloss die Tür und sank in einen bequemen Sessel.

„Im Augenblick ist mein Mann nicht zu Hause. Aber er wird bald zurückkehren."

„Ich nehme an, er trifft seine Piratenfreunde. Nun, ich will ohnehin nur mit dir reden."

Bestürzt gab sie vor, seine Bemerkung über die Piraten nicht zu verstehen. „Wir haben nichts zu besprechen."

„Da irrst du dich. Zum Beispiel könnten wir uns über finanzielle Dinge unterhalten. Du bist reich, ich stehe vor dem Ruin."

„Wie du sehr wohl weißt, kannst du mein Erbe nicht beanspruchen. Es gehört meinem Mann." Dass Guy ihr Geld nicht anrühren wollte und in ihrem Namen auf der Bank deponiert hatte, verschwieg sie.

Abrupt stand Faulk auf und ging zu ihr. „Oh ja, das weiß ich, Bliss. Ich weiß alles."

„Was meinst du?" fragte sie sorgenvoll, von einer bösen Ahnung erfüllt.

„Das müsstest du eigentlich erraten." Sein Gesicht verzerrte sich zu einer hässlichen Fratze. „Trotzdem will ich's dir erklären. Dein Mann ist ebenso wenig ein Viscount wie ich. In der Bruderschaft nennt man ihn einfach nur Hunter. Er gehört zu den gefährlichen Piraten, die in der Karibik Schiffe versenken und wehrlose Opfer berauben. Allem Anschein nach hat er den Ruin deines Vaters und meiner Firma verschuldet. Auf seinen Kopf ist ein Preis ausgesetzt. Wenn die Behörden über die wahre Identität des Viscounts informiert werden, dürfte es nicht mehr lange dauern, bis du zum zweiten Mal die Trauerkleider einer Witwe tragen musst, meine Liebe."

Bliss war froh, dass sie am Schreibtisch saß, denn ihre Beine hätten sie wohl kaum getragen. Doch sie verbarg ihr Entsetzen. „Offenbar richtest du deinen Groll gegen den falschen Mann, Gerald. Die entsprechenden Dokumente, die Guy besitzt, beweisen die Rechtmäßigkeit seines Adelstitels."

„Solche Titel kann man kaufen und verkaufen. Ebenso wie Identitäten. Das magst du bestreiten, Bliss. Aber ich kenne die Wahrheit. Inzwischen weiß ich auch, warum der Viscount deine Schwangerschaft akzeptiert hat. Weil er der Pirat ist, der dich gefangen hielt, der Vater deines Balgs. Ja, jetzt ergibt alles einen Sinn."

Bliss glaubte, ringsum würde die Welt einstürzen. Zum Glück war sie geistesgegenwärtig genug, um Guys Schuld nicht einzugestehen. „Was willst du, Gerald?"

Lächelnd kehrte er zu seinem Sessel zurück und nahm wieder Platz. „Oh, nun kommen wir endlich zur Sache. Deine Kooperationsbereitschaft freut mich. Was ich verlange, lässt sich in wenigen Worten erklären. Du musst mir dein gesamtes Erbe übergeben."

„Und wenn ich mich weigere?"

„Dann wirst du deinen Mann demnächst hängen sehen. Dem Vernehmen nach ist das kein angenehmer Anblick. Das Gesicht färbt sich violett, dann schwarz, die Zunge quillt hervor ..."

„Sei still!" Verzweifelt presste sie die Hände auf ihre Ohren.

„Hast du genug gehört?"

Bliss nickte. Nur zu gut wusste sie, wie grausam und rachsüchtig er sein konnte, wenn man ihm in die Quere kam. Er würde nicht zögern, Guy zu entlarven.

„Gut. Kannst du über dein Geld verfügen, ohne deinen Mann einzuschalten?"

„Ja – es wurde in meinem Namen auf der Bank deponiert. Guy wollte es nicht für sich beanspruchen."

„Natürlich nicht." Gerald lachte bitter. „Nachdem er sich jahrelang an den Frachten und Sklaven auf meinen Schiffen bereichert hat, braucht er dein Erbe nicht. Wann gibst du mir das Geld?"

„Das wird ein paar Tage dauern. Selbstverständlich muss Guy davon erfahren und ..."

„Nein! Du darfst deinem Mann kein Sterbenswörtchen verraten. Wozu der Pirat Hunter fähig ist, hat sich längst herumgesprochen. Er würde mich kaltblütig ermorden. Übrigens, meine beiden Mitwisser sind beauftragt, ihn zu töten, sollte mir auch nur ein Haar gekrümmt werden. Und falls du meine Wünsche nicht erfüllst, verständige ich die Obrigkeit. Ist das klar?"

„Wie kann ich das alles vor Guy geheim halten?"

„Solange du meine Anweisungen befolgst, interessieren mich deine Methoden nicht. Sobald ich erfahre, du hättest

Hunter Bescheid gegeben, liefere ich ihn den Behörden aus. Du hast sieben Tage Zeit, um das Geld zu beschaffen. Heute in einer Woche erwarte ich dich in einer Kutsche hinter deinem Haus. Um Mitternacht. Bring dein Erbe mit."

„Und wie soll ich das Haus ohne Guys Wissen verlassen?"

„Da wird dir schon was einfallen. Solltest du nicht erscheinen, wird die Polizei wenige Stunden später an deine Tür klopfen und Hunter in den Calaboso bringen."

„Gut – ich werde kommen ..."

„Ja, damit habe ich gerechnet." Grinsend stand er auf und ging zur Tür. „Diese Regelung gefällt mir viel besser als die Ehe mit einer Frau, die mein Bett nur ungern teilen würde. In einer Woche sehen wir uns wieder, meine Liebe."

Plötzlich schwang die Tür auf, und Bryan stürmte in die Bibliothek. „Mama, gerade bin ich nach Hause gekommen. Lizzy hat mir erlaubt, auf der Place d'Armes die Vögel zu füttern."

„Wen haben wir denn da?" rief Faulk und hob die Brauen. „Diese türkisblauen Augen erinnern mich an jemanden. Ist das dein Sohn, Bliss? Wie hast du ihn gefunden?"

„Geh zu Lizzy in die Küche, Bryan", bat sie. „Bald wird dein Hauslehrer eintreffen."

Ohne die Spannung zwischen seiner Mutter und dem Besucher wahrzunehmen, gab er ihr einen Kuss und rannte davon.

„Allmählich verstehe ich die Zusammenhänge, wenn ich auch etwas verwirrt bin", bemerkte Faulk. „Der Junge ist also sein Sohn, und wir konnten ihn in Mobile nicht aufspüren, weil Hunter vor uns dort war. Benutzte er das Kind, um dich zur Heirat zu zwingen? Erstaunlich, dass er die Piraterie aufgegeben hat ..." Unvermittelt brach er in schallendes Gelächter aus. „Liebt dich der blutrünstige Bastard? Wäre das möglich?"

„Ich muss dir nichts erklären. Halt bloß Bryan aus allem raus! Du bekommst dein Geld. Und danach möchte ich dich nie wiedersehen."

„Endlich bist du mit deinem Sohn vereint. Das freut mich für dich. Wie ich sehe, bist du eine sehr liebevolle Mama. Wäre es nicht tragisch, wenn der Junge erneut aus deinem Leben verschwinden würde?"

„Bedrohst du mein Kind?" fragte sie tonlos.

„Glaub doch, was du willst. Und denk daran – Hunter darf nichts von unserer Vereinbarung erfahren. Du hast zu viel zu verlieren, um meine Wünsche zu missachten. Guten Tag, meine Teure."

Nachdem er die Bibliothek verlassen hatte, saß sie reglos am Schreibtisch, von wildem Entsetzen ergriffen. Ein skrupelloser Mann wie Faulk würde nicht zögern, das Leben ihres Sohnes zu gefährden, um sein Ziel zu erreichen. Ebenso gnadenlos würde er Guys Vergangenheit publik machen.

Konnte sie das Geld ohne Guys Wissen von der Bank abheben? Hoffentlich würde es ihr gelingen, das unselige Geschäft abzuwickeln, bevor er ihren Kontostand überprüfte.

An diesem Abend saß sie schweigend am Esstisch. Ihr uncharakteristisches Desinteresse an einer Konversation verblüffte Guy. Schließlich warf er seine Gabel klirrend auf den Teller und erregte Bliss' Aufmerksamkeit. „Was zum Teufel ist los mit dir? Hat dich irgendwas geärgert?"

„Nein", erwiderte sie schnell, doch ihr gezwungenes Lächeln täuschte ihn nicht.

„Du rührst dein Essen kaum an. Und du hörst mir nicht zu."

„Tut mir Leid, ich habe keinen Hunger. Manchmal sind schwangere Frauen schlecht gelaunt. Vor Bryans Geburt warst du nicht da. Deshalb wurdest du von meinen Stimmungsschwankungen verschont."

Forschend schaute er sie an. Bis jetzt hatte sich die Schwangerschaft nicht auf ihre Laune ausgewirkt, und er ahnte, dass sie eine Ausrede gebrauchte. „Am besten gehst du ins Bett, mein Schatz. Ich komme dir bald nach. Zuerst muss ich ein paar Papiere durchsehen."

Das ließ sie sich nicht zweimal sagen. Nachdenklich beobachtete Guy, wie sie aus dem Esszimmer floh. Irgendetwas musste geschehen sein. Aber was? Die Dienstboten hatten keine ungewöhnlichen Zwischenfälle erwähnt.

Bereute Bliss die Hochzeit? Er wusste, er hatte wie ein Tyrann darauf bestanden, fest entschlossen, die geliebte Frau für immer an sich zu binden.

Einige Minuten später ging er in die Bibliothek und studierte den Kaufvertrag für die Plantage sowie ein weiteres Schriftstück. Das zweite Papier verpflichtete ihn, die Hypothek zu bezahlen, mit der die Ländereien belastet waren. Ohne noch länger zu zögern, unterzeichnete er beide Dokumente. Zweifellos hätte er eine billigere Plantage bekommen. Aber er hatte sich für diese entschieden, seiner Frau zuliebe.

Er legte die Papiere beiseite, stand auf und streckte sich. Im Schlafzimmer würde Bliss auf ihn warten. Lächelnd dachte er an die letzte Nacht, an leidenschaftliche Zärtlichkeiten und lustvolles Stöhnen. Diese Erinnerung entfachte sofort ein heißes Verlangen in ihm.

So eifrig wie ein junger Bursche, der sein erstes Liebesabenteuer herbeisehnte, eilte er zur Treppe. Er wollte spüren, wie Bliss' weiche Lippen seine Küsse erwiderten, ihren schönen Körper streicheln, ihre Begierde wecken und ihr Gesicht betrachten, wenn er ihr die höchste Erfüllung schenkte. Ungeduldig nahm er immer zwei Stufen auf einmal. Aber er zwang sich, den Raum würdevoll zu betreten, statt ungestüm ins Bett zu springen. Offenbar schlief Bliss bereits.

Während er enttäuscht zum Bett ging, machte er so viel Lärm, wie er es wagen durfte, ohne den ganzen Haushalt zu alarmieren. Bliss rührte sich nicht, und er runzelte die Stirn. Dass sie so müde war, hatte er gar nicht bemerkt. Dann sah er ihre Lider flattern. Stellte sie sich schlafend? Ihre Brust hob und senkte sich unregelmäßig, und er schöpfte Verdacht. Warum versuchte sie, ihn zu täuschen?

Seufzend setzte er sich auf den Bettrand, um seine Schuhe und Strümpfe auszuziehen. „Du bist wach, Bliss. Das weiß ich. Willst du mir nicht verraten, was dich bedrückt? Bei mir musst du kein Theater spielen. Wenn du heute Nacht keine Lust auf Liebesfreuden hast, sag's mir einfach. Ich bin kein Ungeheuer, obwohl du vielleicht das Gegenteil vermutest. Niemals würde ich irgendetwas tun, das dir oder dem Baby schaden könnte."

Endlich öffnete sie die Augen. Sie wollte ihn nicht verletzen. Doch sie fand, es wäre unehrlich, ihn zu lieben und gleichzeitig ihr schreckliches Geheimnis zu hüten. Da sie sich immer freimütig hingab, würde er ihre Zurückhaltung bemerken und nach dem Grund fragen. Faulks Drohung war unmissverständlich gewesen. Sollte Guy von dem Abkommen erfahren, würde sich der Schurke sofort rächen. „Tut mir Leid. Heute Abend bin ich leider wirklich nicht in Stimmung. Sei mir nicht böse ..."

„Was fehlt dir denn? Irgendwas betrübt dich. Das sehe ich dir an. Soll ich den Doktor rufen?"

„Nein, mir geht es gut. Ich bin nur müde. Morgen fühle ich mich sicher besser."

Er kleidete sich aus und kroch zu ihr unter die Decke. Als er sie umarmte, wehrte sie ihn nicht ab. An ihrem Schenkel spürte sie, dass er erregt war, und kam sich wie eine Verräterin vor. Doch sie konnte einfach nicht vorgeben, alles wäre in Ordnung.

„Schlaf jetzt", schlug Guy vor. „Vielleicht erzählst du mir morgen, was dich quält." Nach einer langen Pause fragte er: „Bereust du, dass du mich geheiratet hast? Wahrscheinlich bin ich nicht der Mann, den du verdienst."

„Oh Guy, du bist alles, was ich mir jemals gewünscht habe. Vergiss das nicht."

Der sonderbare Klang ihrer Stimme bereitete ihm noch größere Sorgen.

In der nächsten Woche gelang es Bliss, zweimal aus dem Haus zu schleichen, ohne dass irgendjemand nach ihrem Ziel fragte. Ihre Besuche in der Bank ließen sich nicht vermeiden, da es mit einigen Schwierigkeiten verbunden war, eine so große Summe von ihrem Konto abzuheben. Zuvor musste sie mehrere Dokumente unterschreiben. Glücklicherweise erhob man keine Einwände, da sie seit ihrer Hochzeit frei über das Erbe verfügen durfte. Ehe sie das Geld abholte, kaufte sie eine Reisetasche, die sie daheim unter dem Bett versteckte.

So schwer es ihr auch fiel, Guy zu täuschen – sie schwieg beharrlich. Ihr seltsames Benehmen schien ihn zu beunruhigen. Immer wieder begegnete sie seinem prüfenden Blick.

Wenn das alles überstanden war, würde sie erleichtert aufatmen. Inständig hoffte sie, Faulk würde sein Wort halten, sobald er das Geld erhielt, und Guy nicht bei der Obrigkeit anzeigen. Sie misstraute ihm.

An dem Abend, bevor sie Gerald treffen sollte, versuchte Guy noch immer nicht, sie zu lieben. Nervöser denn je, wusste sie seine rücksichtsvolle Haltung zu schätzen. Aber sie spürte, wie viele Fragen ihm auf der Zunge brannten. Steif und verkrampft lag sie neben ihm.

„Wie lange muss ich noch auf meine ehelichen Rechte verzichten?" stieß er erbost hervor. „Warum bist du so kalt? Gibt es irgendetwas, das du mir sagen möchtest?"

Wie gern hätte sie sich alles von der Seele geredet ... „Unsinn, ich bin nicht kalt – nur schwanger."

„Stört es dich, dass dein Baby von *mir* stammt? Allmählich weiß ich mir keinen Rat mehr, Bliss. Bist du mir böse, weil ich dich geschwängert habe?"

„Um Himmels willen, nein! Ich wünsche mir dieses Kind!"

„Wirst du mir jemals anvertrauen, was dich bedrückt?"

Offenbar fühlte er sich gekränkt. Mit gutem Grund. „Keine Ahnung – vielleicht – irgendwann ..."

„Bliss, das alles gefällt mir nicht. Aber ich muss mich wohl in Geduld fassen, bis du bereit bist, dein Geheimnis zu lüften. Lass mich nicht zu lange warten! Ich will meine Frau wiederhaben, ihren weichen, anschmiegsamen Körper spüren, ihr süßes Stöhnen hören. Weißt du, wie schmerzlich ich unser Liebesglück vermisse?"

„Natürlich – danach sehne ich mich auch. Bald werden wir uns wieder ganz nahe sein. Lass mir doch einfach noch ein bisschen Zeit."

„Könnte ich dein Problem lösen?"

„Nein. Schlaf jetzt, Guy. Morgen sieht alles anders aus."

Nachdem Faulk das Geld erhalten hatte, würde sie erst Erklärungen abgeben müssen, wenn Guy das geplünderte Bankkonto entdeckte. Hoffentlich würde sie Geralds Habgier ein für alle Mal befriedigen.

Beklommen wartete sie, bis die Uhr zwölfmal schlug. Guys entspannter Körper und seine gleichmäßigen Atemzüge verrieten, dass er tief und fest schlief. Dem Himmel sei Dank, dachte sie. Wenn alles gut ging, würde sie Faulk treffen und ins Bett zurückkehren, ehe Guy ihr Verschwinden bemerkte. Kurz nach Mitternacht stieg sie vorsichtig aus dem Bett.

Guy spürte, wie sich die Matratze bewegte, und erwachte sofort. Nach langen gefahrvollen Jahren blieben seine Sinne auch im Schlaf geschärft. Im Mondlicht sah er Bliss lautlos umhergehen. Erschrocken beobachtete er, wie sie ein Kleid über ihr Nachthemd zog, einen Schal um ihre Schultern schlang und in ihre Schuhe schlüpfte. War sie krank? Er wollte fragen, ob sie seine Hilfe brauche. Doch da holte sie eine kleine Reisetasche unter dem Bett hervor.

Was plante sie, mitten in der Nacht? Würde sie ihn verlassen und Bryan mitnehmen? Immerhin besaß sie genug Geld, um zu tun, was ihr beliebte. Heißer Zorn stieg in ihm auf. Am liebsten wäre er aus dem Bett gesprungen, um sie zurückzuhalten. Doch er zwang sich zur Ruhe und wartete. Die Tasche an ihre Brust gepresst, huschte sie in den Flur hinaus. Sekunden später sprang er auf, zog schnell Hose, Hemd und die Stiefel an und verließ den Raum genauso lautlos wie zuvor seine Frau.

Zu seiner Verblüffung ging sie nicht in Bryans Zimmer. Wollte sie den Jungen nicht mitnehmen, nachdem sie durch die Hölle gegangen war, um ihn zu finden? Auf leisen Sohlen folgte er ihr die Treppe hinab, durch die Küche zur Hintertür.

Hastig wich er in nächtliche Schatten zurück, als sie sich verstohlen umschaute und die Tür öffnete. Kurz danach schlich er hinter ihr ins Freie. Offenbar wusste sie genau, was sie wollte. Sie eilte den Gartenweg entlang und stieß ein Gatter auf, das in die Gasse hinter dem Haus führte, und Guy blieb ihr auf den Fersen.

Zwischen Büschen versteckt, sah er sie zu einer Kutsche laufen. Also doch, dachte er, sie verlässt mich. Mit wem? Plötzlich stieg ein Mann aus dem Wagen und winkte sie zu sich. Wütend ballte Guy die Hände, als er Gerald Faulk erkannte. Wie konnte Bliss ihm das antun? Hatte sie ihn von Anfang an hintergangen? Was verband sie mit Faulk? Er wagte sich näher heran und hoffte, das Gespräch zu belauschen. Doch sie unterhielten sich im Flüsterton, und er verstand kein Wort. Dann übergab sie Faulk die Tasche, die offensichtlich ihr Reisegepäck enthielt.

Noch nie hatte sich Guy so schmerzlich betrogen gefühlt. Nicht einmal vor sieben Jahren, als er geglaubt hatte, Bliss wäre schuld an seinem Unglück. Faulk stellte die Tasche in die Kutsche.

Jetzt wusste Guy, warum Bliss in den letzten Tagen so nervös gewesen war. Offenbar hatte sie gemeinsam mit Faulk ihre Flucht geplant, um ihrer unerwünschten Ehe zu entrinnen.

Oh Gott, dachte Guy verzweifelt, wie dumm ich war ... Ein wilder Impuls drängte ihn, den Schurken auf der Stelle zu töten. Der Pirat Hunter hätte keine Sekunde lang gezögert. Aber für Viscount Hunter stand zu viel auf dem Spiel, und er musste seinen unschuldigen Sohn schützen. Nein, er würde seinen Feind nicht töten, nur zur Rede stellen. Entschlossen trat er aus den Schatten und eilte zum Wagen. Als Faulk die Schritte hörte, drehte er sich um, entdeckte ihn und wollte einsteigen. Doch Guy war schneller. Er umklammerte Geralds Arm, ergriff die Reisetasche und schleuderte sie ins Gebüsch. Aus dem Augenwinkel sah er Bliss nach Luft schnappen und zurückweichen. Kein Wunder, dachte er grimmig. So wütend hatte sie ihn noch nie erlebt.

„Dachten Sie, ich würde es nicht merken, Faulk?" fauchte er, packte seinen Widersacher am Kragen und schüttelte ihn.

„Verdammt, Bliss hat versprochen, Ihnen nichts zu verraten!" stieß Faulk zwischen klappernden Zähnen hervor.

„So dumm bin ich nicht. Ich wusste, dass Bliss irgendwas im Schilde führte. Doch ich konnte mir nicht vorstellen, Sie würden in den Plänen meiner Gemahlin eine Rolle spielen." Mit aller Kraft schleuderte er Faulk gegen die Kutsche und rammte ihm die Faust in den Magen. Ächzend krümmte sich der Mann zusammen. „Ich fürchte, es ist ein schwerer Fehler, einen Schurken von Ihrer Sorte am Leben zu lassen. Aber mein Sohn soll nicht unter meinen Sünden leiden. Verschwinden Sie, Faulk! Sollten Sie sich jemals wieder in die Nähe meiner Frau wagen, kenne ich keine Gnade mehr."

„Ihre Drohungen jagen mir keine Angst ein, Hunter", keuchte Faulk. „Bald wird's Ihnen Leid tun, dass Sie sich hier eingemischt haben."

„Glauben Sie wirklich, Sie könnten mich erschrecken?" spottete Guy.

„Was für ein Narr Sie sind!" zischte sein Feind.

Ehe Guy zu antworten vermochte, kletterte Faulk auf den Kutschbock, spornte das Gespann an, und der Wagen polterte davon.

„Warum warst du so unvernünftig?" klagte Bliss, einer Ohnmacht nahe. „Du weißt nicht, wozu Gerald fähig ist! Nun hast du alles verdorben!" Ihre Stimme nahm einen schrillen Klang an.

Erbost fuhr er zu ihr herum. „Dachtest du, ich würde untätig mit ansehen, wie meine Frau mit diesem Bastard durchbrennt? Bedeutet dir unser Sohn denn gar nichts?"

Fassungslos starrte sie ihn an. „Du glaubst, ich wollte dich verlassen?"

„Erspar dir das Theater! Ich habe dich beobachtet, wie du mit der Reisetasche aus dem Zimmer geschlichen bist, um deinen Liebhaber zu treffen."

„Meinen Liebhaber! Bitte, Guy, hör mir zu – du verstehst das alles nicht."

„Verschone mich mit deinen Lügen!"

„Um Himmels willen, du *musst* mich anhören!"

Jetzt schrie sie so laut, dass er beschloss, sie ins Haus zu bringen, bevor die Nachbarn erwachten. Und so zog er die Reisetasche aus dem Gebüsch, nahm Bliss auf die Arme und trug sie durch den Garten zur Küchentür. Auf dem Weg ins Schlafzimmer ignorierte er ihr verzweifeltes Flehen.

Sobald er die Tür hinter sich geschlossen hatte, stellte er Bliss auf die Füße, entzündete einige Kerzen und warf ihr die Tasche zu. „Da! Pack deine Sachen aus. Du gehst nirgendwohin. Zumindest nicht, bevor unser Kind geboren ist. Danach darfst du zu deinem Liebhaber übersiedeln. Natürlich ohne das Baby. Dein Erbe wird euch beiden ein komfortables Leben ermöglichen."

„Meine Sachen?" Verwirrt starrte sie die Tasche in ihren Armen an. „Bist du verrückt? Ich will doch gar nichts von Gerald Faulk wissen. Und ich würde niemals mein Baby im Stich lassen."

„Wie konntest du dich in Faulk verlieben? Nach allem, was er uns und unserem Sohn angetan hat? Offenbar bist du krank. Und gegen dieses Leiden gibt es keine Medizin."

„Lass dir doch erklären..."

„Nein, sei still! Das ertrage ich nicht." Guy nahm ein sauberes Hemd aus einer Schublade und zog es an.

„Wohin gehst du? Mitten in der Nacht..."

„Wenn ich hier bliebe, wäre ich nicht mehr Herr meiner Sinne. Womöglich würde ich dich verletzen." In dieser Nacht war sein Glück für immer zerstört worden. Bis an sein Lebensende würde ihn der wilde Schmerz in seinem Inneren begleiten. Er schaute Bliss nicht an, vor lauter Angst, er würde sonst den letzten Rest seiner Beherrschung verlieren. Und er durfte es nicht riskieren, ihr wehzutun oder dem Baby zu schaden. Schweigend wandte er sich zur Tür.

„Wohin gehst du?" wiederholte sie unglücklich.

„Das weiß ich noch nicht. Muss ich einen Wachtposten aufstellen, um deine Flucht mit Faulk zu verhindern?"

„Bitte, Guy, du verstehst das alles ganz falsch! Lass mich erklären..."

„Beantworte meine Frage. Muss ich einen Wachtposten aufstellen?"

„Nein! Ich werde nicht durchbrennen. Das hatte ich sowieso niemals vor."

„Also gut. Dann leg dich jetzt in dein einsames, kaltes Bett."

„Warte! Wann kommst du zurück?"

„Irgendwann." Ohne sich noch einmal umzudrehen, stürmte er aus dem Zimmer.

16. KAPITEL

Ärgerlich starrte Gerald Faulk in das strenge Gesicht des Polizeichefs, schlug mit der Faust auf den Schreibtisch und versuchte erneut, den Mann zu beeindrucken – offenbar erfolglos. „Glauben Sie mir, ich sage die Wahrheit! Der Viscount ist der berüchtigte Pirat namens Hunter und steckt mit den Lafittes unter einer Decke."

„Das ist eine schwer wiegende Anklage, Mr. Faulk. Haben Sie irgendwelche Beweise?"

„Zwei Seemänner erkannten ihn. Seien Sie versichert, Captain Fargo – Viscount Hunter hat zahlreiche Schiffe versenkt."

„Wo sind die beiden Zeugen?" fragte Fargo skeptisch und sah Faulk misstrauisch an.

„Eh – sie möchten nicht persönlich auf Ihrem Revier erscheinen. Aber mehrere Opfer des Piraten haben mir berichtet, er würde eine Augenklappe tragen. Ebenso wie Viscount Hunter. Genügt das nicht?"

„So viel ich weiß, handelt es sich um eine Kriegsverletzung. Hören Sie, Mr. Faulk, ohne stichhaltige Beweise kann ich niemanden wegen Piraterie verhaften. Viele Männer tragen Augenklappen. Und Guy Hunter ist immerhin ein Aristokrat. Nach seiner Ankunft in New Orleans hat er die Freundschaft mehrerer einflussreicher Leute gewonnen, und er steht mit ihnen in geschäftlicher Verbindung. Wenn ich einen Unschuldigen festnehme, bringe ich mich in Teufels Küche. Liefern Sie mir Beweise, dann werde ich die Konsequenzen ziehen."

„Verdammt, Sie machen einen großen Fehler!" fauchte

Gerald. „Haben Sie den Viscount überprüft und festgestellt, ob er wirklich der Mann ist, für den er sich ausgibt?"

„Bisher sah ich keinen Grund, an seinem Wort zu zweifeln, und ich wiederhole – solange Sie keine unwiderlegbaren Beweise vorlegen, sind mir die Hände gebunden."

„Welche Beweise verlangen Sie?"

„Wie wär's mit einem unterschriebenen Geständnis?" schlug Fargo spöttisch vor.

„Gut, das werden Sie bekommen." Entschlossen eilte Faulk aus dem Büro, und der Polizeichef schaute ihm belustigt nach.

Bliss hatte ihren Mann nicht gesehen, seit er vor zwei Tagen voller Zorn aus dem Haus gestürzt war. Halb krank vor Sorge, überlegte sie, wo er stecken mochte, und sie wusste nicht mehr, was sie Bryan erzählen sollte, der unentwegt nach seinem Papa fragte. Sie hatte nicht erwartet, dass Guy sich so lange von seinem Sohn trennen würde.

Wenn er zurückkam, wollte sie ihn zwingen, ihr zuzuhören, und notfalls sanfte Gewalt anwenden, damit er nicht wieder davonrannte! Sein mangelndes Vertrauen kränkte sie zutiefst. Warum zog er seine falschen Schlüsse und gab ihr keine Gelegenheit, sich zu verteidigen? Und wo hatte er die beiden letzten Nächte verbracht? In New Orleans gab es viele erstklassige Bordelle ... Nein, das stellte sie sich lieber nicht vor.

Nachdem Gerald Faulk von ihrem Mann bedroht worden war, hatte er sie nicht besucht. Aber sie fürchtete, er würde in seiner wilden Rachsucht keine Zeit verschwenden und Anzeige gegen Guy erstatten. Ihre Nerven flatterten immer heftiger. Jedes Mal, wenn sie ein Geräusch auf der

Straße hörte, glaubte sie, die Polizei würde an die Tür klopfen.

Bald erwachte Mandys Argwohn. „So aufgeregt habe ich Sie noch nie gesehen, Kindchen. Warum bleibt Mr. Guy so lange weg? Wo ist er denn?"

„Keine Ahnung, Mandy. Es kam zu einem schrecklichen Missverständnis, und er wollte meine Erklärung nicht hören. Oh Gott, er war so wütend."

„Setzen Sie sich, Kindchen." Mandy ergriff ihre Hand und führte Bliss zu einem Sessel. „Jetzt mache ich Tee, und dann erzählen Sie mir alles." Wenig später füllte sie zwei Tassen und nahm ihrer Herrin gegenüber Platz. „Nun?"

Während Bliss an ihrem heißen Tee nippte, redete sie sich alles von der Seele.

Mitfühlend schüttelte Mandy den Kopf. „Hätten Sie Ihren Mann doch rechtzeitig eingeweiht! Er sieht so aus, als könnte er selber auf sich achten. Sobald er dieses Haus betritt, müssen Sie ihm die ganze Wahrheit sagen. Er darf keine Minute länger glauben, Sie hätten ihn hintergangen. Dann wird alles gut."

„Erst einmal muss er zurückkommen."

„Das wird nicht mehr lange dauern. Wo ich doch weiß, wie sehr er Sie liebt."

Nach drei qualvollen Tagen war Guys Zorn hinreichend verebbt, so dass er sich zutraute, Bliss gegenüberzutreten, ohne die Beherrschung zu verlieren. Die erste Nacht nach seinem abrupten Aufbruch hatte er im Wagenschuppen verbracht. Am nächsten Morgen wollte er die Lafittes um eine Unterkunft bitten. Doch er traf die Brüder weder im Absinthe House noch in Pierres Stadthaus an. Von dessen Geliebter erfuhr er, die beiden seien nach Barataria gefahren. Dort bereiteten sie die illegale Versteigerung ihres Diebesguts vor, die allwöchentlich in einem abgeschiedenen Sumpfgebiet stattfand, im so genannten „Temple".

Guy mietete ein Zimmer im Pontalba Arms, wo er versuchte, eine Erklärung für Bliss' Verhalten zu finden. Schließlich bereute er, dass er ihr nicht zugehört hatte. Nichts an den seltsamen Ereignissen ergab einen Sinn. Während sein Zorn allmählich verflog, sagte er sich, hinter dem mitternächtlichen Treffen müsse mehr stecken, als es der erste Eindruck vermuten ließ. Es war an der Zeit, heimzukehren und der Sache auf den Grund zu gehen.

Mit seinen Gedanken beschäftigt, bemerkte er die beiden schäbig gekleideten Männer nicht, die auf der anderen Straßenseite standen, dem Gasthaus direkt gegenüber, und seine Fenster beobachteten. Er sah sie auch nicht in einer Nebengasse verschwinden, als er vor einem Schaufenster stehen blieb, ein hübsches Schaukelpferd bewunderte und dann das Geschäft betrat, um das Spielzeug für Bryan zu kaufen.

Ein paar Minuten später verließ er den Laden, das Pferdchen unter dem Arm – lächelnd und nichts ahnend. Plötzlich wurde er in die Gasse gezerrt. Ein Knüppel traf seinen Kopf, das Paket landete am Boden, und er sank auf die Knie. Dann fiel er vornüber in den Straßenstaub.

Rastlos wanderte Bliss im Salon umher. Mandy irrt sich, dachte sie unglücklich. Nun waren schon drei Tage verstrichen, und Guy ließ noch immer nichts von sich hören. Wo sollte sie ihn suchen? Sie fürchtete, er wäre nach Barataria zurückgekehrt, um sich wieder der Piraterie zu widmen, obwohl er ihr abgeschworen hatte.

Würde er Bryan, den er innig liebte, einfach im Stich lassen? Oder das Baby unter ihrem Herzen? Nein, das konnte sie sich nicht vorstellen. Verletzten ihn die falschen Schlüsse, die er aus ihrer nächtlichen Zusammenkunft mit Faulk zog, so tief, dass er seine Familie vergaß und in sein früheres Leben zurückkehrte?

Vor sieben Jahren war er niederträchtig hintergangen worden. Seither fiel es ihm sicher schwer, jemandem zu trauen. Doch sie hoffte, wenn sein Zorn abgekühlt war, würde er merken, welch lächerlichen Verdacht er hegte. Nicht einmal in ihren schlimmsten Träumen würde sie mit Faulk durchbrennen.

Oh Gott, wo steckte Guy? Ihr blieb nichts anderes übrig, als zu warten, bis er Vernunft annehmen und erkennen würde, wie sehr sie ihn liebte.

Langsam kam er zu sich und spürte seine pochenden Schläfen, seine unbequeme Position. Sein Rücken berührte eine Wand, die Hände waren oberhalb seines Kopfs an einen Haken gebunden, die Füße hingen knapp über dem Boden. Vor seinem Auge entstanden verschwommene Bilder, und was er sah, ermutigte ihn nicht. „Wo bin ich?" fragte er heiser.

„In meinem Lagerhaus", erwiderte Gerald Faulk und trat in Guys Blickfeld.

Immer noch leicht benommen, schüttelte Guy den Kopf. Das bereute er sofort. Hinter seiner Stirn brannte ein heftiger Schmerz. „Was ist geschehen?"

„Vorerst sind Sie mein Gast."

„Warum bin ich gefesselt?" Guy riss an den Stricken, die seine Handgelenke umwanden. „Was soll das, Faulk?"

„Wissen Sie's nicht? Hat Bliss Ihnen nichts erzählt?"

„Verdammt, ich habe diesen Unsinn satt! Erklären Sie mir endlich, was da vorgeht! Aber binden Sie mich zuerst los. In dieser Haltung fühle ich mich nicht besonders wohl."

Guy hörte ein Kichern, schaute in die Richtung, aus der das Geräusch herandrang, und erkannte die beiden ehemaligen Mitglieder seiner Schiffsbesatzung. „Haben Sie diese Gauner angeheuert, Faulk?" fragte er verächtlich. „Damit sie Ihnen die Drecksarbeit abnehmen? Vermutlich haben sie erzählt, wer ich bin. An Ihrer Stelle würde ich ihnen nicht trauen."

„Moment mal, Hunter, wir sind keine Gauner!" protestierte Monty. „Damals hatten Sie nicht das Recht, uns zu bestrafen. Wir wollten nur unseren Anteil an der Beute, und der stand uns zu."

„Offenbar wundern Sie sich über meine Bekanntschaft mit den beiden", meinte Faulk. „Ich hatte den Verdacht, Sie wären nicht der Mann, für den Sie sich ausgaben. Doch das konnte ich nicht beweisen. Deshalb ließ ich verlauten, ich würde gutes Geld für Informationen über einen gewissen Viscount Hunter zahlen, und diese zwei Männer kamen zu mir."

„Warum haben Sie sich nicht an die Polizei gewandt?" fragte Guy.

Unbehaglich trat Faulk von einem Fuß auf den anderen. „Das tat ich. Aber der Polizeichef verlangte hieb- und stichfeste Beweise. Offensichtlich hat ihn Ihr Adelstitel beeindruckt. Nun, so leichtgläubig bin ich nicht. Hätten Sie sich in jener Nacht nicht eingemischt, wäre Ihnen diese Tortur erspart worden."

„Keine Ahnung, wovon Sie reden ..." Guy zog an den Stricken. Wer immer seine Handgelenke an den Haken gefesselt hatte, war bestrebt gewesen, gute Arbeit zu leisten.

„Neulich besuchte ich Bliss und verriet ihr, dass ich weiß, wer Sie sind. Dann drohte ich, Sie zu entlarven, falls sie mir ihr Erbe nicht aushändigen würde."

„Bastard!" fauchte Guy. „Wie konnten Sie es wagen, meine schwangere Frau zu erschrecken?"

„Damit hatte ich Erfolg", triumphierte Gerald. „Sie hob das Geld von der Bank ab und hätte mir ihr ganzes Vermögen übergeben, wenn Sie ihr nicht wie ein wütender eifersüchtiger Ehemann gefolgt wären. Mit Ihrem Ungestüm zwangen Sie mich, Sie gefangen zu nehmen."

Gott, dachte Guy zerknirscht. In seinem blinden Zorn hatte er geglaubt, Bliss würde ihn mit Faulk betrügen, und sich geweigert, ihre Erklärung anzuhören. Würde sie ihm jemals verzeihen? „Also ist Ihr tückischer Plan fehlgeschlagen, und die Polizei verlangt stichhaltige Beweise für meine Identität. Was nun, Faulk? Wie wollen Sie diese Beweise beibringen?"

„Sie werden ein Geständnis unterschreiben, Hunter", erwiderte Gerald selbstgefällig. „Alles haben Sie mir genommen. Nun verlange ich eine Entschädigung. Ehe ich bekomme, was ich will, werden Sie diesen Raum nicht verlassen. Sie müssen die Verbrechen gestehen, die Sie als Pirat begangen haben. Wenn ich Sie der Polizei ausliefere, lege ich den erforderlichen Beweis vor, und man wird mich beglückwünschen."

Guys Gelächter brachte Faulk in helle Wut. „Glauben Sie wirklich, ich würde Ihr verdammtes Papier unterschreiben?"

„Lachen Sie nur, Hunter! Sobald diese Männer mit Ihnen fertig sind, werden Sie darum betteln, das Geständnis unterzeichnen zu dürfen. Nicht wahr, meine Freunde?"

„Oh ja", bestätigten die beiden wie aus einem Mund.

Dann fügte Squint hinzu: „Hunter hat uns auf einer einsamen Insel ausgesetzt. Dort wären wir gestorben, hätte uns ein Kapitän nicht an Bord seines Schiffes geholt."

„Um mich kleinzukriegen, müssen Sie schon mehr aufbieten als zwei armselige Wasserratten, Faulk", spottete Hunter.

„Warten wir's ab. Fangen Sie an, Squint. Mal sehen, ob Sie unseren Gast zur Vernunft bringen können."

Squints hässliches Gesicht verzerrte sich zu einem grotesken Grinsen. „Klar, Mr. Faulk. Überlassen Sie ihn mir. Allzu lange wird's nicht dauern, bis er das Geständnis unterschreibt." Er stolzierte zu Guy, und Faulk trat beiseite.

Schadenfroh leckte er sich über die Lippen und beobachtete, wie Squint eine Faust in den Magen des Gefangenen rammte. Guy fand kaum Zeit, Atem zu schöpfen, bevor ein kraftvoller Schlag sein Gesicht traf. Danach sah er die Hände des Piraten, der zu immer neuen Hieben aushohlte, nur mehr verschwommen. Die Folter nahm kein Ende. Schließlich schwanden ihm die Sinne.

„Genug!" Faulk ergriff einen Wassereimer. „Machen Sie Platz, Squint, ich will ihn wecken. Vielleicht ist er jetzt bereit, seine Unterschrift zu leisten."

Als ein kalter Wasserschwall Guy ins Gesicht geschüttet wurde, rang er nach Atem und glaubte, im Meer zu versinken. Doch seine Arme versagten ihm den Dienst, und er konnte nicht an die Oberfläche schwimmen. Er würde ertrinken ... Dann spürte er heftige Schmerzen im ganzen Körper und blickte sich um. War er in den Flammen der Hölle gelandet?

„Ah, Sie sind wieder bei Bewusstsein – sehr gut", höhnte Faulk. „Wollen Sie das Geständnis unterzeichnen?"

„Gehen Sie zum Teufel!" würgte Guy hervor, und Faulk starrte ihn wütend an.

„Hoffentlich kann Monty Sie umstimmen", zischte er und winkte den zweiten Piraten heran.

Monty grinste Guy boshaft an. „Da habe ich was, das ihn sicher eines Besseren belehren wird", verkündete er und ließ eine Reitpeitsche knallen. „Dreh ihn um, Squint!"

Mit Faulks Hilfe lockerte Squint die Fesseln ein wenig, so dass sie den Gefangenen zur Wand drehen konnten. Obwohl Guy sich wehrte, war er nach der Misshandlung geschwächt und konnte die beiden nicht daran hindern, die Stricke wieder fest um seine Handgelenke zu schlingen und mit dem Haken zu verbinden. Gepeinigt zuckte er zusammen, als sein Gehrock und das Hemd zerschnitten wurden.

„Soll ich anfangen?" fragte Monty mit einer Begeisterung, die Guy erschauern ließ.

„Warten Sie!" befahl Faulk und trat näher, um Guys Rücken genauer zu betrachten. „Der Bastard wird nicht zum ersten Mal ausgepeitscht. Seht ihr diese gekreuzten weißen Narben? Möchten Sie uns erzählen, wie das passiert ist, Hunter?"

„Benutzen Sie doch Ihre Phantasie!" stieß Guy zwischen zusammengebissenen Zähnen hervor.

„Schlagen Sie zu, Monty! Offenbar weigert er sich immer noch, meinen Wunsch zu erfüllen."

Guy wappnete sich gegen den ersten Peitschenhieb, den er sofort spürte, gefolgt von einem zweiten und einem dritten ... Bald hörte er zu zählen auf.

„Nun, haben Sie sich inzwischen anders besonnen?" fragte Faulk in wachsendem Zorn. Anscheinend hatte er Hunters Widerstandskraft unterschätzt.

„Fahren Sie zur Hölle!" keuchte Guy. Nach ein paar weiteren Schlägen verlor er wieder die Besinnung.

„Machen Sie Schluss, Monty. Wenn er bewusstlos ist, können Sie sich die Mühe sparen, weil er nichts spürt."

„Soll ich ihn wecken, Mr. Faulk?" erbot sich Squint und griff nach dem Eimer.

„Nein. Offensichtlich ist er immun gegen körperliche Schmerzen. Es muss andere Mittel und Wege geben ..." Plötzlich erhellte sich Geralds Miene. „Jetzt hab ich's! Hunter ist ganz verrückt nach seiner Frau und ihrem Balg. Wenn die beiden hierher kommen, ist er vielleicht eher bereit, das Geständnis zu unterschreiben."

„Sollen wir sie holen, Mr. Faulk?" fragte Squint. „Dafür müssten Sie uns allerdings ein bisschen mehr Geld geben."

„Das will ich mir erst mal überlegen." Faulk wandte sich zum Ausgang. „Bleibt hier und bewacht Hunter."

Faulk saß in seinem Büro an der Vorderfront des Lagerhauses und dachte über sein Problem nach. Dass sein Gefangener so hartnäckigen Widerstand leisten würde, hatte er nicht erwartet. Er wollte Hunter nicht töten lassen, denn das würde nichts beweisen und könnte ihn in den Calaboso bringen. Mit einem lebendigen Piraten würde er den Polizeichef viel tiefer beeindrucken und zudem eine beträchtliche Belohnung kassieren.

Bedauerlicherweise ertrug Hunter stoisch alle Schmerzen. Würde er beim Anblick seiner Frau und ihres Sohnes klein beigeben? Aber was würde Bliss veranlassen, mit dem Jungen hierher zu kommen? Und dann fand Faulk die Antwort auf diese Frage. Nur ein einziger Mensch konnte sie dazu bewegen. Er nahm Papier und Tinte aus einer Schublade. Hastig schrieb er einen Brief, eilte in die Lagerhalle und drückte ihn in Montys Hand.

Kurz vor Einbruch der Dunkelheit kehrte der Pirat mit Claude Grenville zurück.

„Danke, dass du meinem Ruf so schnell gefolgt bist, Claude", begann Faulk lächelnd. „Ich muss mit dir reden."

In den letzten Wochen schien Grenville um Jahre gealtert zu sein. Tiefe Furchen hatten sich in sein aschfahles Gesicht gegraben. „Was willst du von mir, Gerald? In deinem Brief steht, es würde Bliss betreffen? Hast du sie wieder mal gesehen? Sie weigert sich, mich zu treffen."

„Ja, ich habe sie besucht."

„Wie geht es ihr? Was weißt du über diesen Viscount Hunter? Liebt sie ihn?"

Faulk wählte seine Worte sehr bedächtig. Leider war Claude viel zu weichherzig, wenn sich irgendwelche Probleme um seine Tochter drehten. Hätte er, Gerald, ihn damals nicht gedrängt, das Baby wegzugeben, wäre Guy DeYoungs Balg zweifellos bei ihr geblieben. Plötzlich unterbrach er seine Gedankengänge. Seltsam, dass Hunter denselben Vornamen trug wie der Tote ... Doch dann zuckte er die Achseln und befasste sich wieder mit seinem Plan. „Hör mir jetzt gut zu, Claude. Ich habe dich zu mir gebeten, weil ich deine Hilfe brauche. Wie ich vor kurzem herausfand, ist der Viscount nicht der Mann, für den er sich ausgibt, sondern der Pirat Hunter, dem wir die Zerstörung meiner Schiffe, den Raub der Frachten und unseren finanziellen Ruin verdanken. Er hielt Bliss gefangen, und das Kind, das sie erwartet, stammt vermutlich von ihm."

Entsetzt runzelte Grenville die Stirn. „Bliss ist schwanger? Das wusstest du – und wolltest sie trotzdem heiraten?"

„Nimm doch Platz und lass dir alles erklären." Faulk setzte sich wieder an seinen Schreibtisch und legte die Fingerspitzen aneinander. Dann berichtete er von seinem geplanten Geschäft mit Bliss, das Hunter verhindert hatte.

„Meine Tochter scheint diesen Piraten zu lieben", meinte Claude nachdenklich.

„Unglücklicherweise. Nur ihretwegen kam er nach New Orleans, obwohl er von der Polizei gesucht wird. Er fuhr sogar nach Mobile, um ihren Sohn aus Enos Holmes' Haus zu holen. Jetzt lebt das Kind bei Bliss."

„Ja, sie hat mir geschrieben und den Jungen erwähnt", bemerkte Claude verwirrt. „Aber ich dachte, er sei der Sohn des Viscounts."

„Nur Hunter, Bliss und wir beide wissen, dass der kleine Bryan das Kind des Mannes ist, der vor sechs Jahren im Calaboso starb."

„Du sprichst von dem Mann, für dessen Tod du verantwortlich bist. Damit hatte ich nichts zu tun."

„Warum wirfst du mir diese alte Geschichte vor, Claude? Das alles spielt keine Rolle mehr. Bald werden wir genug Geld besitzen, um unsere Firma zu retten, und einen beträchtlichen Profit herausschlagen."

„Wie stellst du dir das vor? Ich weigere mich, Bliss noch einmal wehzutun. Als ich meinen Enkel damals weggab, verlor ich auch meine Tochter. Diesen schweren Fehler wird sie mir nie verzeihen. Hätte ich bloß nicht auf dich gehört!"

„Nun ist es zu spät für deine Reue. Bitte, du musst mir helfen, Claude. Ich habe Hunter bereits bei der Polizei angezeigt. Aber dieser verdammte Fargo verlangt stichhaltige Beweise. Gegen das Wort eines Viscounts würde die Behauptung meiner beiden Zeugen nichts ausrichten. Deshalb möchte ich Hunter veranlassen, ein Geständnis zu unterschreiben. Leider weigert sich der Bastard beharrlich."

„Soll das etwa heißen ..." begann Claude bestürzt.

„Allerdings", bestätigte Faulk lachend. „Er hängt gefesselt an einem Haken in meiner Lagerhalle. Vorerst ist er unfähig, einen Fluchtversuch zu unternehmen."

„Hast du ihn – foltern lassen?" stammelte Claude.

Gleichmütig hob Faulk die Schultern. „Sobald er das Geständnis unterzeichnet, werden ihn meine Männer in Ruhe lassen. Wie ich bereits sagte – er leistet erbitterten Widerstand. Bisher ließ er sich nicht umstimmen."

„Und was erwartest du von mir?"

„Hunter muss eines Besseren belehrt werden. Wenn er befürchtet, Bliss und dem Jungen könnte etwas zustoßen, wird er die Situation sicher mit meinen Augen betrachten. Du bist der Einzige, dem Bliss hierher folgen würde. Sonst müsste ich Gewalt anwenden."

Erbost sprang Claude auf. „Niemals würde ich meine Tochter und meinen Enkel in Gefahr bringen. Vielleicht war ich nicht der beste aller Väter. Aber ich liebe Bliss, und du darfst sie nicht benutzen, um Hunter ans Messer zu liefern."

„Setz dich, Claude", bat Faulk in sanftem Ton. „Natürlich will ich deiner kostbaren Tochter nichts antun. Wenn ich Bliss und den Jungen in die Lagerhalle führe, will ich Hunter nur zeigen, wie ernst ich's meine. Sobald er das Geständnis unterzeichnet hat, müssten wir ihn nur noch zur Polizei bringen und die Belohnung kassieren. Danach lässt du die Ehe annullieren, ich heirate Bliss und eigne mir endlich ihr Erbe an. Glaub mir, das ist der einzige Weg, um unseren endgültigen Ruin zu verhindern."

„Bevor ich mich entscheide, möchte ich Bliss' Ehemann sehen."

„Warum?" fragte Faulk argwöhnisch.

„Damit ich ihr versichern kann, er sei am Leben und wohlauf. Das will sie sicher wissen, wenn sie ihn liebt. Andernfalls musst du auf ihr Erbe verzichten, Gerald."

Seufzend stand Faulk auf. „Also gut. Komm mit mir."

Er führte Grenville in die Lagerhalle, hinter ein paar aufeinander gestapelte Kisten. Abrupt blieb Claude stehen, als er zwei zerlumpte Gestalten neben einem Mann kauern sah, der schlaff und reglos an einem Wandhaken hing. „Ist er tot?" flüsterte er angstvoll. „Um Himmels willen, Gerald, was hast du ihm angetan?"

„Nein, er lebt", erklärte Monty mürrisch. „Er hat ein dickes Fell. Und er ist so stur wie ein Maulesel."

„Oh ja", stimmte Squint zu, „ein borniertes Bastard."

Zögernd ging Claude zu Guy und musterte die blutigen Striemen auf seinem Rücken. „Großer Gott, er wurde ausgepeitscht!"

„Wie kannst du einen blutrünstigen Piraten bemitleiden, der uns jahrelang bestohlen hat?" zischte Faulk.

„Immerhin ist er mein Schwiegersohn."

„Das war DeYoung auch, bevor wir ihn loswurden."

„*Ich* habe keinen Meuchelmörder zu ihm geschickt – das war dein Werk."

„Musst du unentwegt die Vergangenheit heraufbeschwören", erwiderte Faulk ungeduldig. In diesem Augenblick stöhnte Guy und bewegte den Kopf. „Wie du siehst, ist Hunter am Leben. Wenn du Bliss und den Jungen hierher holst, können wir dem Piraten weitere Qualen ersparen."

„Wird den beiden auch wirklich nichts zustoßen?"

„Das verspreche ich dir. Wann bringst du sie hierher?"

„Heute Abend kann ich Bliss nicht mehr besuchen. Es ist zu spät. Und es wird eine Weile dauern, bis ich sie dazu überredet habe, mit ihrem Sohn hierher zu kommen. Gib mir ein paar Tage Zeit."

„Verdammt!" fluchte Faulk wütend.

„Du brauchst Bliss, nicht wahr? Um deinen Wunsch zu erfüllen, muss ich erst mal ihr Vertrauen gewinnen. Im Augenblick ist sie nicht gut auf mich zu sprechen. Außerdem werden Hunters Wunden inzwischen verheilen, und sein Anblick wird meine Tochter nicht zu sehr erschrecken. Wenn sie ihn in seinem jetzigen Zustand sieht, würde sie einen Schock erleiden."

Widerstrebend gab sich Faulk geschlagen. „Lass mich bloß nicht im Stich!"

„Keine Bange. Bind ihn los und gib ihm was zu essen und zu trinken."

„Das muss ich mir erst einmal überlegen. Bring Bliss und den Jungen hierher, so schnell wie möglich."

Claude eilte davon. In der kurzen Frist, die Faulk ihm gewährte, gab es viel zu tun.

In wachsender Sorge wartete Bliss auf Guys Rückkehr. Sie hatte keine Freunde und Verwandte, die sie um Hilfe bitten konnte. Vor ein paar Stunden war sie mit Mandy in das Büro gegangen, das er an der Royale Street gemietet hatte. Doch sie traf ihn nicht an. Sein Sekretär erklärte, der Viscount sei seit zwei Tagen nicht mehr hier gewesen. An diesem Morgen habe er sogar eine wichtige Besprechung versäumt.

Allmählich fürchtete Bliss, etwas anderes als sein Zorn könnte ihn fern halten. Hatte Faulk die Polizei informiert?

Saß Guy bereits im Calaboso? Aber das hielt sie für unwahrscheinlich, da sie nichts von seiner Verhaftung gehört hatte. Trotzdem glaubte sie, Gerald wäre für Guys lange Abwesenheit verantwortlich.

„Kindchen, Sie machen sich noch ganz krank", mahnte Mandy, als sie Bliss rastlos im Salon umherwandern sah. „Warum schlafen Sie nicht? Denken Sie doch an das Baby."

„Oh Mandy, wie soll ich denn Schlaf finden? Irgendetwas Schreckliches ist meinem Mann zugestoßen. Sonst wäre er längst nach Hause gekommen, um sich meine Erklärung anzuhören. Inzwischen muss sein Zorn verraucht sein. Was soll ich tun? An wen kann ich mich wenden?"

„Wenn's eine Möglichkeit gibt ..." Abrupt verstummte Mandy. Irgendjemand hämmerte gegen die Haustür. „Wer mag das sein? So spät am Abend?"

„Guy!" rief Bliss, stürmte durch die Halle und riss die Tür auf. Enttäuscht starrte sie ihren Vater an, der auf der Schwelle stand. „Was führt dich zu mir? Ich dachte ..."

„Vermutlich dachtest du, dein Mann wäre zurückgekehrt", unterbrach er sie und ging an ihr vorbei in die Halle. „Bliss, ich muss mit dir reden. Unter vier Augen."

„Glauben Sie, ich lasse sie mit Ihnen allein, Mr. Claude?" entrüstete sich Mandy, die ihrer Herrin gefolgt war.

„Schon gut, Mandy", seufzte Bliss müde. „Ich werde mich mit Vater in der Bibliothek unterhalten. Sieh zu, dass wir nicht gestört werden."

„Aber ich bleibe vor der Tür stehen!" verkündete Mandy erbost.

„Dein Misstrauen ist begreiflich, Mandy", bemerkte Claude. „Was du von mir hältst, weiß ich. Lass dir trotzdem versichern – ich bin nur hierher gekommen, um Bliss zu helfen."

Unbeeindruckt schnaufte die alte Frau und verschränkte die Arme vor der Brust.

„Was willst du mir sagen, Vater?" fragte Bliss, nachdem sie ihn in die Bibliothek geführt und die Tür geschlossen hatte. „Hoffentlich wirst du meine Zeit nicht allzu lange beanspruchen. Ich habe einige Probleme."

„Ja, ich weiß, und es tut mir Leid. Wenn ich dir auch kein guter Vater war – jetzt möchte ich dir helfen."

„Wieso vermutest du, ich würde deine Hilfe brauchen?" fragte sie verwirrt.

„Soeben war ich bei Gerald Faulk. Er hatte mich brieflich gebeten, sein Büro aufzusuchen. Dort teilte er mir mit, du müsstest mit dem Jungen in sein Lagerhaus kommen."

„Warum?"

„Setz dich, Bliss."

„Nein, ich stehe lieber." Sie spürte, dass ihr missfallen würde, was ihr Vater zu sagen hatte. „Hängt es mit meinem Mann zusammen?"

„Faulk hält jemanden in seiner Lagerhalle fest und behauptet, der Gefangene sei der Pirat Hunter."

Als Bliss zu schwanken begann, stützte er sie hastig und führte sie zu einem Sessel.

„Was bezweckt er damit?" flüsterte sie zitternd. „Er hat gedroht, Guy der Polizei auszuliefern. Warum tat er es nicht?"

„Soviel ich weiß, hat er bereits Anzeige erstattet. Aber der Polizeichef verlangt eindeutige Beweise, bevor er ein Mitglied der englischen Aristokratie verhaftet. Deshalb hat Faulk deinen Mann entführen lassen und möchte ihn zwingen, ein Geständnis zu unterzeichnen."

„Zwingen?" wiederholte Bliss entsetzt. „Ist Guy ...?"

„Beruhige dich, Bliss, er lebt. Aber du musst dich beeilen, um ihn zu retten, und ich werde dir dabei helfen."

„Und was veranlasst dich dazu?"

·Nach einer langen Pause erwiderte Claude: „Ob du's glaubst oder nicht, ich liebe dich."

17. KAPITEL

„Oh, du liebst mich?" In ihrer Stimme schwang kalte Verachtung mit. „Was für eine seltsame Art du hast, deine Gefühle zu zeigen, Vater ..."

„Zweifellos habe ich deinen Hass verdient. Erst schmiedete ich zusammen mit Faulk ein Komplott gegen den Mann, den du liebtest, und trennte dich von ihm – dann nahm ich dir dein Baby weg. Damals warst du noch so jung. Ich meinte es gut mit dir und dachte, Gerald würde dir eine bessere Zukunft bieten als mein Stallmeister."

„Warum wolltest du meine Wünsche nie berücksichtigen? Du hast immer nur deine eigenen Interessen verfolgt. Und du bist nicht einmal davor zurückgeschreckt, gemeinsam mit Gerald einen Meuchelmörder zu dingen und Guy töten zu lassen."

Entsetzt zuckte Claude zusammen. „Wer hat dir das erzählt? Nein, Bliss, damit hatte ich nichts zu tun. Ich nutzte nur meinen Einfluss, um DeYoungs Gerichtsprozess hinauszuzögern. Für seine Ermordung ist Faulk verantwortlich. Er wusste, du würdest ihn niemals heiraten, solange DeYoung lebte. Doch ich will mich nicht von meiner Schuld freisprechen, denn mein Verhalten war abscheulich."

„Und jetzt behauptest du, mich zu lieben", erwiderte Bliss ironisch.

„Weil ich dich liebe, ging ich zum Schein auf Faulks Absicht ein, dich und deinen Sohn in die Lagerhalle zu führen. Dort will er Hunter zur Unterschrift eines Geständnisses zwingen. Er hofft, wenn er ihn der Polizei ausliefert, könnte er sich endlich dein Erbe aneignen. Aber ich weigere mich, dich noch einmal zu verletzen."

Nach allem, was der Vater ihr angetan hatte, fiel es ihr schwer, ihm zu glauben. „Und wie wirst du mir helfen? Hast du Guy gesehen? Geht es ihm gut?"

„Nun, ich möchte dich nicht belügen. Er wurde brutal misshandelt. Trotzdem weigert er sich, das Geständnis zu unterzeichnen, und deshalb hat Faulk erkannt, dass er andere Maßnahmen ergreifen muss."

Ein Schluchzen stieg in ihrer Kehle auf. „Oh Gott, wie kann ich Guy vor weiteren Qualen bewahren?"

„Zum Glück habe ich etwas Zeit gewonnen. Vielleicht gelingt es uns, den Viscount zu befreien. Liebst du ihn so sehr?"

„Von ganzem Herzen."

„Wie wundervoll!" erwiderte Claude lächelnd. „Endlich trauerst du nicht mehr um den jungen Mann, den du gegen meinen Willen geheiratet hast. Ich freue mich für dich und deinen Sohn. Wie ich höre, hat Hunter ihn aufgespürt." Zögernd fragte er: „Dürfte ich das Kind sehen? Ich möchte gern meinen Enkel kennen lernen."

Bliss dachte an die trostlosen Jahre, die sie ohne Guy und Bryan verbracht hatte, durch die Schuld Gerald Faulks' und ihres Vaters. Doch er war ihr Fleisch und Blut. Sie suchte und fand in ihrer Seele die Bereitschaft, ihm zu verzeihen. Für Faulk galt das nicht. Bis zu ihrem letzten Atemzug würde sie ihn hassen. „Willst du Guy wirklich helfen?" fragte sie, immer noch skeptisch.

„Gewiss. Hat er Freunde in der Stadt, die ihm beistehen würden? Oder sollen wir uns an die Polizei wenden?"

„Das wäre zu riskant. Immerhin ist ein Preis auf Guys

Kopf ausgesetzt. Und ich will nicht, dass man seine Vergangenheit erforscht."

„Guy ..." murmelte Claude nachdenklich. „So hieß auch dein erster Mann."

„Ja." Herausfordernd hob sie das Kinn. Mehr sagte sie nicht, und er ließ das Thema fallen. „Um deine erste Frage zu beantworten, Vater – gute Freunde, die ihm zuliebe ein Wagnis eingehen würden, hat er nicht in New Orleans, nur Geschäftspartner. Es sei denn ... Natürlich!" Ihre Augen begannen zu strahlen. „Die Brüder Lafitte! Wenn sie erfahren, was ihm zugestoßen ist, werden sie ihn sicher retten."

„Daran zweifle ich nicht. Dem Vernehmen nach sorgt die Bruderschaft stets für ihre Mitglieder. Weißt du, wo die Lafittes zu finden sind?"

„In der ganzen Stadt hängen Plakate, die eine Auktion in ‚The Temple' ankündigen, von beiden Brüdern unterzeichnet. Da werden viele Geschäftsleute und Sklavenhändler erwartet. Ich werde hinfahren und die Lafittes um Hilfe bitten. Hoffentlich ist es noch nicht zu spät."

„Ich begleite dich."

„Gut. Mein Sohn muss auch mitkommen. Womöglich wird Gerald in meiner Abwesenheit ungeduldig, beauftragt seine Spießgesellen, Bryan zu entführen, und hält ihn als Geisel fest."

„Morgen früh brechen wir auf", entschied Claude. „Reisen wir zu Wasser oder zu Land? Mit einem Boot würden wir unser Ziel schneller erreichen."

„Aber es wäre zu gefährlich für Bryan. In einem Wagen ist er besser aufgehoben."

Nach einem späten Dinner führte Bliss ihren Vater in ein Gästezimmer und ging zu Bett. Was seinen Sinneswandel bewirkt hatte, wusste sie nicht. Doch sie musste ihm wohl oder übel vertrauen, weil Guys Leben auf dem Spiel stand.

Die schmale, zerfurchte Straße durchquerte das Sumpfgebiet. Zu beiden Seiten erhoben sich alte Zypressen, deren knorrige Wurzeln aus braunem Schlamm ragten. Zahlreiche Kutschen näherten sich dem „Temple". Zwischen den silbrigen Flechten, die an den Zweigen hingen, schwebten Nebelschwaden, erfüllt von wechselnden Schatten und Sonnenlicht, und boten ein Naturschauspiel von geheimnisvoller Schönheit.

Abrupt endete die Straße an einem Weg aus festgestampften weißen Muschelschalen. Auf den wenigen trockenen Stellen am Rand des Sumpfs drängten sich mehrere Wagen. Einige Pferde waren an Ästen festgebunden.

Aufgeregt tanzte Bryan um Bliss und Claude herum, als sie aus der Kutsche gestiegen waren und dem Weg folgten. Für ihn war der Ausflug ein faszinierendes Abenteuer. An diesem Morgen hatte er seinen Großvater kennen gelernt und offenbar noch nicht entschieden, ob er ihn mochte, denn er sprach kaum mit ihm.

„Bleib in unserer Nähe", ermahnte Bliss ihren Sohn, der übermütig vorausrannte.

Widerwillig blieb er stehen und musterte Claude. „Ist er wirklich mein Großvater, Mama?"

„Oh ja, Bryan."

„Warum habe ich ihn erst heute gesehen? Wollte er nichts von mir wissen?"

„Das ist eine lange Geschichte", seufzte Bliss. „Die werde ich dir ganz bestimmt erzählen, wenn du alt genug bist, um zu begreifen, was geschehen ist."

Rebellisch starrte er Claude an. „Papa sagt, Großvater hätte mich gleich nach meiner Geburt weggegeben. Deshalb mag ich ihn nicht besonders."

Gequält runzelte Claude die Stirn. „Ich verdiene deine Verachtung, Bryan. Was ich tat, war schrecklich, und ich würde es verstehen, wenn du mir nicht verzeihst. Aber ich bereue meine Sünden, und ich will mich bemühen, alles wieder gutzumachen."

„Dazu wirst du ziemlich lange brauchen, Vater." Bliss sprach nur für sich selbst und Bryan – nicht für Guy, der ihm neben dem seelischen auch schweres körperliches Leid verdankte.

Der Pfad führte noch tiefer in den Sumpf, zu einem alten Indianerbau, von immergrünen Eichen umgeben. Angeblich hatten die Indianer an diesem Ort ihren Göttern Menschenopfer dargebracht, vor langer Zeit. Jetzt benutzten die Lafittes den „Temple" als Lagerhaus und Auktionsraum für die Versteigerung ihrer Beute. Hier luden die Piraten ihre Boote aus und boten die Ware an, die Piraten von verschiedenen Handelsschiffen gestohlen hatten. Auf einer Plattform neben dem weißen Gebäude standen mehrere Sklaven und Sklavinnen, die verkauft werden sollten.

„Hast du Jean Lafitte gesehen, Bliss?" fragte Claude.

„Noch nicht. Vielleicht fährt er mit einem Boot zum ‚Temple'."

„Bei einer solchen Auktion war ich noch nie." Claude inspizierte die kostbaren Waren, die vor dem Gebäude ausgestellt wurden. „Ich hatte keine Ahnung, dass die Versteigerungen so gut besucht sind."

„Offenbar macht sich die Piraterie bezahlt", entgegnete Bliss unbehaglich und erinnerte sich an die Geldkisten, die

Guy ihr gezeigt hatte. Anfangs war ihr der Gedanke unangenehm gewesen, dass sie von seinem Diebesgut lebten. Doch dann hatte sie ihr Gewissen mit dem Argument beruhigt, er wäre von ihrem Vater und Gerald Faulk in die Arme der Bruderschaft getrieben worden.

„Da ist Lafitte!" rief Claude und zeigte auf einen eleganten, in Satin und Brokat gekleideten Mann, der durch die Menge stolzierte.

Bliss hatte Jean Lafitte noch nie aus der Nähe gesehen, und sie fand seine äußere Erscheinung attraktiv und sympathisch. Aber wie Guy ihr erzählt hatte, behandelte der Mann seine Feinde gnadenlos und grausam. Hoffentlich würde er Guy als seinen Freund betrachten. „Bleib bei Bryan, während ich mit Mr. Lafitte rede, Vater", bat Bliss und straffte die Schultern. Entschlossen ging sie zu Jean, der gerade mit einem stattlichen Gentleman und dessen Ehefrau sprach. Offenbar entdeckte er Bliss aus den Augenwinkeln, denn er entschuldigte sich bei den beiden und wandte den Kopf zu ihr. „Würden Sie ein paar Minuten Ihrer kostbaren Zeit opfern, Mr. Lafitte?" begann sie zögernd.

Höflich lüftete er seinen Hut und verneigte sich. „Gewiss, Mademoiselle. Schöne Frauen weise ich niemals ab. Was kann Jean Lafitte für Sie tun? Möchten Sie irgendetwas kaufen, das Ihnen zu teuer erscheint? Oder hat ein Sklave Ihr Interesse geweckt? Vielleicht kommen wir ins Geschäft." Trotz seiner geringen Körpergröße wirkte er sehr imposant, nicht nur wegen seiner luxuriösen Kleidung. Auch die leuchtenden dunklen Augen, das schulterlange schwarze Haar und der sorgsam gestutzte Schnurrbart trugen zu einem bemerkenswerten Gesamtbild bei. Nur das sardonische Lächeln wies auf die Grausamkeit hin, die sich hinter der freundlichen Fassade verbarg.

„Wegen der Auktion bin ich nicht hierher gekommen, Mr. Lafitte", erwiderte Bliss. „Bisher sind wir uns noch nicht begegnet. Aber Sie kennen meinen Mann. Guy spricht sehr oft von Ihnen."

„Ihr Mann?" Lafitts dunkle Brauen zogen sich zusammen. „Soviel ich mich entsinne, kenne ich keinen Guy. Bitte, drücken Sie sich etwas genauer aus, Madame." Unbehaglich beobachtete sie das Gedränge ringsum, und er verstand ihren Wunsch. „Begleiten Sie mich zu den Booten, Madame. Dort können wir uns ungestört unterhalten."

„Vielen Dank, Mr. Lafitte", entgegnete sie und lächelte erleichtert. „Was ich zu sagen habe, darf niemand belauschen."

„Kommen Sie!" Er nahm ihren Arm und führte sie zur Anlegestelle. „Nun, wie kann ich Ihnen und Ihrem Gemahl helfen? Sie behaupten, ich würde ihn kennen?"

„Oh ja – unter dem Namen Hunter."

Überrascht runzelte er die Stirn. „In der Tat, ich kenne Hunter." Er schaute an ihr vorbei, zu ihrem Sohn, der neben Claude Grenville stand. „Ah, Sie haben Bryan mitgebracht. Der Junge und sein Vater fuhren mit einem meiner Schiffe nach New Orleans. Offenbar sind Sie die Frau, von der er mehrmals geschwärmt hat. In welche Schwierigkeiten ist er inzwischen geraten?"

Sanfte Röte stieg in ihre Wangen. Was mochte Guy über sie erzählt haben? Doch damit konnte sie sich jetzt nicht befassen. Es gab wichtigere Probleme. „Soviel ich weiß, hat Guy Sie über seine Vergangenheit informiert, Mr. Lafitte."

„Ja, allerdings."

„Hat er einmal einen gewissen Gerald Faulk erwähnt?"

„*Oui*, daran erinnere ich mich. Faulk heuerte einen Meuchelmörder an, der Hunter töten sollte. Würde mir auf Grande Terre kein so tüchtiger Arzt dienen, wäre Ihr Gemahl gestorben, Madame. Unglücklicherweise konnte der Doktor Hunters rechtes Auge nicht retten. Was hat Faulk diesmal verbrochen?"

„Er ließ Guy entführen und hält ihn in seinem Lagerhaus gefangen."

„Zu welchem Zweck?"

„Guy soll schriftlich gestehen, dass er ein Pirat ist. Um das zu erreichen, hat Faulk zwei Folterknechte auf ihn gehetzt. Wenn mein Mann gehängt wird, will Faulk mich heiraten und mein Erbe verwenden, um seine bankrotte Firma zu retten. Natürlich wage ich nicht, mich an die Polizei zu wenden. Man könnte misstrauisch werden und Guys Vergangenheit erforschen."

„Und nun soll ich Ihnen helfen." Nachdenklich strich Lafitte über seinen Schnurrbart.

„Sonst gibt es niemanden, an den ich mich wenden kann", flüsterte Bliss. „Und ich will Guy nicht noch einmal verlieren. Er wurde schwer misshandelt. Nur Gott weiß, wie es ihm jetzt geht. Da er so schrecklich eigensinnig ist, wird er das Geständnis niemals unterschreiben."

„Wieso wissen Sie das alles?" Bevor Lafitte sämtliche Fakten kannte, wollte er sich zu nichts verpflichten.

„Faulk fordert meinen Vater auf, Bryan und mich ins Lagerhaus zu bringen, weil er glaubt, wenn Guy um uns bangen müsste, würde er das Geständnis eher unterzeichnen. Wer weiß, was Faulk uns antun würde, hätte mein Vater mich nicht in die Pläne des Schurken eingeweiht!"

„Hm – das klingt verdächtig. Hunter erzählte mir, Ihr Vater sei damals gegen die Heirat gewesen und habe gemeinsam mit Faulk seine Ermordung geplant. Können Sie Grenville auch wirklich trauen?"

„Zunächst fiel es mir schwer, aber jetzt – traue ich ihm", antwortete Bliss zögernd und hoffte inständig, der Vater würde sie nicht enttäuschen. „Er sagt, er würde sein Verhalten bereuen und alles wieder gutmachen."

„Und was erwarten Sie von mir?"

„Bitte, retten Sie Guy! Um seiner Familie die Schande zu ersparen, wird er dieses verdammte Papier niemals unterzeichnen. Und wenn er weiterhin gefoltert wird, stirbt er womöglich. Werden Sie uns helfen?"

„Obwohl er die Piraterie aufgegeben hat, gehört er immer noch der Bruderschaft an. Außerdem habe ich Hunter und seinen Sohn ins Herz geschlossen. Also werde ich mein Bestes tun, um ihn zu befreien. Haben Sie einen Plan?"

Am liebsten wäre sie vor Dankbarkeit auf die Knie gesunken. Doch das hätte sie beide in Verlegenheit gebracht. „Leider nicht."

„Erst einmal will ich mit Pierre reden. Er wird sich um die Versteigerung kümmern, wenn ich nach Grande Terre zurückkehre und mein Schiff hole. Natürlich begleiten Sie mich, Madame. Während wir durch den Kanal nach Barataria segeln, können wir Pläne schmieden."

„Was soll mit Vater und Bryan geschehen?"

„Nehmen Sie Ihren Sohn mit. Er darf nicht in der Stadt bleiben, wo Faulk ihn in seine Gewalt bringen könnte."

„Und mein Vater?"

„Glaubt Faulk denn jetzt immer noch, Grenville stünde auf seiner Seite?"

„Davon ist Vater überzeugt. Übrigens – ich muss noch etwas erwähnen, das uns vielleicht weiterhilft. Faulk glaubt, bevor er Guy entführen ließ, hätte es ein Missverständnis zwischen meinem Mann und mir gegeben."

Nachdem Lafitte kurz nachgedacht hatte, traf er eine Entscheidung. „Schicken Sie Ihren Vater ins Lagerhaus, und er soll behaupten, Sie würden sich weigern, Ihren Mann zu sehen. Da er Sie bitter gekränkt habe, sei Ihnen egal, was mit ihm geschehen würde. Diese kleine List könnte Faulk verwirren. Oder er sucht andere Mittel und Wege, um Hunter zu einem Geständnis zu zwingen."

„Wahrscheinlich lässt er ihn noch grausamer foltern", seufzte Bliss. „Und Guy soll nicht länger leiden."

„Dieses Risiko müssen wir eingehen."

„Also gut", stimmte sie besorgt zu, „ich rede mit Vater."

„Kommen Sie in einer halben Stunde wieder hierher, zusammen mit Bryan. Ein Boot bringt uns nach Grande Terre. Dann fahren wir mit meinem Schiff nach New Orleans. Morgen Abend haben Sie Ihren Mann wieder, oder ich will nicht Jean Lafitte heißen. Wissen Sie, wo Faulks Lagerhaus steht?"

„Ja. Um sicherzugehen, werde ich Vater noch einmal nach dem Weg fragen."

„Ah, da ist Pierre!" Lafitte winkte seinem Bruder zu. „Gehen Sie jetzt, Madame, und sprechen Sie mit Ihrem Vater."

Bliss erlaubte Bryan, einen Tisch voller Auktionswaren zu inspizieren, und führte Claude beiseite. „Glücklicherweise ist Mr. Lafitte bereit, uns zu helfen", erklärte sie mit leiser Stimme. „Bryan und ich begleiten ihn nach Grande Terre. Dann segeln wir nach New Orleans. Wie er Guy retten will, weiß ich nicht. Aber er erschien mir sehr zuversichtlich."

„Wenn jemand deinen Mann befreien kann – dann nur Jean Lafitte. Was soll ich inzwischen tun? Begleite ich euch nach Grande Terre?"

„Nein, Mr. Lafitte lässt dich bitten, ins Lagerhaus zurückzukehren. Du musst behaupten, nach einem Streit mit Guy sei ich nicht bereit, ihn aufzusuchen. Versuch Faulk einzureden, Guys Schicksal sei mir gleichgültig. Mr. Lafitte glaubt, dieser Trick wird Geralds Pläne durcheinander bringen. Aber ich habe Angst, Vater. Wenn Guy wieder gefoltert wird ..."

„Da er ein gesunder Mann ist, wird er alles überstehen. Ich will versuchen, ihn auf seine baldige Rettung vorzubereiten."

„Oh Vater, lass nicht zu, dass er ermordet wird! Ich liebe ihn so sehr."

„Mehr als Guy DeYoung?"

„Viel mehr." Und das war die reine Wahrheit. Den jungen Guy DeYoung hatte sie mit der schwärmerischen Leidenschaft eines unreifen Mädchens geliebt. Mit Guy Hunter verband sie eine viel tiefere Liebe.

„Ich tue mein Bestes, Bliss", versprach Claude. „Vertraue mir."

„Danke, Vater." Lächelnd küsste sie seine Wange. „Und jetzt erklär mir genau, wo sich das Lagerhaus befindet. Dann gehe ich mit Bryan zu Mr. Lafitte."

Nachdem Claude ihr den Weg beschrieben hatte, beobachtete er, wie sie mit dem Jungen in ein Boot stieg. Dann eilte er zu seiner Kutsche und fuhr in die Stadt zurück, um Faulk zu sagen, dass Bliss nicht kommen würde.

Guy glaubte, sein Rücken stünde in Flammen, sein Magen schmerzte, und sein blutiges, geschwollenes Gesicht musste grässlich aussehen. Während der Folter hatte sich seine Augenklappe verschoben, und da seine Hände gefesselt waren, konnte er sie nicht zurechtrücken.

Was sich in den letzten Stunden ereignet hatte, wusste er nicht genau. Meistens war er bewusstlos gewesen. Und irgendwann hatte er, wie aus weiter Ferne, Claude Grenvilles Stimme gehört. Genau das fehlt mir noch, dachte er. Ein weiterer Feind … Vergeblich bemühte er sich, seine unbequeme Position etwas zu verbessern. Die Beine unnatürlich verkrümmt, lag er auf dem kalten Steinboden.

Als sich sein wunder Rücken an der Wand rieb, stöhnte er. Squint und Monty saßen in seiner Nähe, ließen ihn nicht aus den Augen und verschlangen das Essen, das Faulk ihnen gebracht hatte. Vor Hunger lief ihm das Wasser im Munde zusammen. Aber er würde nicht um einen einzigen Bissen bitten. Diese Genugtuung gönnte er den beiden Schurken nicht.

Vor kurzem war Faulk in die Lagerhalle gekommen und hatte ihn erneut aufgefordert, das Geständnis zu unterschreiben. Wütend über Guys beharrliche Weigerung war er davongestürmt. Aber Guy rechnete mit der baldigen Rückkehr seines Peinigers. Als hätte dieser Gedanke ihn herbeigerufen, tauchte Faulk wieder auf, diesmal in Begleitung Claude Grenvilles. Die beiden schienen zu streiten.

Angespannt lauschte Guy, hörte Bliss' Namen und erschrak.

„Verdammt, Claude, bist du denn zu gar nichts nütze? Was soll ich jetzt machen? Wenn Bliss und der Junge nicht herkommen, wird Hunter das Geständnis niemals unterzeichnen. Dann sind wir endgültig ruiniert!"

„Du vielleicht – ich nicht. Vor kurzem habe ich meine Plantage verkauft. Zu einem äußerst günstigen Preis. Nun besitze ich genug Geld, um ein kleines Stadthaus zu erwerben."

„Bastard!" zischte Faulk. „Für *mein* Haus finde ich keinen Käufer. Gestern wurde es von der Bank konfisziert. Ich durfte nichts mitnehmen außer meiner Garderobe und ein paar persönlichen Sachen. Jetzt wohne ich im Hotel."

„Tut mir Leid, Gerald."

„Offenbar nicht Leid genug! Ich bin verloren. Und das verdanke ich diesem elenden Kerl." Wütend zeigte Faulk auf seinen Gefangenen. „Ich habe dich doch nur um diesen kleinen Gefallen gebeten, Claude. Warum musstest du mich so bitter enttäuschen? Hast du Bliss nicht erklärt, wie wichtig ihr Besuch ist? Dass Hunters Leben in ihrer Hand liegt?"

„Offenbar haben die beiden gestritten. Bliss kümmert sich nicht um das Schicksal ihres Mannes."

„Soll ich deine Tochter und das Balg gewaltsam hierher holen?" drohte Faulk.

Da konnte Guy sich nicht länger zurückhalten. „Wenn Sie den beiden auch nur ein Haar krümmen, sind Sie ein toter Mann!"

Mit aller Kraft trat Faulk in die Rippen seines Gefangenen und lachte, als Guy vor Schmerzen stöhnte. „In Ihrer Lage können Sie keine Drohungen ausstoßen, Hunter. Ich bin verzweifelt. Mit dem Geld, das ich für Ihre Festnahme kassiere, will ich mein Haus zurückkaufen. Und dann werde ich Sie am Galgen baumeln sehen. Welch ein wundervoller Anblick wird das sein! Nach Ihrem Tod heirate ich Bliss und kann endlich über ihr Erbe verfügen."

„Erst brauchen Sie Beweise." Guy lächelte schwach.

„Und ich bin nicht bereit, das Geständnis zu unterschreiben."

„Sicher werden Sie sich anders besinnen, wenn ich Bliss und Ihren Sohn hierher bringe. Natürlich quäle ich die beiden nur ungern. Aber Sie lassen mir keine Wahl."

Wütend versuchte sich der Gefangene aufzurichten. Aber Faulk stiess ihn zu Boden. „Verdammt, wie können Sie es wagen, meine Familie zu bedrohen?" fauchte Guy und warf einen hasserfüllten Blick auf Claude. „Was für ein Vater sind Sie eigentlich?"

„Claude wird alle meine Anweisungen befolgen", behauptete Faulk. „Erwarten Sie keine Hilfe von ihm."

Das Blut stieg in Grenvilles Wangen. Aber er schwieg. „Sicher können Monty und ich mühelos in Ihr Haus eindringen, Hunter", fuhr Gerald fort. „Bliss und Ihr Sohn werden mich hierher begleiten. Bevor den beiden ein Leid geschieht, werden Sie zweifellos das Geständnis unterschreiben, nicht wahr?"

„Was soll ich tun?" fragte Claude.

„Bleib hier und leiste Squint Gesellschaft. Hilf ihm, Hunter zu bewachen. Wenn ich heute Abend nicht mehr zurückkomme, könnt ihr euch da drüben auf die Decken legen."

„Allmählich habe ich dieses Loch satt", murrte Squint, nachdem Faulk mit Monty hinausgegangen war. „Seit drei Tagen kriege ich keinen Tropfen Rum. Eine Frau hatte ich schon ewig lange nicht mehr. Und von dem Geld, das Faulk mir versprochen hat, sehe ich auch nichts."

Plötzlich sah Claude eine Möglichkeit, all seine Missetaten wieder gutzumachen. „Warum gehen Sie nicht raus und amüsieren sich ein bisschen, Squint? Inzwischen passe ich weiter auf den Gefangenen auf."

Eine Zeit lang dachte Squint über den Vorschlag nach, dann schüttelte er den Kopf, und Claudes Hoffnungen schwanden. „Das würde Faulk nicht gefallen. Wenn er die Frau und das Kind hierher bringt, wird Hunter dieses Papier blitzschnell unterschreiben, und ich bekomme endlich mein Geld."

Claudes Gedanken überschlugen sich. Irgendwie musste er Guy auf die baldige Rettung hinweisen.

In grimmigem Schweigen belauschte Guy das Gespräch zwischen Grenville und Squint. Glücklicherweise hatte Bliss sich geweigert, ihren Vater ins Lagerhaus zu begleiten – mochte das auch bedeuten, dass sie ihm, Guy, immer noch grollte.

Nun sah er Claude aufstehen und wappnete sich gegen weitere Misshandlungen. Seit seiner Festnahme war er unentwegt geschlagen, getreten und ausgepeitscht worden. Offenbar wollte auch Grenville an die Reihe kommen.

„Was machen Sie denn?" fragte Squint, als Claude vor dem Gefangenen in die Hocke ging.

„Ich will ihm ins Gesicht spucken."

„Nur zu!" kicherte Squint und widmete sich wieder seiner Mahlzeit.

Claude sammelte Spucke im Mund und gab ein zischendes Geräusch von sich. Aber sein Speichel landete nicht in Guys Gesicht.

Plötzlich stockte Claude der Atem, und er starrte den Gefangenen an, als würde er einen Geist sehen.

Zu Guys Verblüffung neigte sich Grenville zu ihm und wisperte: „Seien Sie vorbereitet. Bald wird man Sie retten."

„Was?"

„Bliss und Bryan sind in Sicherheit, und Jean Lafitte ..."

Abrupt verstummte Grenville, als Squint aufstand und herüberschlenderte. „Was faseln Sie da? Gehen Sie weg von ihm, Grenville!"

„Oh, ich habe ihn nur verflucht", improvisierte Claude.

„Das klang aber nicht so."

Widerstrebend erhob sich Claude und schaute Guy bedeutungsvoll an.

Der Blick, den der Gefangene ihm zuwarf, ließ nicht erkennen, ob er die Botschaft verstand. Aber Guy hatte jedes Wort gehört. Wie war Lafitte ins Spiel gekommen? Das alles ergab keinen Sinn.

„Grenville!" rief Guy. „Was sagte Bliss, als Sie ihr erklärten, mein Leben sei in Gefahr?"

„Nun, das schien sie nicht zu beeindrucken. Womit haben Sie den Zorn meiner Tochter erregt?"

„Nur ein kleines Missverständnis." Guy überlegte, ob Bliss tatsächlich kein Interesse an seinem Schicksal zeigte. Nein, unmöglich. Sie liebte ihn. Gewiss, er hatte sie gekränkt. Aber inzwischen musste sie erkannt haben, dass er in jener Nacht vor Wut und Eifersucht die Beherrschung verloren hatte. Deshalb durfte sie seine grausamen Worte nicht für bare Münze nehmen. Dieser Gedanke tröstete ihn ein wenig, während er die nächsten Ereignisse vorauszusehen suchte. Was wird Faulk meiner Familie antun, wenn ich das Geständnis nicht unterzeichne, überlegte er. Verdammt, er fühlte sich so hilflos. Ohne Bliss und Bryan hätte sein Leben keinen Sinn mehr.

18. KAPITEL

Am nächsten Morgen stürmte Faulk erbost in die Lagerhalle, dicht gefolgt von Monty, der genauso wütend dreinschaute wie sein Arbeitgeber. Gerald eilte geradewegs zu seinem Gefangenen und trat nach ihm.

Stöhnend hörte Guy ein oder zwei Rippen brechen. Doch die Erleichterung überwog den Schmerz. Die ganze Nacht hatte er befürchtet, Faulks Plan, Bliss und Bryan zu entführen, würde gelingen. Nun hätte er – trotz drohender neuer Qualen – beinahe laut gejubelt, weil sein Peiniger ohne die beiden zurückkehrte.

„Sie sind verschwunden!" brüllte Faulk. „Sobald alle Lichter im Haus ausgingen, brachen wir ein. Die Schlafzimmer der Familie waren leer. Eine Zeit lang warteten wir draußen. Aber Bliss und der Junge tauchten nicht auf."

„Gott sei Dank!" seufzte Claude. „Wenn meiner Tochter und meinem Enkel etwas zugestoßen wäre, hätte ich's nicht ertragen."

„Daran bist *du* schuld, Claude!" stieß Faulk hervor. „Hättest du Bliss und ihren Sohn bloß gezwungen, dich hierher zu begleiten! Wie soll ich dem elenden Piraten jetzt diese Unterschrift entlocken? Um Bliss und das Kind zu retten, würde er alles tun. Aber du bist nur ein nutzloser alter Mann, der nicht einmal seine eigene Tochter unter Kontrolle bringen kann."

„Vielleicht solltest du Hunter laufen lassen", schlug Claude vor.

„Bist du wahnsinnig? Ohne Zögern würde er mich ermorden!" An Faulks Kinn zuckte ein Nerv, seine Augen funkelten vor Zorn. „Entweder unterzeichnet er das Geständnis und endet am Galgen, oder er stirbt hier in meiner Lagerhalle, nach einer langen, gnadenlosen Folterung. Nun, wie entscheiden Sie sich, Hunter?"

„Fahren Sie zur Hölle! Niemals werde ich meinen Namen unter Ihr verdammtes Papier setzen."

„Hängt ihn wieder an den Haken!" befahl Faulk.

Hastig befolgten Monty und Squint die Anweisung und drehten Guy mit dem Gesicht zur Wand. Dann griff Monty grinsend nach seiner Reitpeitsche und schlug damit auf seine Handfläche.

Claude trat bestürzt vor. „Inzwischen hat der Mann genug gelitten. Und er lässt sich von Ihren Peitschenhieben ohnehin nicht umstimmen."

„Oh nein, er hat noch lange nicht genug gelitten", widersprach Faulk. „Jahrelang bestahl er mich, und er ruinierte meine Firma. Warum er ausgerechnet *meine* Schiffe versenkt und andere verschont hat, weiß ich noch immer nicht."

„Wirklich nicht?" fragte Claude gedehnt.

Durch den Nebel seiner Schmerzen drangen die Worte zu Guy, und er fragte sich, was Grenville meinte. Beinahe gewann er den Eindruck, der Mann versuchte sich für ihn einzusetzen.

„So, Mr. Faulk, ich bin bereit", verkündete Monty und schwenkte die Peitsche.

„Mit dir rede ich später", fauchte Gerald und warf Claude einen drohenden Blick zu. „Fangen Sie an, Monty." Grinsend wandte er sich zu Guy, der tief Atem holte und auf den ersten Schlag wartete.

Wie lange würde er die Folter noch verkraften? Er biss die Zähne zusammen und ballte die gefesselten Hände, als der erste Hieb seinen Rücken traf. Der nächste entlockte ihm beinahe einen Schrei. Aber er beherrschte sich. Sein Körper bestand nur noch aus brennenden Schmerzen – bis ihn eine barmherzige Ohnmacht in einen schwarzen Abgrund entführte.

Als die Nacht hereinbrach, erreichte die *Carolina* einen Liegeplatz am Kai. Jean Lafitte stand am Ruder, und Bliss eilte zum Bug, gefolgt von Bryan. Aufmerksam beobachtete sie, wie das Schiff anlegte. Während der ganzen Fahrt hatte sie ihn eindringlich gebeten, er möge sie in Faulks Lagerhaus mitnehmen. Doch das lehnte er entschieden ab und befahl ihr, mit dem Jungen an Bord zu bleiben.

Wie sollte sie die Ungewissheit und die Wartezeit ertragen? Aber sie wusste, dass sie Lafittes Wunsch ihrem Sohn zuliebe erfüllen musste. Bevor Jean an Land ging, wandte er sich noch einmal zu ihr. Jetzt sah er nicht mehr wie ein eleganter Gentleman aus, sondern wie ein gefährlicher Pirat, bis an die Zähne bewaffnet. „Nur zwei Männer begleiten mich. Eine größere Eskorte würde die Polizei alarmieren. Der Gouverneur hat alle Baratarier aus New Orleans verbannt. Meinen Männern wurden mehrere Diebstähle und Brandstiftungen angelastet, ganz egal, ob sie schuldig waren oder nicht. Deshalb baten die Bürger den Gouverneur, uns den Zugang zur Stadt zu verwehren." Verächtlich schüttelte er den Kopf. „Obwohl die Leute nur zu gern unsere Waren kaufen, nennen sie uns eine gesetzlose Bande. In einigen vornehmen Häusern sind Pierre und ich immer noch willkommen. Aber auf den Straßen können wir uns nicht blicken lassen, ohne einen Aufruhr zu entfachen. Aus diesem Grund muss mein nächtlicher Besuch möglichst unauffällig verlaufen."

„Wenn ich doch mit Ihnen gehen dürfte!" seufzte Bliss. „Ich mache mir solche Sorgen um Guy, seit ich weiß, wie grausam er gefoltert wurde."

„Keine Bange, Madame, bald sind Sie wieder mit Ihrem Gemahl vereint. Und falls er sich in bedenklichem Zustand befindet, werde ich mich persönlich um Faulks gerechte Strafe kümmern."

Zwischen Hoffnung und Angst hin- und hergerissen, sah Bliss ihn mit zwei Piraten die Gangway hinabsteigen. Wenig später verschwanden sie in den Schatten am Kai. Faulks Lagerhaus stand in der Nähe des Hafens, und Guys Retter würden es bald betreten.

„Was meinst du, Mama?" fragte Bryan. „Wird Mr. Lafitte meinen Papa finden?"

„Ganz sicher", beteuerte sie und zwang sich zu einem Lächeln.

„Geht's Papa gut?"

„Natürlich."

„Warum will ihm irgendjemand wehtun? Niemand darf ihm etwas tun, Mama!"

„Auf der ganzen Welt gibt es böse Menschen", antwortete sie, weil ihr keine bessere Erklärung einfiel. „Beruhige dich. Lange dauert es nicht mehr, dann ist Papa wieder bei uns." Da sie ihren Sohn vor allen grausigen Dingen schützen wollte, die vielleicht geschehen würden, beschloss sie, ihn unter Deck in die Kabine zu schicken. Dort sollte er bleiben, bis Guy an Bord kam. Sie entdeckte Dobbs, Lafittes jungen Steward, und rief ihn zu sich.

„Kann ich Ihnen helfen, Ma'am?"

„Bitte bringen Sie Bryan nach unten. Würden Sie ihn irgendwie beschäftigen?"

„Aye, Ma'am." Dobbs ergriff die Hand des widerstrebenden Jungen und führte ihn die Kajüttreppe hinab.

Beklommen wandte sich Bliss zu den Lichtern der Stadt und betete um eine erfolgreiche Rettungsaktion.

Obwohl Guy das Bewusstsein wiedererlangt hatte, rührte er sich nicht. Man hatte ihn vom Haken losgebunden. Jetzt lag er am Boden. Er sah nächtliches Dunkel hinter dem hohen Fenster und den Lichtkreis einer Kerze, in dem die Männer saßen, an Kisten gelehnt. Nur Monty, Squint und Grenville hielten Wache. Faulk war verschwunden. Vorsichtig drehte Guy den Kopf zur Seite. Seine Nackenmuskeln und Schultern schmerzten höllisch. Mit einiger Mühe unterdrückte er ein Stöhnen. Sobald Faulk zurückkehrte, würden die Folterqualen von neuem beginnen. Langsam verstrich die Zeit.

Unauffällig beobachtete Guy die drei Männer. Zu seiner Verblüffung stand Grenville auf und schlich zu ihm. Guy erwartete, Monty und Squint würden protestieren. Aber sie schwiegen.

„Die beiden schlafen", flüsterte Claude und kauerte sich zu ihm. Als er eine Klinge zückte, glaubte Guy, sein letztes Stündlein hätte geschlagen. Stattdessen durchschnitt Grenville die Fesseln.

Brennend rauschte das Blut in Arme und Hände. Die Lippen zusammengebissen, bewegte Guy die Finger, bis die Schmerzen verebbten. „Warum tun Sie das?"

„Meiner Tochter zuliebe. Um das Leid wieder gutzumachen, das ich verschuldet habe. Nun sollen Sie zusammen mit Bliss Ihren Sohn großziehen, in Frieden und Freiheit."

Guys Atem stockte. „Also wissen Sie Bescheid?"

„Offensichtlich hat Faulk Sie nicht erkannt. Aber als Ihre Augenklappe verrutscht war, sah ich DeYoungs Gesicht."

Heißer Zorn verdrängte Guys Verwunderung. „Soll ich ernsthaft an Ihre Reue glauben?" fragte er sarkastisch. „Das fällt mir schwer. Immerhin haben Sie mir vor sieben Jahren einen Meuchelmörder auf den Hals gehetzt. Wie kam es zu diesem Sinneswandel?"

„Mit jenem Anschlag hatte ich nichts zu tun. Wäre es nach mir gegangen, hätte ich die Ehe nach der Geburt des Kindes annullieren lassen und Sie vergessen. Leider gab sich Faulk nicht damit zufrieden, weil er fürchtete, Bliss würde ihn nicht heiraten, solange Sie am Leben bleiben."

„Aber Sie haben unseren Sohn weggegeben."

„Ja, und das bedaure ich zutiefst. Inzwischen habe ich Bryan kennen gelernt. Ein wohlgeratener Junge, trotz seiner schwierigen, beklagenswerten ersten Jahre ... Was ich ihm angetan habe, weiß er. Hoffentlich wird er mir eines Tages verzeihen."

Guy richtete sich vorsichtig auf. Endlich ließen sich seine Arme und Hände wieder ungehindert bewegen.

„Können Sie gehen?" fragte Claude.

„Ich denke schon. Haben Sie eine Waffe?"

„Nur das Messer."

„Geben Sie's mir. Vielleicht werde ich's brauchen."

„In Ihrem Zustand schaffen Sie's nicht, aus eigener Kraft zu fliehen. Hören Sie – Ihre Befreier sind bereits unterwegs."

Verwirrt runzelte Guy die Stirn. „Wovon reden Sie? Wer würde sein Leben für mich riskieren? Helfen Sie mir auf die Beine. Faulk kann jeden Augenblick zurückkehren."

„Bitte, Guy, hören Sie mir zu!"

„Dafür habe ich keine Zeit. Versprechen Sie mir nur, Bliss und Bryan vor Faulk zu schützen, falls was schief geht."

„Natürlich, Sie haben mein Wort. Aber es ist überflüssig ..." Abrupt verstummte Claude, als Schritte erklangen. Beide Männer schauten in die Richtung des Büros.

„Verdammt!" zischte Guy. Hastig legte er sich wieder auf den Boden und verschränkte die Hände hinter dem Rücken, um den Anschein zu erwecken, er wäre immer noch gefesselt. „Da kommt Faulk. Schnell, gehen Sie zu Ihrem Platz ..."

„Claude, was treibst du da?" schrie Gerald.

„Oh, ich wollte nur sehen, ob er noch lebt", erwiderte Claude und eilte zu den Kisten.

„Was ... was ist los?" Blinzelnd hob Monty die Lider.

„Habe ich nicht gesagt, ihr sollt wach bleiben?" ereiferte sich Faulk. „Fürs Schlafen bezahle ich euch nicht."

„Irgendwann müssen wir uns ausruhen, Mr. Faulk", murmelte Squint und rieb sich die Augen.

„Hat Hunter Ärger gemacht?"

„Nein, der rührte sich kein einziges Mal. Allzu lange haben wir nicht geschlafen. Sollen wir ihn wieder auspeitschen?"

Statt zu antworten, ging Faulk zu Guy und stieß ihn mit einer Fußspitze an. „Wachen Sie auf, Hunter! Soll Squint Sie wieder mal verprügeln? Oder wollen Sie endlich Ihre Unterschrift leisten?"

Guy richtete sich auf, den Rücken an der Wand. „Dazu werden Sie mich niemals bringen." Beunruhigt hielt er den Atem an, als Faulk sich herabneigte und ihm ins Gesicht starrte. Die Augenklappe war immer noch verrutscht.

Eine Zeit lang schwieg Gerald. Dann verzerrten sich seine Lippen. Offenbar hatte er das Geheimnis entdeckt. Er streckte eine Hand aus, und Guy glaubte, er würde ihn schlagen. Aber Faulk riss ihm nur die Augenklappe vom Kopf und warf sie beiseite. „Bei Gott, nun erkenne ich Sie endlich! Sie müssten längst unter der Erde liegen. Wie zum Teufel sind Sie dem Mörder entronnen? Und wer wurde an Ihrer Stelle begraben?"

„Der Mörder, den Sie in meine Zelle geschickt haben", erwiderte Guy lächelnd. „Und damit fand er das Ende, das ihm gebührte. Meinen Sie nicht auch?"

„Umso größeres Vergnügen wird es mir jetzt bereiten, Sie ins Jenseits zu befördern, wo Sie hingehören." Faulk zog eine Pistole aus der Tasche und zielte auf Guys Brust. „Sprechen Sie Ihr letztes Gebet, DeYoung! Verdammt, es ist wirklich mühsam, Sie umzubringen."

Plötzlich geschahen zwei Dinge zur gleichen Zeit. Die Pistole entlud sich und jagte die Kugel ins Leere, als Guy sie aus Faulks Hand trat, und drei bewaffnete Männer stürmten in die Lagerhalle.

„Wo bist du, *mon ami*?" fragte eine vertraute Stimme.

„Lafitte!" rief Guy. *Das* war es also gewesen, was Grenville zu erklären versucht hatte.

Blitzschnell zog Faulk einen Dolch hervor, und Guy rollte sich gerade noch rechtzeitig zur Seite, ehe die Stahlspitze den Boden traf, nur wenige Zoll von seinem Kopf entfernt. Dann hob er das Messer, das Claude ihm gegeben hatte.

„Verdammt, wer hat Sie losgebunden?" zischte Faulk und schwang bedrohlich den Dolch mit der langen Klinge. „Vermutlich Claude, nicht wahr? Den nehme ich mir vor, sobald ich mit Ihnen fertig bin."

Guy war zu beschäftigt, um zu antworten. Aus dem Augenwinkel sah er, dass nicht nur er um sein Leben kämpfte.

Monty und Squint sprangen auf, verteidigten sich gegen Lafitte und seine Männer, doch sie hatten keine Chance. Innerhalb weniger Sekunden lagen sie reglos am Boden, in ihrem Blut.

„Halte durch, *mon ami*, ich komme!" schrie Lafitte.

„Nein!" Guy erhob sich und parierte den nächsten Angriff seines Widersachers. „Auf diesen Augenblick habe ich lange genug gewartet. Faulk gehört mir!"

„Vorsicht!" mahnte Lafitte. „Du siehst aus, als wärst du durch die Hölle gegangen. Hier, nimm das!" Geschickt warf er Guy seinen Degen zu.

Guy umklammerte den Griff der Waffe, fuhr herum und wehrte eine weitere Attacke ab. Obwohl ihm die plötzliche Bewegung heftige Schmerzen bereitete, biss er die Zähne zusammen und konzentrierte sich auf Faulks nächsten Hieb. Er wusste, dass er seinen Tod herausforderte, wenn er in seinem Zustand mit einem unverletzten Mann kämpfte. Doch der Gedanke, ein anderer könnte seinen schlimmsten Feind töten, war unerträglich.

Allmählich geriet Faulk in Verzweiflung, was Guy nicht entging. Blindlings stach er in die Luft, von wildem Hass erfüllt. In seinen Augen flackerte wachsende Angst.

Guys Arm drohte zu erlahmen. Aber er gab nicht auf. Trotz aller Qualen würde er den Schurken besiegen, seine starke Seele die körperliche Schwäche überwinden. Sieben Jahre lang hatte er diesen Tag herbeigesehnt. Jetzt war die Stunde der Rache gekommen, und diese Erkenntnis verlieh ihm ungeahnte Kräfte. Geduldig wartete er, bis der sichtlich konfuse Faulk seine Deckung vernachlässigte. Und dann bot sich eine Gelegenheit zum entscheidenden Stoß, als Gerald sich duckte und fintierte, in der Absicht, Guy den Dolch in den Bauch zu rammen. „Stirb, einäugiger Bastard!" kreischte er und sprang vor. Guy wich zur Seite, die stählerne Spitze verfehlte ihr Ziel nur knapp, und sein Degen grub sich in Faulks linke Schulter. Eigentlich hatte er auf das Herz gezielt, doch der Gegner hatte sich, vom Schwung der Attacke getrieben, zu tief vorgeneigt.

Klirrend fiel Faulks Waffe zu Boden. Eine Hand auf die verletzte Schulter gepresst, taumelte er rückwärts.

„Soll ich ihn erledigen, *mon ami*?" fragte Lafitte in gelangweiltem Ton.

Guy starrte Faulk an, der auf die Knie gesunken war, den Kopf gesenkt. Zwischen seinen Fingern quoll Blut hervor. Plötzlich war sein Tod nicht mehr wichtig. Jetzt wollte Guy nur noch zu Bliss und Bryan eilen, die beiden nach Hause bringen, den Rest seines Lebens mit der geliebten Familie teilen. Seit er die Freibeuterei aufgegeben hatte, war niemand mehr von seiner Hand gestorben. Nie wieder würde er etwas tun, das seine Kinder beschämen könnte. Wenn er den wehrlosen Faulk tötete, durfte er nicht erwarten, dass Bliss und Bryan ihn auch weiterhin respektierten. „Ich möchte kein Blut mehr vergießen, Jean", erklärte er müde. „Und es wäre ehrlos, Faulk den Todesstoß zu versetzen. Jetzt bin ich frei. Schau ihn an. Er ist geschlagen. Vielleicht stirbt er an seiner Wunde."

„Bist du sicher?" fragte Lafitte. „Es wäre nicht allzu mühsam, sein miserables Leben zu beenden."

„Ja, ich bin mir völlig sicher. Danke, dass du gekommen bist, um mich zu retten. Selbst wenn ich Faulk besiegt hätte, Monty und Squint wären über mich hergefallen. Du bist genau im richtigen Augenblick aufgetaucht. Wieso wusstest du, wo du mich finden würdest?"

Nun trat Claude vor, der sich hinter einem Kistenstapel verschanzt hatte, um die Kämpfe aus sicherer Entfernung zu beobachten. „Ich fuhr mit Bliss zum ‚Temple', und sie bat Lafitte, er möge Ihnen helfen – weil wir nicht wussten, an wen wir uns sonst wenden sollten."

„Das war Bliss' Werk?" fragte Guy verwundert. „Nachdem ich sie so schrecklich behandelt hatte, dachte ich, sie wollte mich nie wiedersehen."

„Niemals hat sie aufgehört, Sie zu lieben, Guy DeYoung. Ich freue mich über das Glück meiner Tochter. Da Sie der Mann ihrer Wahl sind, werde ich mich diesmal nicht einmischen. In ihrem jungen Leben musste sie schon zu viele Lügen ertragen, zu viel Leid erdulden."

„Verschwinden wir!" schlug Lafitte vor. „Deine Frau erwartet dich an Bord meines Schiffs, *mon ami*. Wahrscheinlich hat sie inzwischen alle ihre Fingernägel abgekaut." Grinsend legte er einen Arm um Guys Schulter. „Lass dir helfen, *mon ami*, du siehst ziemlich elend aus."

„Um die Wahrheit zu gestehen, Jean, so fühle ich mich auch", seufzte Guy. Der Kampf mit Faulk hatte ihn die letzten Kräfte gekostet.

„Gehen wir." Fürsorglich führte Lafitte seinen schwankenden Freund zur Tür.

Immer noch sehr lebendig, starrte Faulk den Männern nach, die davongingen, um ihn einfach sterben zu lassen.

Nein, ich werde nicht sterben, gelobte er sich. Er war zwar schwer, aber nicht tödlich verletzt. Taumelnd stand er auf. Mit Guy DeYoung hatte sein ganzes Unglück begonnen. Nun würde er den Bastard endlich ins Grab bringen.

Auf Bliss oder ihr Erbe kam es nicht mehr an. Nur

DeYoungs Tod konnte ihm Genugtuung verschaffen. Und diesmal würde er dafür sorgen, dass der Schurke auch wirklich vor seinen Schöpfer trat. Doch vorher musste er seine Wunde versorgen, sonst würde er verbluten. Mit einiger Mühe zog er seinen Rock und das Hemd aus, das er zusammenknüllte und auf die Wunde in der Schulter drückte. Dann schlüpfte er wieder in seinen Gehrock und knöpfte ihn zu. Er lag eng genug an, so dass er die Kompresse festhielt und die Blutung eindämmte. Zufrieden hob er seine Waffe vom Boden auf und wankte aus dem Lagerhaus.

Angstvoll wanderte Bliss an Deck umher, spähte in den dunklen Nebel, hielt nach Lafitte und Guy Ausschau. Eine halbe Stunde verstrich, dann eine Stunde. Plötzlich stieß der Wachtposten einen Warnruf aus, und ihr Herz drohte stehen zu bleiben, als sie fünf Gestalten aus der Finsternis auftauchen sah.

Sie erkannte Guy sofort. Schwerfällig stützte er sich auf Lafittes Arm, langsam setzte er einen Fuß vor den anderen. Beunruhigt sah sie, wie Lafitte ihn auf eine Kiste drückte und dann mit seinen beiden Piraten zum Schiff weiterging, während ihr Vater bei Guy blieb. Sie rannte zur Gangway, wollte zum Kai hinabstürmen. Aber Lafitte hielt ihren Arm fest. „Hören Sie mir erst einmal zu, Madame. Ihr Vater kümmert sich um Ihren Mann. Jetzt ist Hunter außer Gefahr, er braucht nur einen Arzt. Vielleicht sollten Sie alle mit mir nach Barataria zurückkehren und Hunter meinem Doktor anvertrauen. Die Entscheidung liegt bei Ihnen. Bevor ich ihn an Bord bringe, wollte ich nach Ihren Wünschen fragen."

Krampfhaft schluckte sie. „Wie schwer ist er verletzt?"

„Am schlimmsten sieht sein Rücken aus. Faulk ließ ihn auspeitschen."

„Und?" Forschend schaute Bliss in Lafittes Augen.

„Wahrscheinlich sind ein oder zwei Rippen gebrochen. Erschrecken Sie nicht über die Schwellung rings um seine Augen. Die Zeit wird alle Wunden heilen."

„Wie soll ich Ihnen nur danken?" flüsterte sie, den Tränen nahe. „Und Gerald Faulk? Ist er ...?"

„Als wir das Lagerhaus verließen, lebte er noch. Ich hätte ihn getötet. Aber Ihr Mann war dagegen. Er hatte ihm eine Wunde zugefügt, die sehr stark blutete. Wo Hunter die Kraft hernahm, weiß ich nicht. Jedenfalls hat er großartig gekämpft."

„Am liebsten würde ich nach Hause fahren, Mr. Lafitte. Meine Mandy versteht sehr viel von Heilkünsten. Und da Guy nicht allzu schlimm verletzt ist, dürfte es keine Schwierigkeiten geben."

„Wie Sie wünschen. Brauchen Sie Hilfe? Ich stehe Ihnen gern zur Verfügung."

„Ich werde Vater bitten, eine Kutsche zu mieten. Allzu weit liegt unser Haus nicht entfernt. Notfalls können wir zu Fuß gehen. Jetzt möchte ich nach Guy sehen. Würden Sie Bryan zu uns schicken? Wir erwarten ihn am Kai."

„Gut, Dobbs wird ihn an Land bringen. Adieu, Madame. Hoffentlich sehen wir uns wieder, und dann unter erfreulicheren Umständen." Höflich küsste er ihre Hand und verschwand unter Deck, um Bryan zu holen.

Bliss blieb am oberen Ende der Gangway stehen und schaute zu Guy hinunter. Als er sie entdeckte, stand er mühsam auf und näherte sich dem Schiff. Ihr Vater wollte ihm folgen, und Guy wandte sich zu ihm. Nach einem kurzen

Gespräch eilte Claude die Market Street hinab. Um eine Droschke zu mieten, vermutete Bliss.

Ihr Herz jubelte vor Freude, als Guy näher kam. Mit jedem Schritt schien er neue Kraft zu gewinnen. Lächelnd ging sie ihm entgegen. In der Mitte der Gangway trafen sie sich, und plötzlich lag sie in seinen Armen, lachend und weinend.

„Alles in Ordnung?" fragte sie atemlos.

„Jetzt schon. Oh Bliss, es tut mir so Leid. Kannst du mir jemals verzeihen? Ich war ein eifersüchtiger, argwöhnischer Narr. Das wollte ich dir erklären. Aber ehe ich nach Hause zurückkehren konnte, wurde ich von Faulks Männern geschnappt."

„Sag nichts – das ist gar nicht nötig. Ich weiß, du liebst mich genauso innig, wie ich dich liebe."

„Was für eine kluge Frau du bist, Bliss DeYoung ... Holen wir unseren Sohn. Und dann bringe ich euch beide nach Hause."

Er umarmte sie wieder, als wollte er sie nie mehr loslassen. Zufällig schaute sie über seine Schulter. Durch einen Tränenschleier sah sie eine Gestalt aus dem Dunkel treten und glaubte, ihr Vater wäre zurückgekehrt. „Da ist Papa."

„Gut, gerade ist Dobbs mit Bryan an Deck gekommen."

Plötzlich erklang ein warnender Schrei Lafittes, der auf dem Achterdeck stand und die liebevolle Begrüßung beobachtet hatte. „Pass auf, *mon ami!*"

Bliss schaute wieder zum Kai. Entsetzt sah sie Gerald Faulk die Gangway heraufstürmen und eine Waffe schwingen. Ohne zu überlegen, handelte sie. Wenige Sekunden, bevor sich die Klinge in Guys Rücken bohren konnte, stieß Bliss ihn von sich. Stöhnend vor Schmerzen stürzte er, rollte die Planke hinab, und Faulk stolperte über ihn. Im Fallen hob er den Dolch, und da Bliss nicht auszuweichen vermochte, bohrte sich die Stahlspitze in ihren Schenkel. Schreiend taumelte sie rückwärts, direkt in Jean Lafittes Arme.

Hastig vertraute er sie einem seiner Männer an, die ihm zur Gangway gefolgt waren, und wandte sich zum Feind seines Freundes. Inzwischen war Faulk aufgesprungen. Entschlossen rannte er die Planke hinab, um Guy den Todesstoß zu versetzen.

„So barmherzig wie mein Freund bin ich nicht, Faulk!" rief Lafitte. *„En garde!"*

Durch einen Nebel aus brennenden Schmerzen beobachtete Bliss das Drama. In ihrem Schenkel pochte es qualvoll, und sie spürte warmes Blut an ihrem Bein hinabrinnen. Ihr wurde schwarz vor Augen. Doch sie wehrte sich verzweifelt gegen eine Ohnmacht. Ehe sie wusste, dass Guy in Sicherheit war, durften ihre Sinne nicht schwinden. Um Lafitte sorgte sie sich nicht, denn er konnte auf sich selbst achten. Alle ihre Gedanken galten Guy, der reglos am Fuß der Gangway lag, und Faulk, ihrem schlimmsten Feind. Sieben Jahre lang hatte er sie durch die Hölle gejagt. Nun wünschte sie seinen Tod und hoffte, der Allmächtige würde ihr verzeihen.

Mit letzter Kraft klammerte sie sich ans Bewusstsein, auf den Arm des Seemanns gestützt. Und ihre Mühe wurde belohnt. Sie sah, wie Lafitte nach rechts fintierte und seine Klinge ins Herz des Gegners bohrte. Eine Hand auf die Brust gepreßt, taumelte Faulk seitwärts und stürzte über den Rand der Laufplanke in den dunklen Fluss. Danach versank sie im Nichts.

19. KAPITEL

Über ihre geschlossenen Lider tanzte ein hartnäckiger Sonnenstrahl. Um der ärgerlichen Störung zu entrinnen, drehte sie sich zur Seite – und stöhnte vor Schmerzen.

„Bleib ganz still liegen, mein Schatz."

Bliss erkannte Guys Stimme und zwang sich, die Augen zu öffnen. Bis sie das geliebte Gesicht klar und deutlich sah, dauerte es eine Weile. Seine Stirn war sorgenvoll gerunzelt. Zu ihrer Verblüffung trug er keine Augenklappe.

Behutsam strich sie über die Narbe, die sich vom Haaransatz bis unterhalb des Auges zog. Er hielt ihr Handgelenk fest, und sie spürte seine Verlegenheit. Deshalb protestierte sie nicht.

„Wie fühlst du dich?" fragte er.

„Mein Bein tut weh. Was ist geschehen? Oh – jetzt erinnere ich mich wieder ... Gerald wollte dich hinterrücks ermorden. Dann sah ich dich am unteren Ende der Laufplanke liegen und dachte, du wärst tot." Verwirrt hob sie die Brauen. „Wie wurde ich verletzt? Wo ist Bryan?" Als sie sich aufzurichten versuchte, fuhr ein stechender Schmerz durch ihren rechten Schenkel, und sie spürte einen dicken Verband.

„Unserem Sohn geht's gut", versicherte Guy. „Gerade spielt er mit den anderen Kindern am Strand."

„Am Strand?" wiederholte sie verständnislos. „Mit Kindern?"

„Wir sind auf Grande Terre, in Jean Lafittes Haus. Letzte Nacht brachte er uns an Bord seines Schiffes hierher und übergab uns der Obhut seines ausgezeichneten Arztes."

„Und wie wurde ich verwundet?"

„Das habe ich selber nicht gesehen. Aber wie Jean erzählte, ging alles blitzschnell. Du hast mein Leben gerettet und mich weggestoßen, ehe Faulk mich erstechen konnte. Unglücklicherweise bohrte sich die Klinge seiner Waffe in deinen Schenkel."

Voller Angst strich sie über ihren Bauch, starrte Guy an, und er verstand die stumme Frage.

„Keine Bange, unser Kind hat das Drama gut überstanden. Der Doktor erklärte mir, es sei nie in Gefahr gewesen."

„Gott sei Dank! Ist Vater hier?"

„Nein, er fuhr zu unserem Haus, um die Dienstboten zu beruhigen und unseren Freunden mitzuteilen, wir würden unsere Hochzeitsreise nachholen."

„Papa bereut bitter, was er uns angetan hat. Vorgestern Abend kam er zu mir und berichtete, Gerald würde dich gefangen halten. Ohne Vaters entschlossenes Eingreifen wären Bryan und ich ganz bestimmt im Lagerhaus gelandet. Dann hättest du das Geständnis unterschreiben müssen, um unser Leben zu retten. Und du wärst gehängt worden."

„Jetzt haben wir endgültig unser zweites Glück gefunden. Obwohl ich dir so wehgetan habe ... Verzeihst du mir?"

„Wie könnte ich dir böse sein?"

„Oh Bliss, du bist meine Liebe, meine Zukunft. Von nun an will ich nur noch für dich und unsere Kinder da sein. Übrigens, ich hoffe dir eine große Freude zu bereiten."

„Welche denn?" fragte sie neugierig.

„Würdest du gern an dem Ort wohnen, wo du aufgewachsen bist?"

Ihr Herz krampfte sich zusammen. „Was meinst du?"

„Vor kurzem erfuhr ich, die Plantage deines Vaters würde zum Verkauf stehen. Da er in Faulks bankrotte Firma investiert hatte, musste er eine zweite Hypothek auf seine Ländereien aufnehmen. Bald wäre sie fällig geworden, und da er sie nicht bezahlen konnte, entschloss er sich zum Verkauf. Ich schickte meinen Agenten mit einem Angebot zu ihm, das er nicht ablehnen konnte. Glaub mir, Liebste, dein Papa hat ein gutes Geschäft gemacht."

„Oh, ich – ich weiß nicht, was ich sagen soll …" stammelte sie. „Natürlich liebe ich die Plantage und alle Leute, die dort leben. Und Bryan würde sich da draußen sicher wohl fühlen. Kennt Papa den neuen Besitzer?"

„Seit kurzem. Bevor wir New Orleans verließen, schenkte ich ihm reinen Wein ein, und er hat's akzeptiert. Während unserer Abwesenheit bewohnt er unser Stadthaus."

„Danke, das ist sehr großzügig von dir." Bliss kämpfte mit den Tränen. „So sehr wie jetzt habe ich dich noch nie geliebt." Sie betrachtete wieder das verletzte Auge und stellte sich beklommen vor, wie schmerzhaft die Verwundung gewesen sein musste. Schnell drehte Guy den Kopf zur Seite. Was er für Mitleid hielt, schien er nicht zu ertragen. „Nein, wende dich nicht ab, Liebster."

„Es ist so hässlich … Tut mir Leid, dass du mich so siehst. Im Lagerhaus entriss mir Faulk die Augenklappe. Eine von Jeans Freundinnen näht gerade eine neue. Eigentlich hätte ich nicht zu dir gehen dürfen, bevor sie fertig ist. Aber ich wollte neben deinem Bett sitzen, wenn du erwachst."

„Unsinn, es ist nicht hässlich", protestierte sie empört, richtete sich auf und küsste das vernarbte Lid. „Es ist ein Teil von dir. Und ich liebe alles, was zu meinem Mann gehört."

„Als ich damals nach Barataria kam, versorgte Dr. Rochet die Wunde. Mein Augenlicht konnte er jedoch nicht retten.

Seither trug ich eine Augenklappe. Ohne sie habe ich mich niemals in der Öffentlichkeit gezeigt."

„Wenn's sein muss, trag sie auch weiterhin. Mir ist es egal. Ob du deine Narben versteckst oder nicht, du bist der Mann, den ich liebe." Besorgt musterte sie sein geschwollenes Gesicht. „Was hat Gerald dir alles angetan?"

„Zwei gebrochene Rippen, ein wunder Rücken, ein paar blaue Flecken – das wird bald heilen. Du hast gar nicht nach Faulk gefragt. Willst du wissen, was mit ihm geschehen ist?"

„Vorerst nicht. Allein schon der Gedanke an ihn macht mich krank. Ich sah, wie Lafitte ihn erstach. Und das genügt mir. Oh Guy, wenn ich bedenke, wie die letzten sieben Jahre verlaufen wären, hätten sich Faulk und Vater nicht so verbissen gegen unsere Ehe gewehrt ... Wir hätten mit Bryan ein glückliches Leben geführt, du wärst kein Pirat geworden, und Gerald besäße immer noch eine florierende Firma, statt auf dem Grund des Flusses zu liegen."

„Die Vergangenheit können wir nicht ändern, Liebling. Konzentrieren wir uns auf die Zukunft."

„Wann kehren wir nach Hause zurück?"

„Ich dachte, vorher sollten wir eine kleine Kreuzfahrt unternehmen. Jean leiht uns eines seiner erbeuteten Schiffe, die in einer versteckten Bucht ankern. Unterwegs finden wir Zeit und Muße, um zu genesen. Außerdem möchte ich die restlichen Geldkisten von Pine Island holen."

„Oh ja, ich würde die Insel gern wieder besuchen. Aber ist es nicht zu gefährlich? Wenn Gasparilla immer noch auf Rache sinnt ..."

„Der spielt inzwischen Verstecken mit der amerikanischen Marine. Damit hat er alle Hände voll zu tun. Jetzt gibt es die Piraterie, so wie wir sie kannten, nicht mehr. Dieses

Ende sah ich kommen, und ich war klug genug, rechtzeitig und unbeschadet auszusteigen. Aber Gasparilla gibt nicht kampflos auf. Er wird den Golf weiterhin in Angst und Schrecken versetzen und irgendwann eines gewaltsamen Todes sterben."

„Glücklicherweise hast du nichts mehr mit alldem zu tun", seufzte Bliss dankbar. „Wann brechen wir auf?"

„In ein paar Tagen. Sobald der Arzt meint, du dürftest dir die Reise zumuten. Bis dahin finde ich genug Zeit, um eine Besatzung zusammenzutrommeln. Zur Sicherheit segeln wir unter amerikanischer Flagge."

„Bryan wird die Insel sofort ins Herz schließen."

„Und ich will dich am Strand lieben, im Licht des Vollmonds, wenn sich die Sterne in deinen Augen spiegeln und der sonnenheiße Sand unsere Haut erwärmt. So lange ist es her, Liebste, und ich begehre dich wahnsinnig."

„Leg dich zu mir", wisperte sie.

„Das wage ich nicht. Du bist verletzt. Und ich fühle mich noch zu schwach, um deinen erotischen Ansprüchen zu genügen. Aber bald, meine Süße ..." Guy neigte sich zu ihr und küsste sie. Obwohl er ihre Lippen kaum berührte, schienen sie zu brennen. Voller Verlangen schlang sie die Arme um seinen Nacken. Da erfüllte er ihren Wunsch und beglückte sie mit einem leidenschaftlichen Kuss. Ein Schauer lief durch seinen Körper. „Genau das wollte ich vermeiden", flüsterte er atemlos und befreite sich von der Umarmung. „Wenn du genesen bist, wirst du dich nicht mehr über meine mangelnde Glut beklagen. Dann werde ich dich in meinem Bett festhalten, bis du um Gnade flehst."

„Versprochen?"

„Großes Ehrenwort."

Pine Island

Bliss saß auf einem kleinen Grashügel, die nackten Füße im warmen Sand vergraben, und beobachtete den Sonnenuntergang über dem Pine Sound. Fasziniert sah sie den großen Feuerball, der die Wellen rotgolden schimmern ließ, am Horizont versinken.

Seit der Ankunft vor sieben Tagen hatte sie sich erstaunlich schnell erholt. Die Schwellungen in Guys Gesicht waren längst zurückgegangen, und er trug seine neue Augenklappe. Noch waren die gebrochenen Rippen nicht restlos verheilt, aber sie bereiteten ihm kaum mehr Schmerzen. Und Bryan erforschte, von einem zuverlässigen Matrosen begleitet, eifrig die tropische Insel.

Bliss seufzte zufrieden. Als ein schimmernder Mond die Sonne ablöste, glaubte sie, in ein unwirkliches Paradies zu geraten. Leise Schritte knirschten im Sand. Lächelnd wandte sie sich zu Guy, der neben ihr Platz nahm. „Ich wusste, ich würde dich hier finden, Liebste."

„Wie still es ist ... Nur ein paar Nachtvögel zwitschern, Insekten summen, und das Meer rauscht. Beinahe könnte ich mir einbilden, wir wären die einzigen Menschen auf der Welt."

„Vorhin war Tamrah hier."

„Allein?" Nachdem das Schiff am Ufer des Sees angelegt hatte, war sie erstaunt gewesen, das Mädchen zwischen den Ruinen des abgebrannten Dorfs anzutreffen.

„Mit Tomas."

„Die beiden haben Bryan sofort lieb gewonnen. Übrigens, wo steckt denn der kleine Racker? Ich dachte nämlich, er wäre auf dem Schiff."

„Nein, Tamrah wollte ihn unbedingt nach Hause mitnehmen, um ihn den Indianern zu präsentieren, und ich hab's ihr erlaubt. Morgen bringt sie ihn zurück." Guy umarmte seine Frau. „Erinnerst du dich, was ich dir versprochen habe? Eine Liebesnacht unterm Vollmond ..."

Ihr Atem stockte. Wochenlang hatten sie nicht miteinander geschlafen. Mittlerweile war sie genesen, ebenso wie Guy. Was ihn immer noch zurückhielt, wusste sie nicht. Störte ihn ihre Figur? Hoffentlich gehörte er nicht zu den Männern, die es ablehnten, schwangere Frauen zu lieben. Das wollte sie nicht glauben. Aber sie fand keine andere Erklärung für sein Verhalten. Obwohl sie jede Nacht im selben Bett schliefen, rührte er sie nicht an. „Oh ja. Und ich habe mich gefragt, ob du es auch noch weißt."

„Nichts, was ich dir jemals sagte, vergesse ich. Auf diesen Augenblick habe ich lange gewartet. Nun werde ich dich lieben. Hier. In unserem Inselparadies."

Langsam zog er sie aus, dann legte er sie auf den warmen Sand. Im Mondlicht schimmerte ihre Haut wie Perlmutt. In wachsendem Entzücken betrachtete er ihre langen schlanken Beine, den gewölbten Bauch, die vollen runden Brüste mit den großen Knospen. Alles an ihr erregte ihn. Zunächst liebte er sie nur mit seinem Blick. Nach einer Weile bedeckte er ihren Hals und ihre Brüste mit zarten Küssen und atmete ihren süßen Duft ein. Seine Zunge zog betörende Kreise um die aufgerichteten Brustwarzen. In vollen Zügen genoss er den köstlichen Geschmack. Er spürte, wie sie erschauerte und atemlos stöhnte, während er eine üppige Knospe in den Mund nahm und daran saugte. Voller Sehnsucht hob sie sich ihm entgegen und erweckte den Eindruck, sie wollte sich darbringen, auf dem Altar seiner Anbetung.

Ihre gedämpften Schreie und wiegenden Hüften entfachten ein wildes Fieber in seinem Innern. Ungeduldig glitt seine Hand über ihren Bauch hinab, zwischen ihre weichen Schenkel. Als Bliss sich seinen intimen Zärtlichkeiten öffnete, rief sie seinen Namen. Behutsam schob er einen Finger in ihren heißen Schoß.

Jetzt konnte Bliss nicht länger warten. „Bitte, Guy!" Das Verlangen war unerträglich. Mit zitternden Händen zerrte sie an seiner Kleidung, wollte seine warme Haut endlich an ihrer spüren.

„Ja, meine Süße, gleich", versprach er, genauso begierig wie sie.

Mit ihrer Hilfe zog er sich hastig aus, und sie spürte seine pulsierende Erregung an ihrem Schenkel. Um ihn wortlos einzuladen, spreizte sie die Beine und hob die Hüften.

„Nein, so nicht", entschied er, richtete sich auf und drehte sie herum. Verwirrt protestierte sie, als er hinter ihr kniete, zwischen ihren Beinen. „Hab keine Angst, Liebste", flüsterte er. „Es gibt viele Positionen, die das Liebesglück steigern. Zwischen einem Ehemann und seiner Frau ist alles erlaubt."

Er hob ihre Hüften hoch und hielt inne, um ihren Anblick in sich aufzunehmen. Da bewegte sie sich herausfordernd. Endlich spürte sie, wie er mit ihr verschmolz. Erfüllt von verzehrender Lust, genoss er ihre samtige Wärme. Auf Händen und Knien im weichen Sand, schwang sie langsam vor und zurück, und mit jeder Bewegung drang er tiefer in sie ein.

Allmählich beschleunigte er seinen Rhythmus. Bliss spürte ein überwältigendes Crescendo der Ekstase, das sich in einem lustvollen Schrei entlud, bevor die süße Qual ein Ende fand, als der Höhepunkt ihr schließlich die ersehnte Erlösung schenkte.

Wenig später hörte sie auch Guys heiseren Schrei. Seine Finger gruben sich ins zarte Fleisch ihrer Hüften, ein drängendes Pulsieren kündigte seine Erfüllung an.

Es dauerte lange, bis sie sich bewegten, bis Guy sich von Bliss trennte. Vorsichtig drehte er sie herum, streckte sich mit ihr im Sand aus und nahm sie in die Arme. Nachdem sie in die Wirklichkeit zurückgekehrt war, öffnete sie die Augen und lächelte ihn an.

„Wie sehr ich dich liebe ..." hauchte er an ihren Lippen. „Mein Leben lang werde ich alles tun, um mich deiner und unserer Kinder würdig zu erweisen. Ich weiß, du missbilligst meine Vergangenheit und den Reichtum, den ich auf ungesetzliche Weise erworben habe. Deshalb habe ich eine Entscheidung getroffen, die dir hoffentlich gefällt. Was hältst du davon, wenn ich einen Teil des Geldes den frommen Schwestern im Kloster spende, damit sie ein Waisenhaus gründen können? Vielleicht wären unsere Kinder dann stolz auf mich. Und sie müssten sich nicht meines früheren Lebens schämen."

„Wenn du schweigst, werde ich ihnen auch nichts davon erzählen." Zufrieden schmiegte sie sich an ihn. „Und ich finde, das Waisenhaus ist eine wundervolle Idee."

„Dann will ich mich an die Nonnen wenden, sobald wir nach New Orleans zurückgekehrt sind. Und jetzt, meine süße Gemahlin – wollen wir aufs Schiff gehen und uns noch einmal in unserem Bett lieben?"

„Nein, so lange will ich nicht warten. Die Nacht ist warm, der Mond scheint so hell. Liebe mich hier, mein kühner Pirat."

EPILOG

Im letzten Moment schob Guy den Arzt beiseite und half seinem Kind ans Licht der Welt. Er wusste, dass sein Verhalten missbilligt wurde. Doch das störte ihn nicht. Nachdem er Bryans Geburt und die frühe Kindheit des Jungen versäumt hatte, wollte er das Leben seines zweiten Kindes vom allerersten Augenblick an begleiten. Hingerissen drückte er das Baby, das sich lebhaft umherwand, an seine Brust. Früher hatte man nur Hunters Namen erwähnen müssen, um Angst und Schrecken zu erregen. Und jetzt vergoss der einstige, längst geläuterte Pirat Freudentränen.

„Legen Sie das Kind hin, Lord Hunter", befahl der verärgerte Doktor. „Ich muss die Nabelschnur durchschneiden. Also wirklich, das finde ich unschicklich. Die meisten Männer wollen bei der Niederkunft ihrer Frauen lieber nicht dabei sein und suchen sie erst auf, wenn alles vorbei ist."

„Aber ich bin nicht so wie die meisten Männer." Guy kniete neben Bliss nieder und bettete das Baby nur widerstrebend auf ihren Bauch.

„Haben wir einen Sohn oder eine Tochter?" fragte sie erschöpft.

„Einen prächtigen Sohn, mein Schatz, mit rotgoldenem Haar." Plötzlich brüllte das Baby, strampelte heftig und schwang die winzigen Fäuste. Guy lachte entzückt. „Sieht so aus, als hätte er das Temperament seiner Mutter geerbt."

„Ist er gesund? Hast du die Finger und Zehen gezählt?"

„Zehn Finger, zehn Zehen. Und nach dem Lärm zu

schließen, den er gerade macht, muss er kerngesund sein. Wie wollen wir ihn nennen?"

„Bloß nicht Hunter", flüsterte sie und lächelte schläfrig. „Ein Pirat in der Familie genügt."

– ENDE –

Sandra Hill

Im Bann der schönen Hexe

Schottland, 10. Jahrhundert: Gegen seinen Willen verfällt der mächtige Wikinger Rurik dem Zauber der rothaarigen Maire. Zwischen geheimnisvollem Aberglauben und heftigen Kämpfen verfeindeter Highland-Clans entbrennt eine heiße, sinnliche Leidenschaft ...

Band-Nr. 25120
5,95 € (D)
ISBN 3-89941-158-7

Jo Goodman
Schätze der Leidenschaft

Ungestüme Leidenschaft brennt zwischen der jungen Claire und Kapitän Rand Hamilton. Und mit jeder sinnlichen Liebesnacht, die sie an Bord der „Cerberus" verbringen, kommen sie der geheimnisvollen Schatzinsel in der Südsee näher ...

Band-Nr. 25111
5,95 € (D)
ISBN 3-89941-147-1

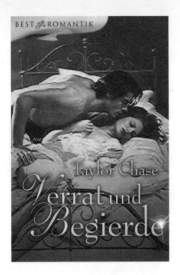

Taylor Chase
Verrat und Begierde

London, 1586: Man nennt sie die Königin der Diebe, und in stürmischen Nächten voll ungehemmter Leidenschaft raubt die sinnliche Schönheit dem kühnen Rafe Fletcher, Spion im Namen der Krone, das Herz ...

Band-Nr. 25100
5,95 € (D)
ISBN 3-89941-133-1

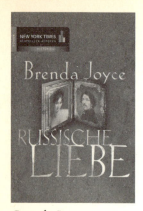

Brenda Joyce
Russische Liebe
Band-Nr. 25076
6,95 € (D)
ISBN 3-89941-098-X

Julia Quinn
Ein verhängnisvoller Kuss
Band-Nr. 25068
6,95 € (D)
ISBN 3-89941-090-4

Christina Dodd
Die Herrin von Fionnaway
Band-Nr. 25050
6,95 € (D)
ISBN 3-89941-061-0

Connie Mason
Die Hexe und der Wikinger
Band-Nr. 25051
6,95 € (D)
ISBN 3-89941-062-9